KB117175

전지적 독자 시점

전지적 독자 시점

Omniscient Reader's Viewpoint

싱숑 장편소설

비채

PART 1 **01**

지금 이 페이지를 읽는
단 한 사람의 독자에게

일러두기
- 이 책은 e-book 《전지적 독자 시점》을 바탕으로 편집 및 제작되었습니다.
- 인명 등 고유명사는 국립국어원 외래어 표기법을 따르되, 입말로 굳은 단어 등은
  예외로 하였습니다.

차례

Omniscient
Reader's
Viewpoint

멸망한 세계에서 살아남는 세 가지 방법

「멸망한 세계에서 살아남는 세 가지 방법이 있다. 이제 몇 개는 잊어버렸다. 그러나 한 가지는 확실하다. 그것은 지금 이 글을 읽는 당신이 살아남을 거란 사실이다.

　ー 멸망한 세계에서 살아남는 세 가지 방법 完」

웹소설 플랫폼을 띄운 스마트폰이 힘겨운 듯 화면을 밀어냈다. 스크롤을 내렸다가, 다시 올렸다가. 몇 번이나 그러고 있었을까.

진짜야? 이게 끝이라고?

다시 보고, 또다시 봐도 틀림없는 완전할 '완' 자.

소설이 끝났다는 얘기였다.

《멸망한 세계에서 살아남는 세 가지 방법》

작가: tls123

연재 수: 총 3,149화

무려 3,149화에 달하는 장편 판타지 소설, 《멸망한 세계에서 살아남는 세 가지 방법》.

줄여서 '멸살법'.

나는 이 소설을 중학교 3학년 때부터 꾸준히 봐왔다. 일진들에게 찍혀 왕따를 당했을 때도, 입시를 망쳐 지방 삼류 대학에 입학했을 때도, 빌어먹을 난수 뽑기가 잘못되어 최전방 군부대에 배치되었을 때도, 이직을 반복하다가 대기업 계열사에서 계약직으로 일하는 지금도…….

젠장, 이 얘기는 그만두자. 어쨌거나.

「작가의 말 : 지금까지 '멸살법'을 읽어주셔서 감사합니다. 에필로그로 다시 찾아뵙겠습니다!」

아, 아직 에필로그가 남았구나. 그럼 다음 편이 진짜 마지막인 건가.

유년의 끝자락에서부터 성년에 이르기까지, 무려 십 년이 넘는 대장정.

한 세계가 끝나간다는 허탈한 마음과 드디어 그 세계의 결말을 보게 되었다는 충만감이 뒤섞였다. 나는 마지막 회 댓글

창을 열어 몇 번이나 문장을 고쳐 썼다.

　—김독자: 작가님, 그동안 정말 감사했습니다. 에필로그도
기대하겠습니다.

　진심을 담은 문장이었다. 멸살법은 제 인생 소설이었습니
다, 라든가. 비록 대중성은 없다지만 저에게는 최고의 소설이
었습니다, 라든가. 쓰고 싶은 말은 많았지만 좀처럼 쓸 수가
없었다.

평균 조회 수 1.9회
평균 댓글 수 1.08개

　그것이 멸살법의 평균적인 인기 지수였다.
　그나마 1화의 조회 수는 1,200대였지만, 10화가 지나며 조
회 수는 120으로 급감했고, 50화가 지나며 12가 되었다. 그리
고 100화부터는 계속 1이었다.
　조회 수 1.
　간혹 중간에 2가 끼어 있기도 했지만 누군가 잘못 눌렀을
가능성이 컸다. 나는 게시글 목록에 표시되는 무수한 1을 바
라보며 새삼 감격에 젖었다.
　고마웠다.
　조회 수가 1인 소설을 3,000화 이상 연재해주다니. 그것도

십 년이 넘도록. 그야말로 나만을 위한 이야기가 아닌가.

　—꿀잼 소설. 추천합니다.

　나는 '추천 게시판'을 눌러 무작정 키보드를 두드리기 시작
했다. 무료로 완결까지 써주었는데 추천 글 하나 정도는 올려
야지. 작성 완료 버튼을 누르자 금세 댓글이 달렸다.

　—이거 신종 안티인 듯. 이분 아이디 검색해보니 같은 소설
만 몇 번이나 추천하셨는데.
　—본인 추천 금지인 걸로 아는데요? 작가님 여기서 이러시
면 안 됩니다.

　뒤늦게 몇 달 전에도 추천 글을 썼다는 사실이 떠올랐다. 순
식간에 '관종'이니 '병'이니 하는 수사로 덮인 댓글이 수십 개
나 달렸다. 얼굴이 뜨거워졌다. 황급히 글을 지워보려 했지만
이미 신고된 글이라 삭제할 수 없다는 메시지만 떴다.

"이런……."

　성의껏 쓴 추천 글이 오히려 작품에 누가 된 것 같아 속이
쓰렸다.
　조금만 참고 보면 재미있는 작품인데 왜 아무도 읽어주지

않을까. 하다못해 작가한테 후원금이라도 보내고 싶지만, 혼자 벌어 먹고살기도 빠듯한 월급쟁이한테 그런 여유가 있을 리 없었다.

'쪽지가 도착했습니다'라는 알림이 떠오른 것은 그때였다.

—tls123: 감사합니다.

난데없이 날아든 메시지. 조금 후에야 상황이 파악되었다.

—김독자: 작가님?

tls123.
멸살법의 작가였다.

—tls123: 덕분에 완주할 수 있었습니다. 공모전에서 입상도 했고요.

믿기지 않았다.
공모전이라니. 멸살법이?

—김독자: 축하드립니다! 무슨 공모전인가요?
—tls123: 알려지지 않은 공모전이라 잘 모르실 거예요.

창피해서 거짓말을 하는 게 아닐까, 하는 생각이 들었다. 하지만 진실이면 좋겠다고 생각했다. 혹시 모르는 일 아닌가. 다른 플랫폼에서는 대박이 날 수도 있고. 조금 섭섭한 기분이 들기는 하지만 좋은 이야기가 널리 퍼지는 건 좋은 일이니까.

　—tls123: 독자님한텐 감사 인사로 특별한 선물을 좀 보내드릴까 합니다.
　—김독자: 선물요?
　—tls123: 이 이야기가 세상에 나올 수 있었던 것은 모두 독자님 덕분이니까요.

이메일을 알려달라는 말에 나는 자주 쓰는 메일 주소를 전해주었다.

　—tls123: 참, 유료화 일정도 잡혔습니다.
　—김독자: 와, 정말요? 언제부턴가요? 이런 명작은 저도 처음부터 돈 내고 봐야 했는데.

멸살법은 거의 일일 연재였으니까 한 달 내내 보면 3,000원 정도를 쓰게 된다. 3,000원이면 얼추 편의점 도시락 하나다.

　—tls123: 유료화는 내일부터입니다.
　—김독자: 그럼 내일 올라오는 에필로그도 유료인가요?

—tls123: 네, 죄송하지만 유료로 공개할까 해요.

—김독자: 물론 유료로 하셔야죠! 마지막은 꼭 돈 내고 사 보겠습니다!

이후 작가에게서 답변은 없었다. 사이트에서 로그아웃한 모양이었다. 뒤늦게 허탈함이 밀려왔다. 이제 성공했다고 답장도 안 하고 가버리나? 감탄은 졸렬한 질투심으로 바뀌었다. 뭘 그렇게 들떴던 걸까. 어차피 내가 쓴 소설도 아닌데.

"문화상품권이라도 주려나? 5만 원권이면 좋을 텐데."

순진하게도 그때 나는 그런 생각이나 하고 있었다.

다음 날 세상에 무슨 일이 벌어질지 아무것도 모른 채로.

01
Episode

유료 서비스
돌입

Omniscient Reader's Viewpoint

1

"저는 독자입니다."

사람들에게 나를 이렇게 소개하면 다음과 같은 오해를 받기 일쑤였다.

"아, 외동이신가 봐요?"

"외동은 맞지만 그 독자가 아닙니다."

"예? 그럼요?"

"이름이 독자입니다. 김독자."

김독자金獨子. 아버지는 혼자서도 강한 남자가 되라고 그런 이름을 지어주셨다. 그러나 아버지가 주신 이름 덕분에 그저 평범하게 외로운 독신 남성으로 살고 있을 뿐이다. 요컨대 이런 느낌이다.

김독자. 스물여덟 살. 독신.

취미는 퇴근길 지하철에서 웹소설 읽기.

"그러다 스마트폰 속으로 들어가겠어요."

시끄러운 지하철. 반사적으로 고개를 들었다. 호기심 어린 두 눈이 나를 똑바로 내려다보고 있었다. 인사팀 직원 유상아였다.

"아, 안녕하세요."

"퇴근하시나 봐요?"

"네. 유상아 씨도요?"

"운이 좋았죠. 오늘 부장님이 출장 가셨거든요."

때마침 옆자리가 비자 유상아가 풀썩 주저앉았다. 바싹 붙은 어깨에서 은은한 향기가 풍겨서 나도 모르게 긴장하고 말았다.

"평소에도 지하철 타셨던가요?"

"그게 말이죠……."

유상아가 어두운 표정을 지었다. 생각해보니 퇴근길 지하철에서 마주친 것은 처음이었다.

인사팀 강 대리부터 재무팀 한 부장까지, 퇴근 시간마다 유상아를 집까지 태워주겠다고 남자들이 줄 선다는 건 회사 사람이면 다 아는 소문이니까. 그런데 유상아의 입에서 나온 말은 뜻밖이었다.

"누가 제 자전거를 훔쳐 가서요."

자전거?

"자전거로 출퇴근하시나요?"

"네! 요즘 야근도 많다 보니 점점 운동량이 부족해지는 것 같아서요. 좀 귀찮은 일도 있고 해서, 겸사겸사."

아하, 그랬군.

생긋 웃는 유상아. 이렇게 가까이서 보고 있으니 마음 졸이는 남자들 심정도 조금 이해는 된다만, 나랑은 상관없는 얘기였다. 무릇 사람이란 제각기 삶의 장르가 정해져 있는 법이고, 유상아는 나와는 다른 장르를 살아가는 인간이니까.

어색한 대화가 끝난 뒤 우리는 각자 자신의 스마트폰을 들여다보았다. 나는 아까 읽던 소설 앱을 다시 켰고, 유상아는…… 저게 뭐지?

"푸에데 프레스타르메 디네로."

"예?"

"스페인어예요."

"……그렇군요. 방금 그건 무슨 뜻이죠?"

"돈 좀 꿔주세요, 라는 뜻이에요."

유상아가 당당하게 대답했다. 퇴근길 지하철에서까지 공부라. 역시 나랑은 장르가 다르다. 그런데 저런 말은 외워서 어디다 쓰려는 걸까.

"열심이시네요."

"그런데 독자 씨는 뭘 그렇게 열심히 보고 계세요?"

"아, 저는……."

아차, 하는 사이에 유상아의 눈길이 내 스마트폰 화면에 꽂혔다.

"소설이에요?"

"네, 뭐…… 한국어 공부랄까."

"와, 저도 소설 좋아해요. 시간이 없어서 못 읽은 지는 좀 됐지만."

의외였다. 유상아가 소설을 좋아한다고?

"무라카미 하루키라든가, 레이먼드 카버라든가, 한강이라든가……."

그럼 그렇지.

"독자 씨는 어떤 작가 좋아하세요?"

"말씀드려도 잘 모르실 거예요."

"저 이래 봬도 소설 많이 읽었어요. 누구 소설인데요?"

이럴 때면 웹소설 읽기가 취미라는 것이 정말 난감하다. 나는 앱에 떠오른 소설의 제목을 흘끗 살폈다.

《멸망 이후의 세계》

작가: 싱숑

아무리 그래도 "싱숑 작가의 《멸망 이후의 세계》를 읽고 있습니다"라고는 말 못 한다.

"그냥 판타지 소설이에요. 그…… 뭐냐. 그러니까 《반지의 제왕》 같은……."

유상아의 눈이 동그래졌다.

"아하, 《반지의 제왕》. 저도 영화로 봤어요."

"영화 좋죠."

잠시 침묵이 이어졌다. 유상아는 여전히 이쪽을 바라보며 내가 무언가 이야기하기를 기다리는 것 같았다.

슬슬 거북한데. 나는 슬쩍 화제를 돌리기로 했다.

"회사 들어온 지도 벌써 일 년이네요. 그게 작년 이맘땐데, 시간 참 빨라요."

"그러게요. 그땐 우리 둘 다 아무것도 몰랐는데. 그렇죠?"

"그랬죠. 전부 어제 일 같은데, 벌써 계약 기간 끝날 때가 다 됐으니."

화제를 잘못 꺼냈다는 것은 유상아의 표정을 보고서야 깨달았다.

"아, 저는……."

잊고 있었다.

유상아는 지난달에 외국인 바이어 건으로 공로를 인정받아 이미 정직원으로 전환되었다는 것을.

"그랬죠, 참. 축하가 늦었네요. 죄송해요. 하하, 저도 외국어 공부 좀 열심히 해둘 걸 그랬어요."

"아, 아니에요 독자 씨! 아직 인사평가도 남았고, 그리고……."

그렇게 이야기하는 유상아의 모습은, 인정하기 싫지만 멋있었다. 세상의 스포트라이트가 단 한 사람에게만 쏟아지는 것처럼 환하게 빛나는 얼굴.

만약 이 세상이 소설이라면 주인공은 저런 사람이겠지.

사실 당연한 결과였다. 나는 노력을 하지 않았고, 유상아는 노력을 했다. 나는 웹소설을 읽었고, 유상아는 공부를 했다. 그러니 유상아는 정직원이 되고, 나는 계약이 해지되는 것이 당연했다.

"저…… 독자 씨."

"네."

"혹시 괜찮으시면…… 제가 쓰는 앱 알려드릴까요?"

순간 유상아의 목소리가 멀게 들렸다. 세상과 한없이 멀어지는 기분. 나는 붕 떠오르려는 정신을 붙잡기 위해 눈에 힘을 주고, 똑바로 정면을 응시했다. 맞은편 좌석에 한 소년이 앉아 있었다. 이제 막 열 살 남짓 되었을까. 소년은 엄마 곁에 앉아 품속의 곤충 채집통을 우울한 눈빛으로 노려보고 있었다.

"……독자 씨?"

만약 지금과는 다른 삶이라면 어땠을까?

그러니까, 내 삶의 장르가 달랐더라면.

"김독……."

내 삶의 장르가 '리얼리즘'이 아니라 '판타지'였다면, 나는 주인공이 될 수 있었을까?

모른다.

아마 영영 알 수 없으리라. 다만 내가 아는 것이 있다면.

"괜찮습니다, 유상아 씨."

"네?"

"그 앱 알려주셔도 소용없을 거예요."

지금 내 삶의 장르는 명백히 '리얼리즘'이라는 사실.

"독자에겐 독자의 삶이 있는 거니까요."

그리고 이 장르에서 나는 주인공이 아니라 '독자'라는 사실이었다.

"독자의 삶……."

유상아가 심각한 표정을 짓고 있어서, 정말 괜찮다는 표시로 손을 흔들어 보였다. 잘은 모르겠지만 이 사람은 진심으로 내가 걱정된 거겠지. 아무래도 인사팀이고…… 내 실적이 어떤지 정도는 이미 알고 있을 테니까.

"독자 씨는 정말 좋은 말씀을 하시네요."

"네?"

"그럼 저에게는 상아의 삶이 있는 거군요."

유상아는 무언가 결심한 듯 다시 스페인어 공부를 시작했고, 나는 그런 유상아를 잠시 바라보다가 웹소설로 시선을 돌렸다.

모든 게 원상태로 돌아왔지만 이상하게도 소설의 스크롤은 잘 내려가지 않았다.

어쩌면 새삼스레 깨달은 현실의 무게가 이 스크롤 끝에 매달려버렸는지도 모른다.

스마트폰 상단에 알림 메시지가 떠오른 것은 그때였다.

[tls123님에게서 새 메일이 도착했습니다.]

발신인은 멸살법의 작가. 나는 바로 메일을 열어보았다.

—독자님, 오늘 오후 7시부터 유료 들어갑니다. 이게 도움이 될 겁니다. 건승을 빕니다.

[첨부 파일 1건]

그러고 보니 나한테 선물을 준다고 했지. 이게 그 선물일까? ……역시 나는 천성이 독자인 모양이다. 고작 메일 한 통 받았다고 이렇게 들떠서야.

그래, 독자로 살아가는 것도 나쁘지만은 않다니까.

나는 시계부터 확인했다. 오후 6시 55분.

7시에 유료화에 돌입한다고 했으니 이제 정확히 오 분 남았다. 나는 소설 앱에서 선호작 목록을 열었다. 내가 유일한 독자인데, 첫 축하 댓글 정도는 남겨줘야 작가도 힘이 나겠지. 그런데…….

—작품이 존재하지 않습니다.

검색창에 몇 번이나 '멸망한'이라고 입력해봤으나 결과는 마찬가지였다.

멸살법의 게시판이 흔적도 없이 사라졌다.

이상했다. 유료화가 진행된다고 게시판이 별다른 공지도 없이 삭제되나?

그 순간 전등이 픽 꺼지며 지하철 내부가 어두워졌다.

끼이이이이익!

지하철이 크게 흔들리면서 쇳소리를 토했다. 유상아가 작은 비명을 지르며 내 팔을 붙잡았다. 어찌나 세게 쥐는지 급정거하는 관성보다 왼팔의 고통에 신경이 더 쏠릴 지경이었다.

열차가 완전히 멈춘 것은 십여 초가 지난 후의 일이었다. 곳곳에서 혼란에 빠진 목소리가 터져나왔다.

"어, 뭐지?"

"뭐야, 왜 이래?"

어둠 속에서 하나둘 스마트폰 불빛이 켜졌다. 여전히 내 왼팔을 꽉 붙들고 있는 유상아가 물었다.

"무, 무슨 일일까요?"

나는 짐짓 태연한 척 말했다.

"걱정 마세요. 별일 아닐 겁니다."

"그럴까요?"

"네, 큰일이라고 해봤자 뭐…… 곧 기관사가 안내 방송을 할 겁니다."

말이 끝나기 무섭게 안내 방송이 들려왔다.

─열차 내 승객 여러분께 안내 말씀 드립니다. 열차 내 승객 여러분께 안내 말씀 드립니다.

시끌벅적하던 주변이 고요해졌다. 나는 한숨 돌리듯 입을 열었다.

"거봐요. 별거 아니죠? 곧 사과 방송 하고 다시 전원도……"

―모, 모두 대피…… 모두……!

삐이이익 소리와 함께 방송이 꺼졌다. 열차 안은 다시 아수라장이 되었다.

"도, 독자 씨? 이게 대체……."

지하철 앞쪽 칸에서 눈부신 빛이 번쩍였다. 이어서 뭔가가 터지는 소리와 커다란 북을 찢는 듯한 소리도 들려왔다.

어둠 속에서 뭔가가 이쪽을 향해 다가오고 있었다.

그 순간 내가 시계를 본 것은 그저 우연의 일치였다.

PM 7:00.

틱, 하는 소리와 함께 세상이 멈추는 듯한 기분이 들었다.

그리고 목소리가 들려왔다.

[제8612 행성계의 무료 서비스가 종료됐습니다.]

[메인 시나리오가 시작됐습니다.]

내 인생의 장르가 바뀌는 순간이었다.

2

「도깨비다. 놈이 처음 나타난 순간, 누군가가 그렇게 말했다.」

왜 갑자기 그 문장이 떠올랐는지 모르겠다.

급정거한 지하철. 정전된 객실.

기시감을 느끼기에는 정황의 디테일이 부족했다. 지하철 급정거야 드물지만 종종 있는 일이니까. 그럼에도 왠지 익숙한 소설의 서두가 자꾸만 떠올랐다. 하지만 말도 안 된다. 그럴 리가 없잖아?

갑자기 3807칸 앞쪽 문이 벌컥 열리며 전기가 돌아왔다. 곁에 있던 유상아가 작게 중얼거렸다.

"……도깨비?"

머릿속이 지잉— 하고 울렸다. 내가 아는 소설과 눈앞의 현실이 겹치며 사위가 불안하게 떨렸다.

「두 개의 작은 뿔. 작은 거적을 걸치고, 보송한 솜털이 돋은 괴생
명체가 허공에 두둥실 떠 있었다.」
「요정이라고 부르기엔 괴이하고, 천사라고 부르기엔 사악하며,
악마라고 칭하기에는 천진한 외형.」
「그래서 그 녀석은 '도깨비'라고 불리었다.」

그리고 나는 그 '도깨비'가 처음으로 꺼낼 말을 이미 알고
있었다.

「&아#@!&아#@!……」
[&아#@!&아#@!……]

허구와 실재가, 정확하게 겹친다.
"뭐라는 거야 저거?"
"증강 현실인가?"
사람들의 웅성거림 속에서 나는 홀로 다른 세계에 내던져
진 느낌이었다. 저건 틀림없는 '도깨비'다. 수천 편의 멸살법
에서 줄곧 비극의 서두를 연, 바로 그 도깨비. 상념을 깬 것은
유상아의 목소리였다.
"왠지 스페인어 같은데, 제가 한번 말 걸어볼까요?"
나는 조금 어이가 없어서 물었다.

"……저게 뭔 줄 알고요? 돈이라도 꿔달라고 하시게요?"

"그건 아니지만……."

그때 정확한 발음의 한국어가 들려왔다.

[아. 아. 잘 들리시나요? 이것 참, 한국어 패치가 안 돼서 고생했네. 여러분. 제 말 잘 들리시죠?]

익숙한 언어가 들려와서일까. 사람들 얼굴에 긴장이 풀리는 것이 보였다. 정장을 입은 덩치 큰 사내가 가장 먼저 나섰다.

"이봐요, 지금 뭐 하시는 겁니까?"

[……예?]

"영화 촬영입니까? 저 오디션 있어서 빨리 가봐야 하는데요."

얼굴이 낯선 걸로 봐서 무명 배우인 모양이었다. 내가 캐스팅 디렉터라면 단번에 뽑고 싶을 만큼 패기 넘치는 목소리. 그러나 안타깝게도 지금 그의 앞에 있는 존재는 디렉터가 아니었다.

[아아, 오디션. 그렇구나. 이 시간에도 오디션을 보는구나. 하하, 이거 자료 조사가 부족했네. 분명 오후 7시쯤에 유료화 들어가면 제일 많이 따라온다고 그랬는데.]

"뭐? 무슨 소리야?"

[자, 여러분 조용히. 진정하시고 일단 자리에 앉아서 제 말 좀 들어주세요. 지금부터 중요한 말을 전해야 하니까!]

점점 가슴이 답답해진다.

"뭡니까! 빨리 열차 출발시켜요!"

"누가 기관사한테 연락해요!"

"지금 시민 협조도 없이 뭐 하는 거야!"

"엄마, 저거 뭐야? 만화야?"

틀림없었다. 내가 아는 그 전개였다. 사람들을 말려야 하는데 방법이 없었다. 조그맣고 귀엽게 생긴, CG 같은 덩어리의 말을 귀담아들을 리가 없다. 내가 유일하게 할 수 있는 일은 멋모르고 자리에서 일어나려는 유상아를 말리는 것뿐.

"유상아 씨, 위험하니까 움직이지 마세요."

"네?"

놀란 유상아가 눈을 동그랗게 떴다. 얼떨결에 말하기는 했지만, 나도 지금 내가 이해한 것을 설명할 방법이 없었다.

정확히는, 설명할 필요도 없었다.

[하하, 시끄럽네 정말.]

왜냐하면 누구보다 강력한 설득력을 지닌 존재가 지금 눈앞에 있으니까.

[내가 조용히 하라고 했죠.]

천천히 눈을 감았다 뜬 도깨비의 안광이 붉게 변했다. 뭔가 퍼버벅, 깨지는 소리가 나더니 실내가 정적으로 물들었다.

"어, 어어……."

오디션을 보러 가야 한다던 무명 배우의 이마에 커다란 구멍이 뚫렸다. 몇 번인가 입을 뻐끔거리던 사내는 동공이 풀린채 자리에 쓰러졌다.

[이건 영화 촬영이 아닙니다.]

박이 깨지는 듯한 소리가 다시 한번 이어졌다. 이번에는 기관사 타령을 하던 아줌마였다.

[꿈도 아니고. 소설도 아니며.]

하나둘 사람들의 머리가 터지면서 허공에 핏줄기가 뿜어져 나왔다. 도깨비에게 항의한 사람. 비명 지르며 난동을 부린 사람. 조금이라도 소란의 기색을 보인 사람들 머리에 죄다 바람구멍이 뚫리고 있었다. 삼시간에 지하철은 피바다가 되었다.

[당신들이 알던 '현실'도 아닙니다. 아시겠어요? 그러니까 모두 닥치고 내 말 들으세요.]

절반 이상이 죽었다. 피와 시체가 낭자한 퇴근길의 지하철. 이제 아무도 비명을 지르지 않았다. 강력한 포식자를 마주한 원시시대의 유인원처럼, 모두 공포에 질려 도깨비를 보았다.

놀라서 딸꾹질을 반복하는 유상아의 어깨를 꾹 누른 채 나는 숨을 죽였다.

이건 진짜다.

이상한 메시지가 귓가에 들려왔을 때도, 도깨비가 눈앞에 나타났을 때도 잠자코 있던 실감이 피바다가 된 객실을 보며 깨어나고 있었다.

[여러분, 지금까지 꽤나 살기 좋았을 겁니다. 그렇죠?]

노약자석. 도깨비와 눈이 마주친 노인들이 벌벌 떨며 허리를 숙였다. 그런 노인들을 비웃듯 도깨비가 말을 이었다.

[당신들은 너무 오래 공짜로 살아왔어요. 인생이 너무 후했죠? 태어나 아무런 대가도 지불하지 않은 채로 잘도 숨을 쉬고, 밥을 먹고, 똥을 싸고, 제멋대로 번식을 해대고! 하! 여러

분 정말 좋은 세상에 살았네요!]

공짜. 퇴근길 지하철에 공짜로 살아온 사람은 없었다. 살아남기 위해 악착같이 돈을 버는 사람들의 공간. 그곳이 바로 이 퇴근길 지하철이었다. 하지만 이의를 제기할 수 있는 사람은 없었다.

[그런데 좋은 시절은 이제 다 끝났어요. 언제까지 공짜로 누릴 수 있을 리 없잖아요? 행복을 누리고 싶으면 대가를 지불하는 게 상식이지. 안 그래요?]

그저 헐떡거릴 뿐 아무도 대답하지 못하던 그때, 누군가가 조심스레 손을 들었다.

"호, 혹시 돈을 원하시는 겁니까?"

대체 이 와중에 어떤 인간이 저런 소리를 지껄이나 싶었는데 놀랍게도 아는 얼굴이었다.

"유상아 씨. 저 사람 재무팀 한 부장 아닌가요?"

"⋯⋯맞아요."

틀림없었다. 회사의 대표적인 낙하산이자 신입 사원들의 기피 일순위 상사. 재무팀 한명오 부장. 저 인간이 왜 지하철에 있지?

"돈이라면 얼마든지 드리겠습니다. 받으시죠. 참고로 저, 저는 이런 사람입니다."

명함까지 꺼내 보이는 한 부장의 패기에 사람들이 응원 섞인 시선을 보냈다.

"얼마면 됩니까? 큰 거 한 장? 아니면 두 장?"

일개 계열사의 부장이 함부로 하기에는 지나치게 많은 액수를 꺼내 들며 말했다. 한때 한명오 부장이 계열사 총수의 막내아들이란 소문이 돌았는데, 사실일지도 모르겠다는 생각이 들었다. 겨우 부장급이 저렇게 많은 수표를 지갑에 넣고 다닐 수는 없을 테니까.

[흐음, 그러니까 당신네 돈을 준단 말이죠?]

"그, 그렇습니다! 지금 가진 현금은 얼마 안 되지만…… 여기서 나가게 해주신다면 얼마든지 더 드릴 수 있습니다."

[돈, 좋죠. 많은 인간들의 상호 주관적 합의가 깃든 식물의 섬유.]

그 말에 한 부장의 안색이 밝아졌다. '역시, 돈이면 다 된다니까'라는 표정이었다. 불쌍하게도.

"저, 지금 가진 건 이것뿐이니까 이거라도—"

[어디까지나, 당신네 시공간에서는 그렇다는 얘기예요.]

"예?"

다음 순간, 허공에서 불길이 일었다. 한 부장이 쥐고 있던 수표가 모조리 불타올랐다. 기겁한 한 부장이 비명을 질렀다.

[그딴 종이는 거시 차원계에서는 아무런 가치도 없어요. 한 번 더 그딴 헛짓을 하면 머리를 터뜨려버릴 테니 명심하세요.]

"으, 으으……."

사람들 얼굴에 다시금 공포가 번져갔다. 다들 뒤 내용이 빤한 소설책 같은 표정이라 무슨 생각을 하는지 읽기 쉬웠다.

「대체 무슨 일이 벌어지려는 거지?」

오직 나만이 앞으로 무슨 일이 벌어질지 알고 있었다.

[휴, 이렇게 떠드는 시간에도 당신들 부채는 쌓여가고 있다고요. 뭐, 그래요. 제가 백번 설명하는 것보다 여러분이 직접 돈을 벌어보는 게 빠르겠죠?]

도깨비의 뿔이 안테나라도 된 듯 길어지며, 몸체가 객실 천장 쪽으로 두둥실 떠올랐다.

그리고 잠시 후 메시지가 들려왔다.

[#BI-7623 채널이 열렸습니다.]

[성좌星座들이 입장합니다.]

멍하니 눈을 끔뻑이는 사람들 눈앞으로 제각기 작은 창이 떠올랐다.

[메인 시나리오가 도착했습니다!]

〈메인 시나리오 #1 - 가치 증명〉

분류: 메인

난이도: F

클리어 조건: 하나 이상의 생명체를 죽이시오.

제한 시간: 30분

보상: 300코인

실패 시: 사망

　몸체가 투명해진 도깨비가 지하철 옆 칸으로 사라지면서 흐릿한 미소를 지었다.

　[그럼, 행운을 빕니다 여러분. 부디 재미있는 이야기를 보여주세요.]

3

도깨비가 사라진 후 사람들은 제각기 다른 반응을 보였다. 몇몇은 열차 밖으로 탈출하기 위해 안간힘을 썼고, 또 몇몇은 경찰에 전화를 걸었다. 유상아는 후자였다.

"경찰, 경찰이 전활 안 받아요! 어떡해요, 어떡해……."

"진정해요. 유상아 씨."

나는 유상아의 초점 없는 동공을 똑바로 바라보며 말했다.

"유상아 씨. 개발팀에서 이번에 만든 게임 해본 적 있죠? 그 왜, 세계가 모조리 멸망하고 소수의 사람만 살아남는 게임."

"네? 갑자기 무슨……."

"이렇게 생각하세요. 지금 그 게임 속에 들어왔다고."

유상아가 멍하니 입술을 달싹였다.

"게임……."

"간단해요. 모든 게임에는 규칙이 있잖아요. 그걸 따라가면 돼요."

그 말을 마지막으로 나 역시 천천히 호흡을 다스렸다.

내게도 이 모든 일을 제대로 받아들일 시간이 필요했다.

《멸망한 세계에서 살아남는 세 가지 방법》.

소설 속에서만 존재하던 묘사들이 지금 내 눈앞에서 사생寫生되고 있었다.

「안테나를 뻗은 도깨비.」

「객실에 쓰레기처럼 널린 시체들.」

「피투성이가 된 채 떠는 직장인.」

「노약자석에서 기도하는 할머니.」

나는 장면 하나하나를 유심히 보았다. 실재實在를 의심하는 〈매트릭스〉 속 네오라도 된 것처럼. 관찰하고, 의심하고, 결국에는 납득했다. 인정할 수밖에 없었다. 이유는 모른다. 하지만 틀림없었다.

멸살법은 현실이 되었다.

생각하자. 이 새로운 세계에서 살아남으려면 어떻게 해야 할지.

"자, 여러분! 진정하시고. 침착하게 심호흡부터 하세요."

누군가가 앞으로 나선 것은 도깨비가 사라지고 정확히 오 분이 지나던 시점이었다.

"진정들 되셨습니까? 하던 행동 멈추고 잠시만 주목해주십시오."

짧은 투블럭컷으로 깎은 머리. 평균 키보다 머리 하나쯤은 더 큰 건장한 사내의 말에, 흐느끼거나 통화를 하던 사람들이 목소리를 죽였다. 시선이 충분히 모였을 즈음 투블럭이 다시 입을 열었다.

"아시다시피 국가 재난 상황에서는 작은 소란이 큰 인명 피해로 번질 수 있습니다. 현 상황은 지금부터 제가 통제하겠습니다."

"뭐야, 당신 누군데!"

"국가 재난 상황? 뭔 개소리야!"

뒤늦게 정신을 차린 몇몇 사람이 '통제'라는 말에 강하게 반발하며 일어섰다. 그러자 투블럭이 지갑 속에서 공무원증을 꺼내 보였다.

"저는 6502부대에서 근무하는 육군 중위입니다."

그 말에 몇몇 사람의 얼굴에 안도감이 스쳤다.

"군인, 군인이래."

그러나 안도하기에는 일렀다.

"조금 전 부대에서 메시지가 도착했습니다."

군인의 스마트폰 앞으로 사람들이 몰려들었다. 나는 마침 근처에 있어서 어렵지 않게 내용을 읽을 수 있었다.

―1급 국가 재난 상황 발생. 전 병력 신속히 부대로 집결.

곳곳에서 숨을 삼키는 소리가 들려왔다.

국가 재난 상황. 이미 예상한 일이기에 놀라지 않았다. 내가 놀란 것은 다른 이유 때문이었다.

육군 중위 이현성.

그 '이현성'이 바로 이 사람이구나.

나는 그를 알고 있었다. 당연히 얼굴을 보는 것은 처음이지만, 이름은 머릿속에 또렷했다. 이현성은 멸살법의 주요 조연 중 하나였다.

「강철검제 이현성.」

결국 소설 속 인물까지 등장했다. 이제 정말 사태를 인정하는 수밖에 없었다.

"군인 양반! 대체 어떻게 된 상황이야?"

"저도 부대랑 연락을 취해보고는 있습니다만……."

"청와대는! 청와대는 뭘 하고 있는 거야! 대통령한테 빨리 연락해!"

"죄송합니다만 저는 말단 군인이라 청와대 핫라인은 가지고 있지 않습니다."

"근데 무슨 통제를 한다는 거야!"

"시민 여러분의 안전을 위해서……."

황당한 질문 세례에도 침착하게 응대하는 이현성을 보며 나는 소설 속 묘사들이 틀리지 않았음을 새삼 깨달았다.

그런데 이현성이 원래 이런 식으로 등장하는 인물이었나?

퍼뜩 스쳐 간 의문과 함께 꺼림칙한 예감이 들었다. 멸살법의 유일한 독자인 내가 장담하건대 이현성의 첫 등장은 결코 이런 식이 아니었다.

그가 작중에 등장하는 시점은 적어도 첫 번째 시나리오가 끝난 후다.

……그럼 이 상황은 뭐지?

갑자기 머릿속이 혼란스러워진다. 다시 한번 멸살법을 읽으면 명확히 알 수 있을 텐데.

"국무총리 연설 떴어요! 진짜 1급 국가 재난 상황이래요!"

누군가의 외침에 너도나도 자신의 스마트폰을 보았다. 유상아가 내 쪽으로 화면을 돌려주었다.

"독자 씨, 이것 좀 봐요."

딱히 검색어를 입력할 필요도 없었다. 포털 사이트의 실시간 검색어 1위가 '국무총리 연설'이기 때문이었다. 게다가 나는 영상 내용을 이미 알고 있었다.

─존경하는 국민 여러분께 알립니다. 현재 서울을 비롯한 불특정 지역에서 정체불명의 테러리스트들이 활동하고 있습니다.

연설 내용은 간단했다. 정부는 모든 수단과 방법을 동원해 테러범과 맞서 싸울 것이며, 협상은 결코 없을 것이다. 그러니 안심하고 생업에 종사하기 바란다…….

소설로 읽을 때는 별생각이 없었는데, 실제로 저 대사를 듣게 되니 조금 어이가 없었다.

테러라…… 그래, 그렇게 생각하면 편리하겠지.

"근데 대통령은 어디 가고 국무총리가 연설을 한대?"

"대통령은 이미 당했다는데요."

"뭐? 진짜?"

"확실한 건 아니고, 인터넷 댓글에—"

"그럼 카더라잖아!"

물론 나는 그게 '카더라'가 아니라는 사실을 알고 있었다.

"우와아악! 뭐야!"

갑작스럽게 들려온 총성에 사람들이 스마트폰을 떨어뜨렸다. 발원지는 스마트폰 속이었다. 치지지직, 하는 소리와 함께 핏빛으로 물든 화면. 사람들은 잠시 후에야 무슨 일이 벌어졌는지 깨닫고 숨을 삼켰다.

"구, 국무총리가……."

국무총리가 죽었다. 심지어 실시간으로 머리가 터지면서.

몇 번인가 더 총성 같은 게 들리고 곧 잠잠해졌다. 뒤이어 화면에 등장한 것은 도깨비였다.

[여러분, 말했잖아요. 이건 '테러' 같은 장난이 아니라고.]

말을 잃은 사람들이 멍청한 금붕어처럼 입을 뻐끔거렸다.

[아직도 못 알아들은 모양이죠? 안 되겠네. 지금도 이 상황이 게임처럼 느껴지나 봐요?]

너무나 여유로운 톤이라 오히려 불길하게 느껴지는 말투. 나도 모르게 주먹에 힘이 들어갔다.

[하하, 자료 조사에 따르면 이 나라 사람들은 게임에 능하

다던데, 그럼 어디 난이도를 좀 올려볼까?]

삐빅, 하는 소리와 함께 허공에 거대한 타이머가 떠올랐다. 동시에 빠르게 줄어들기 시작하는 시간.

[잔여 시간이 10분 감소했습니다.]

[현재 남은 시간: 10분]

[앞으로 5분 안에 최초의 살해 행위가 발생하지 않을 시, 해당 칸의 모든 생명체는 절멸합니다.]

"이, 이게 무슨 소리야? 장난이죠?"

"방금 메시지 들었어요? 이봐, 당신들도 들었어?"

"군인 양반! 이제 어떻게 해요? 경찰은 왜 안 와!"

"여러분, 잠시만 진정하시고 제 말 좀—"

도깨비의 한마디로 객실 상황은 이현성의 수습 범위를 넘어섰다. 유상아가 내 옷을 꼭 그러쥐는 것이 느껴졌다. 그리고 나는 여전히 이 상황의 위화감을 떨칠 수가 없었다.

조연급인 이현성이 나왔다. 그런데 왜 '그 녀석'은 나오지 않는 걸까. 내가 아는 이야기대로면 지금쯤 나타나야 하는데.

"뒤, 뒤 칸에서 살인이 벌어졌어요!"

통로 쪽 창문으로 피바다가 된 3907칸의 정경이 비쳤다. 살인자들과 눈이 마주친 이들의 안색이 하얗게 질렸다.

"못 들어오게 해! 아무도 못 넘어오게 해요!"

사람들이 철문을 붙들고 늘어졌다. 그러나 불필요한 짓이었다. 애초에 적은 그쪽이 아니니까.

[해당 칸의 시나리오가 완료되기 전까지 모든 종류의 출입 행위가
제한됩니다.]

메시지와 함께, 사람들은 투명한 장벽에라도 부딪힌 것처럼
철문에서 튕겨나왔다.

"이, 이거 왜 이래?"

그리고 다시 한번 도깨비의 목소리가 들려왔다.

[하하, 꽤나 재밌어진 곳이 있는 반면, 아직도 시작하지 않
은 곳도 있네요. 좋아요, 특별 서비스예요. 앞으로 오 분 안에
아무 일도 벌어지지 않는다면 여러분이 어떻게 될지 보여드
릴게요.]

허공에 거대한 스크린 같은 것이 나타났다. 스크린에 비친
장소는 어떤 교실이었다. 군청색 교복을 입은 채 떨고 있는 소
녀들의 모습. 한 남고생이 손톱을 물어뜯으며 중얼거렸다.

"……저거 태풍여고 교복인데?"

힘을 합쳐 문을 부수려는 소녀들도 있었고, 머리를 맞대고
해결책을 골몰하는 소녀들도 보였다. 누구도 죽지 않고 시
나리오를 해결하려는 저 마음. 어리석은 어른들보다 훨씬 현
명한 학생들이다. 그렇기에 나는 저 광경이 너무나 슬프다.

삑삑삑삑— 하고 울려 퍼지는 불길한 신호음 속에서 소녀
들이 비명을 지르기 시작했다.

[제한 시간이 경과했습니다.]

[유료 정산이 시작됩니다.]

안내가 끝나기 무섭게 맨 앞줄에 앉은 학생의 머리가 폭발했다.

하나씩, 다시 하나씩. 점점이 폭발해 흩어지는 머리들. 학생들이 절규하며 교실 문과 창문을 향해 달려갔다.

"아아, 어, 어떻게 저런—"

청소 도구가 부서지고 손톱이 뜯겨나갔으나 문은 열리지 않았다. 누구도 밖으로 나갈 수 없었다. 펑, 퍼어엉. 계속해서 학생들의 머리가 터져나갔다.

소녀 하나가 친구의 목을 조른 것은 그때였다. 끅끅거리는 신음 끝에 늘어지는 팔. 잠시 후 화면에는 독기 어린 눈빛으로 주변을 둘러보는 마지막 소녀만 남았다.

[#Bay23515 채널. 태풍여고 2학년 B반 생존자: 이지혜]

화면을 노려보던 여고생의 모습이 사라지고, 도깨비의 목소리가 이어졌다.

[어때요. 재미있죠?]

도깨비가 웃으며 말했지만, 사람들은 이미 화면을 보고 있지 않았다. 눈이 마주친 사람들이 화들짝 서로에게서 멀어지며 외쳤다.

"씨발 뭐야! 이게 다 뭐냐고!"

심지어 유상아조차 나를 붙들고 있던 손을 놓았다. 그러나 아직 내게서 떨어지지는 않은 상태였다. 양손이 자유로워진 나는 스마트폰을 켰다.

왜 '그 녀석'이 아직도 나타나지 않지?

내가 아는 소설 속 정보와 알지 못하는 정보의 혼재. 상황을 타개할 방법은 다시 멸살법을 읽는 것뿐이었다. 하지만 대체 어디서 그 소설을 다시 찾을 수 있을까. 너무 인기가 없어서 불법 공유조차 되지 않은 그 소설을…… 아니 잠깐만.

[첨부 파일 1개]

스마트폰에 떠오른 메일을 보며 나는 잠시 멍해졌다.

설마…… 아니겠지?

잠시 후 메일의 첨부함을 연 순간 당혹스러운 기분에 젖었다. 작가가 보낸 첨부 파일 이름은 다음과 같았다.

[멸망한 세계에서 살아남는 세 가지 방법.txt]

헛웃음이 나왔다. 거짓말이겠지 싶어 눈을 씻고 다시 봐도 틀림없었다.

파일의 확장자는 txt. 그러니까 이 사람…… 선물이랍시고 나한테 자기 소설을 파일로 보낸 거야?

[전용 특성을 획득합니다.]

[전용 스킬 슬롯이 활성화됐습니다.]

파일을 실행하자 귓가에 들려오는 메시지. 세계가 멸살법의
그것으로 바뀌었다면 놀랄 만한 일은 아니었다. 멸살법의 생
존자는 모두 전용 특성을 얻고, 전용 스킬을 쓸 수 있는 몸이
되니까.

나는 속으로 조용히 '특성창' 하고 되뇌어보았다. 특성을 얻
었다면 그게 뭔지 알 필요가 있었다.

[특성창을 활성화할 수 없습니다.]

뭐야? 다시 한번 '특성창'을 외쳐봐도 결과는 마찬가지였다.

황당했다. 뭐 이런 경우가 다 있지? 특성창을 사용할 수 없
다면 내가 가진 특성이나 스킬이 뭔지 알 수가 없다. 지피지기
면 백전백승이라는데, 이건 뭐 적을 알기는커녕 나조차 알지
못하는 상황이다.

잠시 허공을 노려보던 나는 일단 체념하고 작가가 보내준
파일부터 읽기로 했다.

[전용 특성의 효과로 읽기 속도가 상승합니다.]

특성이 뭔지는 모르겠지만, 특성의 효과 덕분인지 멸살법

초반부를 읽는 데는 일 분도 채 걸리지 않았다.

……찾았다.

손가락이 멈춘 곳은 작품 초반부, 주인공이 자신이 탄 열차 호실에서 어떤 '행동'을 하려는 장면이었다.

「그는 3707칸의 뒷문에 모여든 사람들을 보았다. 단단히 쥔 라이터의 줄날 바퀴가 차가웠다. 이번 생은 결코 실수하지 않는다. 목적을 위해서는 어떤 수단도 가리지 않을 것이다.

공포에 떠는 사람들의 표정.

죄책감은 없었다. 모든 것은 한순간일 테니까.

그는 냉혹한 눈빛으로 사람들을 훑어보았다. 잠시 후, 그의 손끝에서 치익— 하고 불이 솟았다. 그리고 모든 것이 시작되었다.」

일순 등줄기가 서늘해졌고, 그래서 몇 번이고 그 대목을 다시 읽어야 했다. 위화감의 정체는 곧 밝혀졌다.

"……3707이었어."

반사적으로 내가 타고 있는 칸의 번호를 확인했다.

[3807].

여기는 프롤로그에서 주인공이 탑승한 칸의 바로 '뒤 칸'이었다. 희미하게 손끝이 떨려왔다.

잠깐만. 그러면 이 칸 사람들은 원래 어떻게 될 운명이었지?

「그는 흐릿한 창문 너머로 아비규환이 된 3807칸을 바라보았다. 저쪽은 이미 늦었나. 어쩔 수 없다. 어차피 저 칸에서 살아남는 것은 둘뿐이니까.」

살아남는 것은 단둘뿐. 둘을 제외하고, 이 칸 사람은 모두 죽는다. 그리고 나는 그 '둘'이 누구인지 이미 알았다. 멍하니 고개를 들어 유상아를 보았다.

아마 이 사람은 죽을 것이다. 그리고 나도.

"독자 씨, 저기—"

나는 유상아가 가리킨 쪽을 바라보았다. 조금 전까지 입구 쪽에 기대어 있던 남고생이 노약자석 앞에 서 있었다. 호리호리한 체구에 새하얗게 염색한 머리. 교복 명찰에 그의 이름이 쓰여 있었다.

김남운. 역시나 내가 아는 이름이다.

「저 칸에서 살아남는 건 이현성과 김남운뿐이겠지. 상관없다. 어차피 내게 필요한 것도 그 둘뿐이니까.」

노약자석 앞에 선 김남운이 마치 노계를 골라내는 도축업자 같은 눈으로 노인들을 훑고 있었다.

"누가 지원할래?"

선명하게 와닿는 목소리의 온도. 그 서늘함에 한 노인이 주눅이 들어 대답했다.

"무, 무슨 소릴……."

"무슨 소린지 잘 알잖아? 슬슬 모두를 위한 합리적인 결정을 해야지."

사람들의 시선이 하나둘 집중되었다. 지금부터 무슨 일이 일어날지 짐작한 얼굴들. 뜻밖에도, 얼굴을 구긴 한명오 부장이 팔을 걷어붙이며 나섰다.

"이 어린 노무 시키가 지금 뭔—"

다가서는 한명오를 향해 김남운의 차가운 시선이 꽂혔다.

"네가 죽을래?"

"뭣……!"

"왜 이렇게 눈치가 없어. 아직 상황 파악 안 되나 봐?"

천장에서는 도깨비가 켜놓은 홀로그램 화면이 재생되고 있었다.

[살려, 살려줘요!]

[으아아아악!]

[죽어! 죽으라고!]

이곳 열차 칸이나 태풍여고뿐만이 아니었다. 세계 각지에서 죽어가는 사람들의 실시간 영상. 그 영상을 보며 부대로 반복해서 전화를 거는 이현성이 보였다. 허무하게 울려 퍼지는 발신음. 김남운이 비웃듯 말했다.

"모르겠어? 군대는 우릴 구하러 오지 않아. 우린 죽을 사람을 선택해야 한다고."

단호한 그 말에 몇몇 사람의 몸이 움찔했다.

"뭘 망설여? 아까 그 녀석이 말했잖아. 우린 모두 '공짜로 살아왔다'라고. 그러면 여기서 제일 오랫동안 공짜로 살아온 사람이 누굴까?"

사람들 시선이 동시에 노약자석으로 향했다. 얼굴이 새파랗게 질린 노인들. 아마도 지금 김남운의 말은 모두의 은밀한 욕망을 대변하고 있을 것이다.

"이런 상황이면 당연히 오래 산 사람이 희생하는 게 맞는 거잖아. 아니면 저기 있는 어린애한테 죽으라고 할 거야?"

엄마로 보이는 여인의 옷깃을 잡고 있던 아이가 뒤쪽으로 숨었다. 아이를 보며 피식 웃은 김남운이 다시 한명오를 향해 말했다.

"물론 아저씨가 무슨 생각을 하는지 알아. 살기 위해 동족을 죽이는 거, 그건 개새끼나 하는 짓이지. 그런데 지금 같은 상황에서도 그럴까?"

"……"

"모두 잘 생각해. 지금까지 당신들이 알던 세계는 방금 끝났으니까."

한명오의 어깨가 부르르 떨렸다. 한명오만이 아니었다. 사람들의 눈빛을 타고 조금씩 균열이 번져갔다. 막연한 도덕의 세계가 붕괴하는 광경. 균열에 쐐기를 박아 넣은 것은 역시나 김남운이었다.

"새로운 세계에는 새로운 법칙이 필요한 법이야."

김남운. 멸살법의 세계에 가장 빠르게 적응을 마친 청년.

돌아선 김남운이 다시 노인들을 바라보았다.

"그래서 누가 할래? 오 분 안에 지원자 안 나오면 싹 다 죽는다고."

벌벌 떠는 노인들이 김남운을 보며 경기를 일으켰다.

"뭐, 직접 나서지 않는다면 찍는 수밖에. 자······."

러시안룰렛이라도 하는 듯 김남운의 손가락이 노인들을 가리키며 움직였다.

이번에는 누구도 그를 제지하지 못했다. 한명오도, 다른 사람도······ 심지어는 이현성까지.

군인의 꽉 쥔 주먹이 허공에서 갈 곳을 잃은 채 떨리고 있었다.

아마 그 역시 방금 뭔가를 선택했을 터다.

사람들 표정이 너무나 원색적이라서 싸구려 통속소설의 문장처럼 읽기 쉬웠다.

「오 분 안에 살해 행위가 벌어지지 않는다면, 이 칸의 모두가 죽는다.」

사람들의 눈빛이 변하고 있었다.

「만약 누군가가 죽지 않는다면, 오 분 뒤 죽는 것은······.」

살아 있는 생명체가 가질 수 있는 가장 원초적인 눈빛들. 마침내 김남운의 손가락이 멈췄다.

"아무래도 죽을 사람이 정해진 것 같네."

김남운이 부들부들 떠는 노인의 멱살을 잡고 일으켜 세웠다. 버둥거리는 노인을 보며 김남운이 사람들을 돌아보았다.

"뭐 해? 가만히 있다가 다 뒈지고 싶어?"

어떤 사람은 김남운의 시선을 피했지만 반응한 이들도 있었다. 가장 먼저 움직인 이는 백팩을 멘 회사원이었다.

"……저 청년 말이 맞아. 이대로면 다들 죽어."

회사원이 노인을 향해 다가갔다.

그러자 주변에 있던 사람들도 홀린 듯 중얼거렸다.

"맞아. 누군가는…… 어쩔 수 없잖아. 그래야 우리가 살아."

"아, 모르겠다!"

둘, 그리고 셋.

눈치만 보며 서 있던 사람들이 노약자석을 향해 움직였다. 비겁하게 주변을 서성거리던 남자들도. 스마트폰으로 동영상을 촬영하던 대학생도. 아이를 내팽개친 엄마와, 뒤늦게 합류한 한명오 부장까지. 모두 알고 있었다. 지금 저 노인이 죽지 않으면 자신이 죽는다. 노인에게 다가간 사람들이 하나둘 소극적으로 린치를 가하기 시작했다.

"소, 솔직히 살 만큼 산 사람이 양보하는 게 맞잖아!"

"그냥 죽어! 빨리 죽으라고!"

언젠가 어느 책에서 이런 구절을 읽은 기억이 떠올랐다.

「사형 집행자들은 처형대의 레버를 동시에 당긴다. 누가 사형수를 죽였는지 숨기기 위해.」

나는 그 구절을 다시 읽듯 모든 광경을 지켜보고 있었다.

마치 다른 세상에서 일어나는 일을 구경하는 사람처럼.

이것은 바꿀 수 없는 이벤트다. 저 이름 모를 노인은 애초에 살릴 수 없는 사람이었다. 원래 시나리오에서도 저 노인은 죽었을 테니까.

그때 유상아가 자리에서 벌떡 일어났다. 나는 반사적으로 그녀를 붙들었다.

"함부로 움직이지 말라고 했잖아요."

"독자 씨."

내 손에 붙들린 팔이 파르르 떨리고 있었다. 떨림을 숨기려는 듯 꼭 쥔 유상아의 주먹이 흔들렸다. 내가 말했다.

"지금 가면 유상아 씨가 타깃이 됩니다."

"알아요, 알지만……!"

두려움으로 떨리는 유상아의 눈동자가, 희미하게 타오르고 있었다.

"그대로 둘 수는 없어요."

새삼스레 깨닫게 된다. 이야기의 장르가 바뀌어도 여전히 환하게 빛나는 사람도 있다.

"유상아 씨. 앉으세요."

그러나 이 이야기를 바꿀 수 있는 사람은 유상아가 아니다.

유상아는 이 세계의 주인공이 아니니까.

"하지만—"

"한 번만 내 말대로 해줘요. 그 뒤론 참견 안 할 테니까."

억지로 유상아를 자리에 앉힌 후 크게 숨을 들이쉬며 등을 돌렸다. 곧게 허리를 펴자 날숨이 가늘게 떨렸다. 천천히 발목을 풀고 손목을 돌린다.

사실 나서기에는 조금 이른 시간이었다. 본래 내 계획은 이게 아니었으니까.

"……독자 씨?"

나는 그녀의 부름에 답하지 않고 사람들을 보았다. 김남운이 치켜든 주먹이 슬로모션처럼 움직였다. 마치 사형수의 죽음을 위해 협력하는 교도관들처럼, 사람들이 노인을 포위하듯 둘러섰다.

내가 줄곧 가만히 있었던 것은 김남운이나 사람들이 무서워서도, 그들의 비인간성에 전적으로 동의해서도 아니었다. 단지 기다리고 있었다. 내가 움직여야 할 순간을. 그러니까.

콰아아앙—!

바로 지금.

"와아악! 뭐야!"

폭발음에 귓가가 먹먹해지며 열차의 차체가 기우뚱 흔들렸다. 사람들의 비명. 바로 앞 칸에서 피어오른 연기가 이쪽 객실로 넘어오고 있었다.

시작되었다. 녀석이 움직였구나.

나는 오른발로 있는 힘껏 바닥을 박찼다. 비명을 지르며 주저앉는 사람들을 지나쳐 노인이 있는 방향을 향해서.

"뭐야? 어어억!"

정면에서 부딪힌 김남운이 괴성을 지르며 바닥에 나동그라졌다. 얼핏 보면 내가 노인을 구한 듯한 상황이지만, 내가 노린 건 그것만이 아니었다.

어디지?

빠르게 주변을 훑었다. 살기 위해 서로 죽이는 세계. 그 지옥의 한가운데에서 한 아이가 울고 있었다. 곤충 채집통을 들고 있던 그 아이였다.

"잠깐 실례 좀 할게."

나는 아이가 품속에 숨긴 채집통을 향해 손을 뻗었다. 아이가 반사적으로 한 걸음 물러났으나 나는 고개를 저었다.

"부탁한다."

결국 양보한 아이가 걸음을 멈췄다. 채집통 속으로 손을 집어넣자 메뚜기의 기분 나쁜 키틴질이 손끝에 닿았다. 나는 한 마리를 꺼내어 아이의 손에 쥐여주었다. 그리고 사람들을 향해 돌아섰다.

"다들 멈추세요. 그 사람 죽여봤자 당신들은 살 수 없으니까."

폭발 후의 일시적인 정적 탓에 내 목소리는 놀라울 정도로 선명하게 들렸다. 하나둘 사람들이 내 쪽을 보기 시작했다.

"저 노인을 죽였다고 칩시다. 그다음은 어쩔 겁니까?"

흠칫 놀라는 표정들이 보기 좋았다. 어디 조금 더 말해볼까.

"노인이 죽으면 도깨비가 말한 '최초의 살해 행위'가 인정되니까 잠깐 시간은 벌 수 있겠죠. 하지만 그다음은요?"

"어……."

"도깨비의 말이 사실이라면 결국 여러분은 각자 한 사람 몫을 죽여야 합니다. 그래서 그다음엔 누굴 죽일 겁니까? 옆에 있는 사람?"

그제야 뭔가를 떠올린 사람들이 서로 보며 주춤주춤 물러났다.

공포에 질린 눈빛들. 사실 모두 알고 있다. 저 노인은 그저 시작일 뿐이라는 걸. 김남운이 흔들리는 분위기를 붙잡았다.

"다들 뭐가 걱정이야? 다음엔 저놈을 죽이면 되지! 겁쟁이들. 미리 자기 차례부터 걱정하지 말라고! 확률은 반반이야!"

김남운이라면 그렇게 말할 줄 알았지. 나는 가볍게 손을 내저으며 그의 말을 끊었다.

"그런 도박을 할 필요는 없습니다. 살인자가 되지 않아도 살아날 방법은 있어요."

"뭐?"

"그, 그게 뭡니까?"

크게 술렁이는 사람들. 김남운의 표정이 일그러지는 것이 보였다.

"잊었습니까? 시나리오의 클리어 조건은 '사람을 죽여라'가 아니었을 텐데요."

―하나 이상의 생명체를 죽이시오.

　시나리오 내용에는 처음부터 '사람'이라는 말이 명시되어 있지 않았다. 하나 이상의 생명체 살해. 그 말은 곧 살아 있는 생명체라면 무엇이든 가능하다는 이야기. 눈치 빠른 누군가가 내 손의 채집통을 향해 외쳤다.

　"곤충! 곤충이다!"

　채집통 안에서 펄쩍펄쩍 뛰는 메뚜기와 귀뚜라미. 사람들 눈빛이 번뜩였다. 나는 고개를 끄덕였다.

　"맞습니다, 곤충이죠."

　나는 채집통에 손을 집어넣어 메뚜기 한 마리를 꺼냈다. 미리 보아둔 배가 통통한 녀석이었다.

　"그, 그거 내놔! 빨리!"

　"한 마리만! 한 마리만 있으면 돼!"

　손을 뻗은 채 다가오는 사람들을 보며, 천천히 한 발짝씩 물러섰다. 노인을 죽이려던 폭발적인 광기들이 이제 나를 향하고 있었다.

　설핏 웃음이 나온다.

　왜일까. 이 아슬아슬한 긴장감 속에서도, 내 심장은 왜 이렇게 즐겁다는 듯 뛸까.

　"드릴까요?"

　나는 맹수 무리를 도발하는 조련사처럼 채집통을 흔들어 보였다. 성질이 급한 몇몇이 몸을 일으켜 나를 향해 달려들려는 그 순간, 나는 쥐고 있던 메뚜기를 박살 냈다.

[’최초의 살해’ 업적을 달성했습니다!]
[추가 보상으로 100코인을 획득합니다.]

살아 있는 생명이 짜부라지는 명확한 감각이, 손안을 가득
채웠다.
“그럼 가지세요!”
나는 다른 한 손에 쥐고 있던 채집통을 힘껏 던졌다. 정확히
는 김남운과 사람들이 몰려 있던 통로 정반대 쪽을 향해서.
“저런 미친······!”
허공에서 풀려난 곤충들이, 자유를 향해 있는 힘껏 도약하
고 있었다.

4

곳곳을 뛰어다니는 곤충을 보며 사람들은 패닉에 빠졌다.

"이, 이봐요! 왜 그런 짓을—"

사람들이 멍하니 경악하는 사이, 판단이 빠른 몇몇은 나를 밀치고 지나갔다.

"두고 보자 개자식아."

"빨리 찾는 게 좋을 겁니다. 이제 삼 분밖에 안 남았으니까."

그 말을 신호로 사람들은 이성을 상실한 짐승처럼 지하철 좌석 구석구석을 뒤지기 시작했다.

"잡았다! 아아악!"

운 좋게 곤충을 손에 넣은 자의 환희와, 다시 그 사람을 공격하는 악의가 어우러져 객실 안은 난장판이 되고 있었다.

"어이, 왜 그런 짓을 한 거야? 그냥 내줘도 됐잖아?"

옆을 돌아보니 김남운이 몸을 일으키고 있었다. 나는 수상쩍게 목을 푸는 김남운을 경계하며 대답했다.

"객실에 남은 사람은 열두 명이야."

"......응?"

"채집통에 남은 곤충은 세 마리고."

잠시 얼빠진 표정을 짓던 김남운이 파안대소를 했다.

"십이 대 삼? 하하하핫! 그러네. 어차피 모두 살아남을 수는 없다 이거지? 그래서 저걸 던졌다?"

"그래."

"웃기지 마."

"......?"

"상식이 제대로 박힌 인간이라면 그딴 이유로 저런 짓을 벌이진 않아."

김남운의 얼굴에 웃음기가 짙어지고 있었다.

"솔직히 말해봐. 그냥 저 광경을 보고 싶었던 거 아니야?"

나는 내가 아는 멸살법의 김남운을 떠올렸다. 귓가에 메시지가 들려온 것은 그 순간이었다.

[전용 스킬, '등장인물 일람'이 발동합니다.]

눈앞에 멋대로 떠오르는 알림창. 내 특성이 뭔지는 정확히 모르지만 창을 보고 있자니 대강 감이 올 것도 같았다.

<인물 정보>

이름: 김남운

나이: 18세

배후성背後星: 없음(현재 2명의 성좌가 해당 인물에게 관심을 보입니다.)

전용 특성: 중2병(일반)

전용 스킬: [비정상적인 적응력 Lv.3] [나이프 파이팅Knife Fighting Lv.1] [흑화黑化 Lv.1]

종합 능력치: [체력 Lv.3] [근력 Lv.4] [민첩 Lv.6] [마력 Lv.4]

종합 평가: 특별한 계기를 맞아 흑화한 중2병입니다. 엮이지 않는 것을 추천합니다.

멸살법에 등장하는 '중2병' 중 대부분은 실재가 된 악몽을 견디지 못하고 자살했다. 하지만 눈앞의 김남운만은 달랐다.

망상악귀妄想惡鬼 김남운.

훗날 그런 별명으로 불리게 되는 이 청년은 평범한 중2병이 아니었다. 세계의 멸망만을 오래도록 기다려왔기에 '비정상적인 속도'로 이 세계에 적응해버린 청년.

"나랑 같이 팀을 짜자. 어때?"

그 청년이, 지금 내게 제안하고 있었다.

[등장인물 '김남운'이 당신에게 호감을 표합니다.]

[등장인물 '김남운'에 대한 당신의 이해도가 상승합니다.]

지금 김남운과 손을 잡는다면 당장 생존은 보장되겠지. 만약 멸살법을 읽지 않았더라면, 지금 내 선택은 조금 달라졌을지도 모르겠다.

"미안하지만 난 혼자가 좋아서."

"그래? 흠, 아쉽게 됐네."

가볍게 입맛을 다신 김남운이 내 앞으로 바짝 다가섰다.

"그럼 좀 비키지? 난 뒤쪽 노인네한테 볼일이 있으니까."

노인네, 라는 말에 뒤를 돌아봤다. 피를 흘리며 쓰러진 할머니가 가까스로 숨을 내쉬고 있었다.

"곤충은 안 잡는 거냐?"

"곤충? 내가 그딴 걸 왜 잡아?"

김남운이 비릿하게 웃었다.

"이미 다 잡아놓은 벌레가 있는데."

김남운의 살기가 코앞에서 느껴졌다. 소설 문장으로만 존재하던 캐릭터가 생생한 광기를 지닌 채 나를 마주하고 있었다. 그래서일까. 조금 감탄하고 말았다.

김남운은 정말 내가 상상한 그대로의 인간이었구나.

[등장인물 '김남운'의 호감도가 미미하게 하락합니다.]

"뭘 봐? 빨리 비키라니까?"

"그건 힘들겠는데."

"뭐?"

"비켜줄 수 없다고."

"하하, 이제 와서 정의의 사도 흉내라도 내겠다는 거야? 이중인격이냐?"

나는 대답하지 않았다. 김남운의 얼굴에 서서히 그림자가 드리워졌다. 호감으로 빛나던 눈동자가 차갑게 식어갔다.

"아니 잠깐만. 혹시 처음부터 이러려고 채집통을 저쪽으로 던진 거였어? 진짜?"

"……."

"저 노인네 살리려고? 하하! 대박! 진짜 대박! 아니지? 응?"

나는 대답하지 않았다. 이렇게 가까이서 녀석을 보자니 새삼 예전 기억이 떠올랐다.

"이거, 알고 보니 내가 제일 싫어하는 종류의 인간이었네. 역시 나이 든 새끼들은 다 똑같다니까."

멸살법을 읽는 내내 이 자식 때문에 얼마나 속이 터졌는지.

[등장인물 '김남운'이 당신을 멸시합니다.]

"비키라고 했지?"

속으로 타이밍을 재다가 고개를 숙였다. 말이 채 끝나기도 전에 날아드는 주먹.

"어쭈, 제법인데?"

명백히 알고 피했음에도 머리 위쪽으로 후끈거리는 열감이 남았다. 평범한 주먹질이 아니었다.

[흑화 Lv.1].

김남운의 전신에서 피어오르는 어두운 아우라. 중2병 특성의 전용 스킬이었다.

본래 첫 번째 시나리오가 끝나기 전에 스킬을 해방하는 경우는 드문데, 김남운은 벌써 스킬을 발현하고 있었다. 사이코패스 같은 성격에도 불구하고 주인공이 이놈을 영입한 데는 이유가 있는 것이다.

퍼억!

녀석에게 맞은 어깨에 심한 경련이 왔다. 이대로 싸운다면 승산은 없다.

……지금 '그걸' 써야 하나?

속으로 시간을 계산하던 찰나, 메시지가 들려왔다.

[등장인물 '김남운'에 대한 당신의 이해도가 상승합니다.]
[전용 스킬, '전지적 독자 시점' 1단계의 사용 조건에 근접했습니다.]

전지적 독자 시점?

이건 또 뭐야?

[전용 스킬, '전지적 독자 시점' 1단계의 사용 조건에 도달했습니다!]

꽈앙, 하는 소리와 함께 김남운의 주먹이 바닥을 내리쳤다.

"하하, 뭐야? 나 꽤 세잖아?"

객실 바닥에 희미하게 남은 주먹 자국. 이제 김남운도 조금씩 자신의 힘을 깨닫고 있었다. 한 방만 맞아도 뼈가 부러지기 충분한 타격이 연속해서 바닥을 내리쳤다. 김남운이 답답한 듯 성질을 부렸다.

"아, 왜 이렇게 안 맞아!"

당연히 안 맞을 수밖에 없었다. 모두 내 두 번째 스킬 덕분이었다.

[전용 스킬, '전지적 독자 시점' 1단계가 발동합니다!]

스킬이 발동한 순간, 나는 김남운의 속마음을 읽기라도 한 양 공격 방향을 훤히 알 수 있었다. 예를 들면, 이렇게.

「오른쪽 옆구리.」

재빨리 몸을 뻗어 공격 방향의 사각으로 물러나고,

「오른쪽 눈.」

빠르게 허리를 숙여 연달아 날아드는 주먹을 피해낸다.

"존나 안 처맞네 진짜!"

부실한 운동신경 탓에 반격까지는 무리였지만, 적어도 공격을 대부분 피할 수는 있었다.

「왼쪽 대퇴부.」

이 정도면 버티기에는 충분했다. 중요한 건 시간을 버는 것. 나는 날아드는 김남운의 주먹을 피하며 허공의 시계를 가리켰다.

"이제 이 분 남았다, 꼬마야."

다급해진 김남운이 나와 할머니를 번갈아 보았다.

"이런 씨……!"

선택의 순간, 김남운의 눈이 할머니 쪽에 고정되었다. 나는 어쩔 수 없이 할머니를 안고 굴렀다.

할머니가 죽으면 김남운은 시나리오를 클리어하게 된다. 무슨 일이 있어도 저런 놈을 다음 시나리오로 보낼 수는 없다.

"하하, 그렇게 움직일 줄 알았다니까."

어쩐 불길한 예감이 들었다. 그새 김남운이 가방에서 뭔가를 꺼내고 있었다. 하얀 형광등 빛을 머금은 칼날에 눈이 시렸다. 휴대용 맥가이버 칼. 잊고 있었다. 이 녀석이 골수 밀리터리 오타쿠였다는 것을.

쉬이이익!

기술형 스킬인 [나이프 파이팅]과 강화형 스킬인 [흑화]의 연계. 칼끝의 방향은 명백했다.

「심장.」

방향을 알아도 피할 수 없는 공격. 빠르게 판단을 내린다. 피할 수 없는 공격이면 차라리 맞는 게 낫다. 가능하면 최소한의 피해로.

가까스로 심장을 빗나간 칼날이 내 어깨를 깊이 긋고 지나 갔다.

아프다. 정말 아프다.

피부가 타는 듯한 통증이란 이런 것이었구나. 시야가 흔들 리며 죽음의 느낌이 성큼 다가왔다.

"하하, 이제 그만 죽어!"

시나리오 종료까지 남은 시간은 일 분 삼십 초. 나는 할머니 쪽을 흘끗 살폈다. 할머니한테는 미안하지만 이제 정말 '그걸' 쓰는 수밖에 없다.

"청일고교 2학년 김남운. 질문 하나 하지."

"……뭐?"

"곤충 알은 '생물'일까 아닐까?"

나는 아까 죽인 메뚜기의 사체를 주머니에서 꺼냈다. 통통 한 알집의 부피가 푸짐했다.

뿌드득, 하는 소리와 함께 터지는 진액.

찝찝한 느낌이 손안에 흥건히 퍼지며 메시지가 들려왔다.

[생명체를 살해했습니다.]

[추가 보상 100코인을 획득합니다.]

[생명체를 살해했습니다.]

(…)

[생명체를 살해했습니다.]

[추가 보상 100코인을 획득합니다.]

귓가를 두드리는 무수한 메시지.

김남운이 인상을 썼다.

"갑자기 무슨 개소리야? 시간 끄냐?"

"그런 셈이지."

"곤충의 알 그딴 걸 어떻게 알아? 난 생물 시간에 항상 졸았다고."

피에 젖은 내 어깨를 보며 김남운이 즐거운 듯 웃었다.

"하지만 내가 확실히 아는 게 하나 있어. 뭔 줄 알아?"

"뭔데."

"바로 지금 네가 뒈질 거란 거야!"

대답하기도 전에 김남운의 맥가이버 칼이 움직였다. 역시나 피하기 힘든 공격이었다.

[대량의 코인을 획득했습니다! 코인 사용 도움말을 확인하시겠습니까?]

나는 귓가로 들려오는 설명들을 생략했다. 어차피 아는 내용이라 들을 필요가 없었다.

"아니, 죽는 건 너야."

나는 입으로 그 말을 내뱉음과 동시에, 속으로 뭔가를 중얼거렸다.

[2,700코인을 '체력'에 투자합니다.]

[체력 Lv.1 → 체력 Lv.10]

[체력 레벨이 크게 증가합니다!]

[육체의 내구도가 크게 상승합니다!]

김남운의 맥가이버 칼이 내 심장 부근을 파고들었다.

정확히는, 파고든 것처럼 보였다.

단단한 바위를 긁은 것처럼 생채기만 남은 피부. 김남운의 눈동자가 경악으로 물들었다.

"어떻게!"

"아까 문제의 정답을 알려줄게. 답은 '알은 생물이다'야."

"뭐, 뭐?"

"그리고 산란기의 메뚜기는 한 번에 알을 백 개 이상 낳지."

알. 생물. 백 개.

안타깝게도 머리 나쁜 김남운이 그 정보의 의미를 이해하기에는 남은 시간이 너무 촉박했다.

"뭔 개소리야!"

"이해하리라 생각하지도 않았어. 이제 일 분 남았네."

그제야 김남운의 얼굴에 공포가 어리기 시작했다.

"으아아아! 죽어! 죽인다!"

목을 노리고 날아드는 맥가이버 칼의 궤적. 나는 일부러 공격을 방어하지 않았다.

카가가각!

가슴보다는 취약한 부위였던 까닭일까. 조금 전보다는 깊은 생채기가 남았지만 별로 아프지는 않았다.

"김남운."

발악하는 김남운의 뒤쪽으로, 여전히 벌레를 찾아 드잡이를 벌이는 사람들이 보였다. 자신의 생존을 위해서라면 누군가를 해치는 것도 마다하지 않는 사람들.

"아까 네 말이 맞아. 나는 너랑 똑같은 종류의 인간이야."

어쩌면, 내가 구할 수도 있던 사람들이었다.

"씨발 뭐야! 왜 안 죽어! 왜 안 죽는 건데!"

55초. 50초. 45초.

나이프는 계속해서 생채기만을 남겼다. 핏줄기는 흘렀지만, 칼날은 살가죽 아래를 헤집지 못했다. 김남운이 다시 입을 연 것은 삼십 초를 남겨둔 시점이었다. 칼을 떨어뜨린 김남운이 내 앞에 무릎을 꿇었다.

"사, 살려줘."

25초.

"살려달라고! 제발! 살려주세요!"

"내가 왜?"

20초.

"사, 사람 목숨은 중요하잖아! 그게 당연한 거잖아!"

"그건 '예전 세계'의 법칙이겠지. 네가 말했잖아. 새로운 세계에는 새로운 법칙이 필요하다고."

10초.

"싫어, 싫어! 죽기 싫어! 으아아아아!"

5초.

괴성을 지르며 달려든 김남운이 나이프로 내 눈을 노렸다.

날붙이가 내 망막을 파고들려는 바로 그 순간.

[제한 시간이 경과했습니다.]

퍼버버벅— 하는 소리와 함께 김남운의 머리가 폭발했다.

[유료 정산이 시작됩니다.]

김남운을 시작으로 곳곳에서 사람들의 머리가 터져나가고 있었다.

하나, 둘, 셋, 넷…….

새로운 시대를 알리는 폭죽처럼 터져나가는 머리들.

나는 약간의 환희와 약간의 죄책감, 그리고 알 수 없는 괴리감 속에서 그 광경을 보고 있었다.

왜일까.

어째서 저 광경을 보면서도 이토록 침착할 수 있는 것일까.

마치 소설이라도 보고 있는 것처럼.

[당신은 총 124개체의 생명체를 학살했습니다.]

[학살 내역: 메뚜기 1마리, 메뚜기알 123개]

[저항력 없는 생명체를 살해했기에 획득 코인이 절반으로 감소합니다.]

[총 6,200코인을 획득했습니다.]

[능력치 레벨업에 사용한 코인이 자동 감산됩니다.]

[총 3,500코인을 획득했습니다.]

[과도한 학살로 '대량 학살자' 업적을 달성했습니다.]

지하철의 새카만 창문에 내 얼굴이 비치고 있었다.

수없이 거울을 보면서도 한 번도 본 적 없던 표정.

나는 뺨 언저리에 묻은 핏자국을 문질러 닦았다. 핏자국은 지워지지 않았다. 알고 보니 유리창에 묻은 피였다.

기우뚱, 하는 느낌이 들더니 열차가 다시 움직이기 시작했다. 덜덜덜 소리를 내며 달리는 열차. 곧 빛이 들이치며 창문에서 어둠이 밀려났다. 압구정역에서 옥수역으로 향하는 3호선의 지상철 구간. 창밖으로 한강을 비롯한 서울의 정경이 드러나고 있었다.

아아.

누군가가 벅차오르는 신음을 흘렸다. 살았다, 하는 깊은 안
도가 느껴지는 신음이었다. 하지만 그 신음의 의미가 바뀌기
까지는 그리 오랜 시간이 걸리지 않았다.

아, 아…….

창밖 풍경은 더는 우리가 알던 서울이 아니었다.

포연과 먼지 속 폐허가 된 시내.

무너진 한강의 대교들.

군인 시체로 붉게 물든 한강, 쓰러진 빌딩 사이로 K1 탱크
를 장난감처럼 짓밟는 괴물들.

[메인 시나리오 #1 - '가치 증명'이 종료됐습니다!]

[기본 클리어 보상으로 300코인을 획득했습니다.]

[채널 이용 수수료로 100코인이 감산됐습니다.]

[추가 보상 정산이 시작됩니다.]

하나의 세계가 멸망하고 새로운 세계가 태어나고 있었다.

그리고 나는 이 세계의 결말을 아는 유일한 독자였다.

02

Episode

주인공

Omniscient Reader's Viewpoint

1

지하철은 동호대교를 반쯤 지났을 무렵 멈춰 섰다.

"맙소사……."

살아남은 몇몇 사람이 엉거주춤 자리에서 일어나 바깥 광경을 내다보았다. 폐허가 된 서울 시내와 무너진 빌딩들. 거대한 뱀을 연상시키는 괴수들이 한강에 불시착한 전투기의 잔해를 뜯어 먹고 있었다.

"저, 저게 대체……!"

나는 녀석들의 정체를 한 번에 알아보았다.

어룡魚龍.

흔히 씨-써펜트Sea-Serpent라고 불리는 괴수. 훗날 멸살법의 세계에서 7급 괴수종으로 분류될 놈이었다. 어룡 중 하나가 이쪽을 돌아봤다.

"으, 으아아아! 온다!"

사람들이 공포에 질려 외쳤다. 하지만 나는 다가오는 어룡을 보면서도 무감했다. 저 녀석들은 위협이 될 수 없었다.

쿠르르르르.

울음을 토한 어룡은 동호대교 아래쪽을 맴돌더니 기포와 함께 자취를 감추었다.

멸살법의 세계에서 '시나리오'는 모든 사안에 우선한다. 고로 시나리오의 보호를 받는 한, 당장 녀석들과 부딪힐 일은 없다. 적어도 당장은 그랬다.

[예상치 못한 시나리오 점검으로 보상 정산이 지체되고 있습니다. 잠시 기다려주십시오.]

보상 정산이 시작돼야 할 타이밍임에도, 허공에 떠 있는 것은 오류 메시지뿐이었다.

이건 아마 나 때문이겠지.

나는 몸통만 남은 김남운의 사체를 내려다보았다. 멸살법의 진행대로였다면 김남운은 이 칸의 대부분을 살해하고 다음 시나리오로 넘어가야 했다.

그런데 내가 그것을 막았다.

내 생각이 맞는다면, 지금쯤 김남운의 죽음에 분노하는 이들이 나타날 것이다.

[등장인물 '김남운'의 죽음으로 2명의 성좌가 당신에게 희미한 적대감을 표합니다.]

성좌.

멸살법의 세계에서 가장 신비로운 존재들이자, 저 먼 성운星雲의 꼭대기에 앉아 이 모든 이야기를 관람하는 비극의 배후. 성좌들의 호오好惡 표시가 뜨는 것을 보니 지금부터가 본격적이라는 실감이 났다.

우스운 일이다. 하루 전까지만 해도 놈들과 나의 입장은 정반대였는데 이젠 놈들이 나를 구경하고 있으니.

[소수의 성좌가 당신의 시나리오에 감탄을 표합니다.]
[성좌들이 당신에게 500코인을 후원합니다.]

나를 싫어하는 놈이 있다면 좋아하는 녀석도 있는 법.

어느 쪽이든 불편한 상황이기는 매한가지였지만 당장 놈들을 어떻게 할 방법은 없었다.

이제 광대가 된 것은 내 쪽이니까.

나는 바닥에 떨어진 김남운의 맥가이버 칼을 주우면서 생각했다.

구경할 테면 얼마든지 구경해보라지. 네놈들이 낼 관람료는 결국 네놈들의 목숨이 될 테니까.

"……독자 씨? 괜찮아요?"

고개를 들자 유상아가 보였다. 축 늘어진 어깨. 하얀 블라우스 곳곳에 남은 핏자국과 올이 나간 스타킹. 내가 알던 유상아는 이제 없었다. 나는 유상아의 손을 잡고 일어나며 말했다.

"미안해요. 할머니는 못 구했어요."

나는 역시나 머리가 사라진 할머니의 시체를 내려다보았다. 이름도 모르는 할머니. 앞으로도 많은 사람들이 이런 식으로 죽을 것이다.

유상아가 복잡한 눈으로 나를 보았다.

"독자 씨는 어떻게 그렇게……."

"예?"

"아, 아니에요. 그보다…… 감사해요."

"뭐가 말이죠?"

"그, 아까……."

뒤늦게 한 장면이 떠올랐다.

때마침 내가 채집통을 던진 방향에 서 있던 유상아의 모습. 무슨 생각을 하는지 알 것 같았다.

"그냥 우연입니다. 그러니 두 번은 없을 겁니다."

"아……."

말없이 고개를 끄덕이는 유상아. 속내는 알 수 없지만, 똑똑한 사람이니까 무슨 말인지 알아들었을 것이다.

내 선택으로 인해 누군가가 살고 다른 누군가는 죽었다.

살아난 쪽이 누구든 나는 고맙다는 인사를 받을 자격이 없었다.

[와, 대박.]

치지지직, 하는 소리와 함께 허공에서 도깨비가 나타났다.

[대체 무슨 일이 있었던 거죠? 잠깐 다른 칸 보고 온 사이에.]

도깨비의 표정에 환희와 경악이 뒤섞여 있었다. 녀석의 솜털 머리 위로 반짝이는 별 같은 것이 둥둥 떠다녔다.

나는 속으로 별이 몇 개인지 세었다. 하나, 둘, 셋…… 스물, 스물하나. 총 스물한 개인가. 녀석이 기뻐할 만도 하다.

[무려 스물한 분이나 제 채널에 접속하시다니…… 이거 일진이 잘 풀리려나? 어이쿠, 후원 감사합니다 성좌님들. 하하, 여러분! 밥값 제대로 하셨나 봐요?]

별 개수는 곧 채널에 접속한 성좌 수를 의미한다. 스물하나면 많지는 않지만 초보 도깨비인 녀석에게는 낯선 숫자일 것이다.

[이거 이거, 생존자 숫자도 상당하네요? 옆 칸 그놈도 미친놈이었는데…… 오늘은 꽤 재밌는 일들을 벌여주시는군요.]

히죽거리던 도깨비가 허공에 뭔가를 조작했다. 잠시 후 생존자 명단이 떠올랐다.

[불광행 3434호 열차 3807칸 생존자: 김독자, 이현성, 유상아, 한명오, 이길영. 총 5명 생존.]

다섯 명. 생각보다 많이 살아남았다.

나는 생존자의 얼굴을 하나하나 바라보았다. 체격 좋고 운동신경이 뛰어난 이현성의 생존은 예상했다. 역시나 유상아도 어느 정도는 예상했다.

그리고 이길영.

'이길영'은 지금 내 옆에 서 있는 이 소년의 이름일 것이다. 소년의 손에는 으스러진 메뚜기의 진액이 묻어 있었다. 내가 쥐여준 메뚜기였다.

머리가 사라진 자신의 엄마를 말없이 바라보는 소년. 소년의 엄마는 그를 버리고 할머니를 죽이는 일에 동참했다. 그리고 소년은 그 광경을 처음부터 끝까지 전부 지켜보았다.

나는 잠시 주저하다가 소년의 어깨를 슬며시 잡았다. 같잖은 동정은 아니었다. 굳이 표현하자면, 이것은…… 그렇다. 위선이다.

"꼬마야."

천천히 고개를 든 소년의 눈동자에 생전 처음 맞닥뜨린 죽음의 공포가 넘실거리고 있었다.

어쩔 수 없는 본능. 지금 이 소년은 엄마의 죽음에 슬퍼하는 것이 아니었다. 그저 자신의 죽음을 두려워하는 것뿐이었다. 당연한 일이다. 그게 인간이니까.

"살고 싶니?"

소년의 동공이 불안하게 흔들렸다. 항거할 수 없는 힘에 저항하듯 몸이 떨렸다. 그리고 미미하게, 고개를 끄덕였다.

"그럼 같이 가자."

스르르 움직인 이길영이 내 다리 곁에 바짝 붙었다. 유상아가 감동이라도 한 듯 내 쪽을 보고 있었다. 의도치 않게 또 오해를 사게 생겼다. 사실 보라고 한 일이기는 했다. 그 대상이 유상아는 아니었지만.

[소수의 성좌가 당신의 선행에 감동합니다.]
[성좌들이 당신에게 200코인을 후원했습니다.]

저열하다 생각해도 어쩔 수 없다. 나 역시 살고 싶은 건 마찬가지니까. 앞으로 있을 중요한 이벤트를 감안하면 지금 성좌들의 시선을 끌어두는 것은 필수적이었다.

"이, 이제 저흴 풀어주시는 겁니까? 원하는 조건도 들어드리지 않았습니까?"

대여섯 걸음 떨어진 곳에서 와이셔츠가 몇 갈래로 찢어진 한명오가 소리를 질렀다.

한명오 부장. 억세게 운이 좋은 인간이다. 그런데 조금 의아했다. 저 돈 많은 한명오가 왜 퇴근길 지하철에 타고 있었을까.

얼마 전에도 벤츠를 새로 뽑았다며 부서마다 순회하던 인간이.

[흐음, 풀어달라뇨? 바깥 광경을 제대로 못 보셨나 보죠? 진짜로 내보내드려요?]

도깨비가 킬킬 웃었다.

[아무튼 감탄했습니다. 사실 이 칸은 별로 기대를 안 했는데, 용케도 첫 번째 시나리오를 통과하셨네요. 이로써 벌레도

살아남을 자격이 있다는 걸 증명하셨군요.]

　새삼스레 처지를 깨닫게 되는 말이었다. 아마 저놈 눈에는 우리가 메뚜기처럼 보이겠지.

　[자자, 고난을 이겨낸 만큼 보상도 있어야겠죠? 이제 여러분은 첫 번째 시나리오의 보상으로 무려 성좌님들의 후원을 받을 자격을 갖췄어요. 와아아! 어때요, 기대되죠? 흠, 다들 시큰둥하네요. 이거 정말 대단한 일인데.]

　사실 그럴 수밖에 없었다. 이곳에서 '성좌'나 '후원'이 뭔지 아는 사람은 나밖에 없으니까. 성좌의 후원. 그 말이 뜻하는 바는 명약관화했다. 드디어 멸살법의 핵심 이벤트 중 하나인 〈배후背後 선택〉이 시작되려는 것이다.

　[흠, 다들 어리둥절한 얼굴이시네. 쉽게 말씀드릴게요. 지금 당신들은 아주 형편없을 정도로 약해요. 당장 이어질 시나리오 속에 던져놨다간, '크루크'는커녕 약해빠진 '땅강아쥐'만 만나도 살해당할 정도란 말입니다. 그런데 친절하게도, 이 우주에는 그런 당신들을 가엾게 여겨 후원하고자 하는 위대한 분들이 계시거든요. 무슨 말인지 알겠습니까?]

　결국 참지 못한 이현성이 입을 열었다.

　"그게 대체 무슨 말입니까? 누가 누구를 후원한다……."

　[흠, 말귀 더럽게 못 알아 처먹네. 한국 속담에 그런 게 있었죠. 백 번 듣느니 한 번 보는 게 낫다. 그러니 직접 겪어보시죠. 뭐, 운이 없는 사람은 겪을 기회도 없겠지만 말입니다. 하하핫!]

나는 바짝 긴장했다. 지금부터다. 여기서 좋은 선택지를 골라야만 앞으로 생존이 더욱 수월해질 것이다.

"독자 씨? 갑자기 이상한 선택지 두 개가 떴는데, 대체……."

"저한테 물어보셔도 모릅니다."

물론 괜한 의심을 사지 않기 위한 거짓말이었다.

그나저나 선택지가 두 개라. 유상아도 꽤 운이 좋은 편이다.

"편하게 생각하죠. 적성 검사라도 한다고 생각하고."

"적성 검사라니……."

"어차피 이게 무슨 상황인진 아무도 모릅니다. 마음 편히 임하는 게 낫지 않겠습니까?"

"아…… 알겠어요."

유상아는 내 말이 맞다고 생각했는지 입을 다물고 허공을 노려보기 시작했다. 기묘한 점괘라도 만난 듯 심오한 표정이었다.

다른 사람들도 갑자기 말이 없어졌다. 다들 자신의 눈앞에 뜬 선택지를 읽고 있겠지.

그리고 나 역시 내 선택지를 들여다보고 있었다.

〈배후 선택〉

― 당신의 배후를 선택하세요.

― 선택한 배후는 당신의 든든한 후원자가 되어줄 것입니다.

수수께끼 같은 네 개의 선택지.

나를 화신化身으로 삼으려는 성좌가 총 넷이라는 뜻이었다.

멸살법의 주인공이 처음 받은 선택지가 다섯 개였다는 점을 감안하면 네 개도 적은 숫자는 아니었다. 그리고 사실 정말 중요한 것은 숫자가 아니라 그 숫자 곁으로 보이는 수수께끼 같은 단어들이었다.

성좌들은 절대로 자신의 진명眞名을 밝히지 않는다.

그 때문에 모든 계약자는 '심연'이니 '악마'니 '정원'이니 하는 고풍스러운 은유를 열심히 곱씹어 성좌의 정체를 유추해야만 했다. 물론 멸살법의 유일한 독자인 내게 이 정도 수수께끼는 아무것도 아니었다.

먼저 '심연의 흑염룡'.

내 기억에 따르면 이 성좌는 성좌들의 집단인 흑운黑雲을 이끄는 강력한 존재였다.

진명은 잊었는데, 굉장히 긴 이름이었던 걸로 기억한다.

이 성좌의 장점은 계약과 함께 강력한 전투력 보정을 받을 수 있다는 것이었다. 특히 체력과 근력 보정이 절실한 초반에는 '심연의 흑염룡'만 한 성좌가 없었다.

물론 어디까지나 초반에 국한된 이야기지만.

이 성좌의 힘은 사용 빈도가 잦아질수록 정신이 오염되고, 나중에는 광기에 젖은 살인마가 되어버린다. 보통 중2병 특성을 가진 녀석을 후원하는 성좌인데…… 왜 나를 고른 건지 모르겠다.

뭔가 기분이 찜찜하니까 일단 이 녀석은 제외다.

두 번째, '악마 같은 불의 심판자'.

이 선택지를 실제로 보니 어쩐지 감개가 무량하다.

언뜻 사악한 냄새를 풀풀 풍기는 이 성좌는 사실 '악마 같은'이라는 수식어가 함정이다. '악마 같다'라는 것은 바꿔 말하면 '결코 악마는 아니다'라는 뜻이다. 여기에 '불'과 '심판'이라는 단어가 결합한다. 악마가 아니면서, 불을 통해 심판을 행하는 자.

역설적이게도 이 성좌의 주인은 천사다. 내 기억으로는 '대천사 우리엘'이었던 것 같은데…… 멸살법에 이 성좌를 배후성으로 고른 인물이 있었다.

꽤 괜찮은 선택지이지만 일단 이것도 보류다. 절대선絶對善

계열 성좌는 강력한 힘을 행사하는 만큼 말도 안 되는 제약이
있는 까닭이다.

세 번째, '은밀한 모략가'.

멸살법의 애독자인 나도 이런 선택지는 처음 보았다. 언뜻
지나가면서 거론된 성좌 가운데 있었을 수도 있지만…… 지
금으로서는 모르겠다. 멸살법을 좀 더 꼼꼼히 읽다 보면 뭔지
감이 올 것도 같은데.
　분명 이 성좌의 주인은 그다지 강력한 존재는 아닐 것이다.
진명을 대체하는 관형사의 빈약함은 둘째 치고서라도, 고유명
사의 사용이 전혀 없었다.
　은밀한 모략가라니. 성좌를 표상하는 수식언으로는 지나치
게 소박했다. 고로 이것도 보류.

마지막, '긴고아의 죄수'.

네 번째 선택지를 본 순간 심장이 크게 뛰었다. 이 성좌에게
서 초반부터 푸시가 오다니. 몇 번이나 눈을 의심했지만 틀림
없었다.
　틀림없는 '긴고아의 죄수'였다.
　언뜻 보기에는 '죄수'라는 말이 들어 있어서 부정적인 이미
지를 연상시키지만 이 성좌는 사실 '긴고아'라는 고유명사를

눈여겨봐야 했다.

긴고아緊箍兒. 세상에서 가장 작은 감옥.

어릴 적 《서유기》를 즐겨 읽은 사람이라면 쉽게 알아챌 수 있는 힌트였다. 동서고금을 통틀어 긴고아의 속박을 받는 죄수는 오직 하나뿐이기 때문이다.

머리를 죄는 족쇄의 고통 속에서 살아가는 화과산의 주인. 화안금정火眼金睛의 미후왕.

제천대성齊天大聖 손오공.

멸살법의 등장인물 중에도 제천대성의 후원을 받는 존재가 있었다.

여의를 한 번 휘두르는 것만으로 수백의 화신체를 휩쓸고, 단 한 번의 뇌전으로 수천의 마물을 해치우는 경이로운 힘. 그 부분 묘사에 작가가 힘을 잔뜩 주었기에 기억도 선명했다.

어째서 이 강력한 성좌가 내게 관심을 보였는지는 모르겠지만, 제천대성의 화신이 된다면 누구보다도 수월하게 새로운 세계에서 생존할 수 있을 것이다. 하지만……

나는 조용히 앞쪽 열차 칸과 연결된 문을 보았다. 저 문 너머에서, 나와 같이 선택 화면을 보고 있을 '그 녀석'의 모습이 눈에 선했다.

만약 제천대성을 택한다면 놈을 이길 수 있을까?

[배후성 선택 완료까지 1분 남았습니다.]

시간이 촉박하게 흐르고 있었다.

나는 가볍게 숨을 내쉬며 마지막으로 선택지를 훑어보았다.

고민은 길지 않았다.

2

[배후 선택이 종료됐습니다.]

나는 허공을 떠도는 메시지를 보며 심호흡했다.

[몇몇 성좌가 당신의 선택에 큰 충격을 받습니다.]

그래, 이제 시작이군.

[성좌, '심연의 흑염룡'이 당신의 선택에 진노했습니다.]
[흑운 소속 성좌들이 '심연의 흑염룡'의 노여움에 동요합니다. 당신
은 당분간 흑운 소속 성좌들의 후원을 받지 못할 것입니다.]

예상한 메시지였기에 별로 놀라지는 않았다.

자기가 거절 좀 당했다고 패거리까지 죄다 등 돌리게 만드는 성정이라니…… 원작에서 김남운의 배후성이 이 녀석이었지. 역시 그 성좌에 그 화신이다.

[성좌, '악마 같은 불의 심판자'가 당신에게 실망했습니다.]
[그녀는 앞으로 당신의 정의를 집요하게 감시할 것입니다.]

대천사 우리엘의 경우는 실망 선에서 그쳤다. 애초에 절대선 계통 성좌는 엄청난 불의라도 저지르지 않는 한 누군가를 미워하는 경우가 드물었다.

[성좌, '은밀한 모략가'가 당신의 선택에 흥미로워합니다.]
[200코인을 후원했습니다.]

은밀한 모략가는 아예 예상 밖이었다. 관형사로 추측한 성좌의 특성상, 내 신중함을 높이 산 게 아닐까 싶었다.

[성좌, '긴고아의 죄수'가 당신의 선택을 재미있어합니다.]

그리고 제천대성…….

마음이 착잡해진다. 과연 제대로 된 선택일까? 모르겠다. 어쩌면 나는 엄청난 기회를 눈앞에서 떠나보낸 것일 수도 있다.

[당신은 배후성을 선택하지 않았습니다.]

하지만 어떤 성좌를 고른다는 것은 곧 그만큼의 가능성을 제약받는 것이기도 했다. 배후성과의 계약은 결코 공평한 '거래'가 아니기 때문이다.

나는 살아남을 것이다. 하지만 네놈들 노리개가 되면서까지 살아남지는 않겠다.

그리고 내 예상으로는 지금 당장 배후성을 택하지 않아도 강해질 방법은 있었다. 어쩌면 최강의 배후성을 가진 화신들보다도 더 강해질 방법이.

[하하, 이것 참…… 흥미로운 선택을 한 분이 계시네요? 뭐, 그래요. 기회는 또 있으니까요.]

초승달처럼 휘어진 도깨비의 눈이 잠깐 나에게 머물렀다.

[자자, 그럼 다들 선택도 끝나셨을 테고, 여기서 잠시 쉬고 계세요. 저는 이만 다음 시나리오 준비하러 가봐야 해서. 십 분 뒤에 뵙죠!]

〈배후 선택〉이 끝난 후 도깨비는 그딴 말을 남기고 사라졌다. 말이야 쉬라고 했지만 정말 중요한 십 분이었다. 그 안에 모든 상황을 정리하고 다음 시나리오를 준비해야 한다.

머릿속으로 내가 가진 능력을 떠올려보았다.

[등장인물 일람], 그리고 [전지적 독자 시점].

아직 정확한 쓰임새는 알 수 없지만 대강 어떤 스킬인지는 감이 온다. 이거라면 어떻게든 될 것이다.

"다들 모여주세요."

내 말에 서로 눈치만 보고 서 있던 생존자들이 쭈뼛쭈뼛 모여들었다. 제일 먼저 손을 내민 사람은 이현성이었다.

"안녕하세요, 이현성입니다."

"김독자입니다."

"반갑다……라는 말이 어울리는 상황일지는 모르겠지만 반갑습니다. 말씀드렸다시피 군인이고…… 이젠 군인이었다고 말해야 할 판이지만요."

"자대랑 연락이 안 되는 모양이죠?"

"……예."

맞잡은 손에서 느껴지는 악력이 상당했다. 과연 멸살법의 초반 탱커답달까. 이현성은 반드시 데리고 가야 한다. 비록 지금은 별 볼 일 없어 보이지만, 이현성은 멸살법에서 후반부로 갈수록 중요한 인물이었다.

"아, 그리고 독자 씨."

"예?"

"아까는 감사했습니다. 독자 씨가 아니었다면 저흰 모두 죽었을 겁니다."

"아뇨, 그건."

"혹은 살았어도 사람으로 살 수는 없었을 겁니다. 정말 감사합니다. 그리고…… 부끄럽습니다."

허리까지 깍듯이 숙이는 이현성. 마음이 조금 착잡해졌다. 사실 이현성은 내가 뭘 어떻게 하지 않아도 살아남았을 테니까. 누군가가 내 어깨를 잡은 것은 그때였다.

"하하, 우리 계약직이 큰 건 하나 했네. 독자 씨, 내 이름은 알지?"

돌아보지 않아도 누군지 알 수 있었다. 나는 어깨에 붙은 손을 떼어내며 말했다.

"압니다, 한명오 씨."

"어허, 한명오 씨라니? 부장님이라고 해야지?"

이 상황에서도 직급을 내세우다니 정말이지 한명오다웠다.

"여긴 회사가 아닙니다만."

"하, 이것 보게. 이제 출근 안 하려고? 그런 버르장머린 어디서 배웠어?"

으르렁대는 한명오의 모습에 내가 알던 세계가 끝났음을 새삼스레 깨달았다. 눈앞의 남자는 시나리오가 시작되기 전만 해도 이 세계의 포식자였다. 그리고 나는 그 포식자 앞 먹잇감에 불과했다. 분명 그랬다.

"그리고 아깐 아무리 생각해도 너무했어. 응? 벌레 같은 게 있으면 나한테 귀띔이라도 해줬어야지. 그렇게 함부로 내던지면 어떡해?"

"……"

"김독자 씨, 나한테 잘해야지? 이제 계약 갱신 얼마 안 남았지? 응? 지금이 말야, 독자 씨한텐 가장 중요한 시기인—"

갑자기 우스워진다. 내가 살아온 세계는 이렇게나 연약한 것이었구나.

"한명오 씨."

"엉?"

"그만 닥치세요."

"뭐, 뭐?"

"아직도 상황 파악 안 됩니까? 아까 그 애새끼한테 맞았어야 정신 차릴 겁니까? 미노 소프트? 이 사달이 났는데 아직 회사가 남아 있겠습니까?"

얼굴이 하얗게 질린 한명오가 입을 뻐끔거렸다. 나는 다른 사람들을 향해 시선을 돌렸다. 기왕 말을 꺼낸 거, 확실하게 해둘 필요가 있었다.

"한명오 씨만 문제가 아닙니다. 모두 정신 차리세요. 도깨비 말대로 이건 장난이 아니니까."

"……."

"다들 말은 안 해도 대충 무슨 상황인지는 눈치챘을 거라 믿습니다. 특성창에 전용 스킬. 게임 같은 인터페이스. 혹시 아직도 감 못 잡으신 분 있습니까?"

과연 손을 드는 사람은 없었다. 한국은 인터넷과 전자기기 보급률이 높으니 RPG 게임을 한 번도 안 해본 사람은 많지 않다. 게임을 안 해본 경우라면, 하다못해 판타지 소설이나 웹툰이라도 읽었을 것이다.

이현성이 한숨을 내쉬었다.

"당직 서며 몰래 읽던 소설에나 나오던 일인데 아직도 실감이 안 납니다. 역시 꿈은 아니겠죠?"

"당연히 현실입니다."

내 의연한 대답에 이현성의 눈빛이 조금 바뀌었다.

[등장인물 '이현성'이 당신에게 희미하게 신뢰감을 느낍니다.]

[등장인물 '이현성'에 대한 당신의 이해도가 상승합니다.]

이현성이 고개를 끄덕였다.

"확실해서 좋군요. 그럼 이제 어떻게 해야 할까요? 독자 씨는 뭔가 의견이 있으십니까?"

"여기서 나가야 합니다."

나는 한 치의 망설임도 없이 말했다.

"나, 나가다니. 지금 제정신이야?"

"독자 씨, 저도 그건 좀……."

이번에는 유상아까지 거들었다. 아직 정신들 못 차렸군.

"그럼 언제까지 여기 있을 겁니까?"

사실 이성적으로 판단하자면 지금 내 주장은 사리에 맞지 않는 데가 있었다. 밖은 괴수의 천국이니까.

하지만 나는 안다. 지금 우리는 밖으로 나가야 한다.

"다들 부모님 생각은 안 하십니까? 이 사달이 났는데 부모님은 무사하실까요?"

"아, 안 그래도 아까부터 전화가 계속 먹통이에요. 톡도 안되고……."

역시 '부모님'이란 말에는 마법이 있는 모양이다. 유상아는 물론이고, 이현성과 한명오마저 표정이 어두워지는 걸 보면. 이길영은 가만히 고개를 숙이고 있었다. 나는 그런 아이의 어깨를 묵묵히 감싸주었다. 먼저 자리에서 일어난 사람은 유상아였다.

"나가요. 나가야겠어요."

"아, 안 돼! 아까 그 새끼 말 못 들었어? 여기서 쉬라잖아! 함부로 움직이면 대가리 깨진다고!"

"다수결로 하죠."

유상아가 먼저 손을 들었고, 나와 이길영이 이어서 손을 들었다. 그리고 거기까지였다.

"저도 자대로 가보긴 해야 합니다만, 그래도 이 상황에서 함부로 움직이는 건 위험할 것 같습니다. 아까 경고도 들었고요."

"너희끼리 나가! 난 안 나가! 안 나간다고!"

한명오야 어차피 도움이 안 되는 놈이니까 상관없지만 문제는 이현성이었다. 이현성은 어떻게든 데리고 가야 하는데……

쿠웅, 하는 진동과 함께 두꺼운 철판이 우그러지는 듯한 소리가 들렸다. 자세히 보니 3707칸으로 통하는 철문이 조금씩 찌그러지고 있었다.

"뭐, 뭐야?"

한명오의 고함에도 아랑곳하지 않고 철문은 재차 굉음을 냈다.

쿠웅!

누군가가 철문 너머에서 문을 부수려 하고 있었다. 예상치 못

한 상황이었기에 나도 생각이 많아졌다. 설마 다음 시나리오인가? 아니야. 아직 도깨비가 돌아오지 않았잖아. 그렇다면…….

머리가 빠르게 굴러갔다. 오소소 솜털이 일어서며 짧은 전율이 전신을 스쳤다.

놈이다.

"뭐, 뭐 해! 다들 막아!"

한명오가 고함을 지르며 문 쪽에서 멀어졌다. 철문 쪽으로 다가가려는 이현성을 제지한 것은 나였다.

"가봤자 못 막습니다."

"예?"

"당장 여기서 나가야 합니다."

나는 무거운 눈길로 철문을 노려보며 말했다.

"예? 하지만."

"지금 나가지 않으면―"

3707칸의 유일한 생존자. 철문 너머에 있는 자가 누구인지는 너무 빤한 일이었다.

"다음 시나리오가 도착하기도 전에 우리는 모두 죽게 될 겁니다."

그래, 드디어 놈이 오는구나. 이 이야기의 '진짜' 주인공이.

3

　나는 망설이는 이현성과 한명오의 눈을 똑바로 바라보며 말했다.

　"여기서 저 철문 너머에 있는 녀석에게 죽든가, 아니면 열차 밖으로 나가서 운을 시험해보든가. 어느 쪽을 고르실 겁니까?"

　"으, 으으……."

　"독자 씨, 저 철문 너머에 있는 게 꼭 적이라는 보장은 없지 않습니까?"

　강철검제는 결정적인 순간에 유약하다. 이현성이 파티의 리더가 못 되는 이유가 있는 것이다.

　"다른 칸에서 넘어온다면 생존자일 가능성이 클 텐데요. 한 번 만나보는 것도……."

　나는 대답 대신 피투성이가 된 객실을 훑어보았다. 내 시선을 따라 고개를 움직인 이현성이 조용히 입을 다물었다.

"……제가 경솔했습니다. 빠져나갈 방법을 찾아보죠."

"나, 나가자! 빨리 나가자고!"

순간 두 사람도 자각한 것이다. 다른 칸의 생존자도 우리와 같은 일을 겪었으리라는 것을.

그리고 그들에게는 '곤충'이라는 행운이 없었으리라는 것도.

"이쪽은 고장 났어요!"

"젠장, 이쪽도 안 돌아가!"

이현성과 한명오의 외침을 들으며, 나 역시 개폐 장치를 확인했다. 아까는 결계가 쳐져 있던 개폐 장치에 이제는 손을 댈 수 있었다.

통로를 잇는 개폐 장치를 제외하면 지하철 한 량의 출입문 개폐 장치는 총 여덟 개. 그리고 아직 확인하지 않은 출입문은 총 세 개였다.

쿵!

철문은 이제 일 분을 채 버티기 힘들어 보였다. 아무리 주인 공이라고 해도 초반이라 근력 레벨이 충분하지 않을 텐데, 저 두꺼운 철문을 부술 생각을 하다니 솔직히 경이로웠다.

"독자 씨! 여기—"

멀쩡한 수동 개폐 장치를 발견했다.

"엽니다!"

그러나 개폐 장치가 매끄럽게 돌아간 것과는 별개로, 문은 한 번에 열리지 않았다. 오분의 일쯤 열리던 문이 턱에 걸린 것처럼 도중에 멈춰 섰다.

"……여기도 고장 난 것 같군요."

"다른 곳은 어때요?"

"그나마 빠져나갈 가능성이 있는 곳은 이곳뿐입니다."

아이라면 모를까. 성인 남녀가 빠져나가기에는 좁은 틈이었다. 한명오와 이현성이 문 한 짝씩을 붙들고 기를 써댔으나 꼼짝도 하지 않았다.

[보유 코인: 4,700C]

코인의 사용처 중 하나는 능력치를 올리는 것이다. 그리고 나는 체력을 10레벨로 만드는 데 이미 2,700코인을 사용했다. 남은 코인으로 근력 레벨을 높인다면 어떻게든 해결은 되겠지만, 언제 어떤 일이 있을지 모르는 초반 상황에서 코인을 함부로 사용할 수 없었다.

결국 기대할 방법은 하나뿐이다.

"이현성 씨. 스킬을 쓰세요."

"예? 스킬이라 하심은……."

나는 조용히 [등장인물 일람]을 가동했다.

[전용 스킬, '등장인물 일람'을 발동합니다!]

<인물 정보>

이름: 이현성

나이: 28세

배후성: 강철의 주인

전용 특성: 불의를 외면한 군인(일반)

전용 스킬: [총검술 Lv.2] [위장 Lv.1] [인내심 Lv.1] [정의감 Lv.1]

성흔: [태산 밀기 Lv.1]

종합 능력치: [체력 Lv.8] [근력 Lv.8] [민첩 Lv.7] [마력 Lv.5]

종합 평가: 전체적인 능력치가 매우 준수합니다. 불의를 놀랍도록 잘 참았음에도 불구하고 성좌의 선택을 받았습니다. 이것은 그에게 또 다른 계기가 될 것입니다.

　아무런 제약 없이 눈앞에 떠오르는 이현성의 정보들. 선택한 배후성도 특성도 다행히 내가 멸살법에서 읽은 그대로였다.

　"아까 특성창 여셨을 때 확인하셨을 텐데요. 이현성 씨는 군인이시니까 이 상황에서 쓸 만한 스킬이 하나쯤 있을 겁니다."

　"그게… 하나 있긴 합니다만, 어떻게 쓰는지—"

　"속으로 그 스킬을 사용한다고 생각하세요."

　"……그걸로 되는 겁니까?"

"돼요. 저도 아까 해봤으니까요."

이현성은 설마, 하는 표정을 짓더니 뭔가를 결심한 듯 숨을 몰아쉬었다.

"흐아아아아압!"

문을 붙잡은 이현성의 팔근육이 터질 듯 부풀어 올랐다. 무사히 [태산 밀기]가 발동한 모양이었다.

사실 [태산 밀기]는 엄밀히 따지면 스킬이 아니라 성흔星痕이었다. 그리고 성흔은 배후성에게서 받는 힘이다. 굳이 '스킬'이라는 표현을 쓴 것은 의심을 피하기 위해서였다.

드드드드드.

거대한 태엽을 돌리는 것 같은 소리가 나더니 이윽고 문이 움직이기 시작했다.

"뭐야! 이 친구 완전 장사잖아!"

"됐다! 정말 됐어요!"

[등장인물 '이현성'이 당신을 신뢰하기 시작합니다.]

[등장인물 '이현성'에 대한 이해도가 상승합니다.]

의심은커녕 도리어 신뢰도가 올랐다. 이럴 때 보면 이현성은 단순한 인물이다.

"내리죠, 어서!"

하지만 안심하기에는 일렀다. 나는 이길영을 들어 이현성에게 건네주었다.

"현성 씨. 아이를 업어요."

"알겠습니다."

이제 철문은 거의 다 부서졌다. 하지만 내 예상이 맞는다면, 당장 문제는 저 철문이 아니다.

[이것 참. 이럴 줄 알았다니까. 아까 제가 말했죠? 아무 데도 가지 말라고. 젠장! 아직 시나리오 준비가 안 끝났는데―]

화가 난 듯한 모습의 도깨비가 동호대교 상공에 떠 있었다.

"으아아! 내가 이럴 줄 알았어! 나오지 말자고 했잖아!"

머리가 터질 거라 생각했는지 한명오가 관자놀이를 감싸 쥐었다. 하지만 괜한 걱정이었다.

[휴…… 뭐 어쩔 수 없죠. 정말 운이 좋은 인간들이라니까.]

왜냐하면 바로 열차 문을 여는 순간이 '두 번째 시나리오'의 시작이니까.

[두 번째 시나리오가 도착했습니다!]

〈서브 시나리오 - 탈출〉

분류: 서브

난이도: E

클리어 조건: 끊어진 다리를 건너 옥수역으로 진입하시오.

제한 시간: 20분

"독자 씨, 뭔가 이상해요. '끊어진 다리'라고 되어 있는데, 아직 다리는……."

"신경 쓰지 말고 달려요! 빨리!"

"아, 알겠어요!"

사실 유상아의 지적이 맞다. 다리는 아직 끊어지지 않았다.

바꿔 말하면, '다리는 반드시 끊어질 것'이라는 얘기였다.

"독자 씨도 어서 오세요!"

"갑니다."

아직 다리가 끊어지지 않은 것은 우리가 '너무 빨리' 열차에서 내린 까닭이었다. 도깨비가 말한 준비 시간은 십 분. 하지만 우리는 그보다 삼 분이나 일찍 탈출했다.

비겁하다고 말할 수도 있겠지만, 이번 시나리오는 그런 편법을 쓰지 않고는 클리어가 불가능했다. 더군다나 체력적으로 불리한 사람이 끼어 있다면 더욱. 곁을 달리는 유상아가 감탄한 목소리로 말했다.

"헉, 헉. 역시 이현성 씨는 군인이라 그런지 체력이 좋네요."

"……숨을 아껴두세요. 아직 많이 남았습니다."

일행 중 가장 앞서 달려간 것은 아이를 업은 이현성이었다.

코인 투자도 안 한 순정 상태의 몸으로 체력, 근력, 민첩 레벨의 총합이 23을 넘어서는 괴물이니 당연한 일이었다.

허겁지겁 뛰어가는 한명오가 그다음을 이었고, 나와 유상아가 대열의 마지막이었다. 아슬아슬하긴 해도 시간을 맞출 수 있을 듯싶었다.

"으앗, 저게 뭐야!"

갑자기 한명오가 외쳤다. 한강 중간쯤에서 뜬금없이 거대한 소용돌이가 일더니 물보라가 터지고 있었다.

그리고 그 물보라의 중심에서 나타난 거대한 괴수.

어룡이었다.

문제는 그 어룡의 크기가 아까 유리창 너머로 본 녀석의 곱절은 되어 보인다는 것. 저 정도면 씨-써펜트가 아니라……
씨-커맨더Sea-Commander급은 되겠는데.

일반 어룡인 씨-써펜트만 해도 7급 괴수다. 9급 괴수인 땅강아쥐만 돼도 보통의 인간이 상대하기 어렵다는 것을 고려하면, 7급쯤 되면 보통의 인간은 이빨만 스쳐도 찢겨 죽을 것이다.

즉, 지금 오는 저 녀석은 초반의 화신체들이 절대로 잡을 수 없는 괴수였다. 물론 잡을 필요는 없다. 잡으라고 만든 놈도 아니고.

쿠구구구구!

한강 물이 해일처럼 밀려오고, 어룡의 아가리가 벌어지고 있었다. 다리를 통째로 물어뜯어 붕괴시키려는 모양이었다.

"다리가 부서지겠어!"

"달려요! 달리면 건널 수 있으니까!"

이제 남은 거리는 200미터 남짓. 내 계산이 맞는다면, 이 속도로 충분히 다리가 붕괴하기 전에 건널 수 있었다.

[게임이 너무 쉬우면 재미없죠?]

물론 어디까지나 변수가 없을 때 이야기였지만.

[시나리오 난이도가 조정됐습니다.]

[시나리오 난이도: E → D]

아차, 하는 순간 허공에서 도깨비의 웃음소리가 들려왔다.

[그냥 도망가면 재미없잖아요? 분위기 좀 연출해보자구요!]

[죽은 자의 사념이 돌아옵니다.]

[주변 대지가 검은 에테르로 차오릅니다.]

[마인魔人들이 깨어났습니다!]

그워어어, 하는 소리가 들리는가 싶더니 뒤쪽에서 뭔가가 쫓아오고 있었다. 유상아가 사색이 되어 중얼거렸다.

"좀비?"

좀비를 닮은 시체들이 엄청난 인파를 이루며 몰려오고 있었다. 개중에는 우리와 같은 칸에 탔던 사람들도 보였다.

"조금만 더 가면 돼요! 빨리!"

어룡과의 거리는 이제 100미터도 남지 않았다. 다행히 이현성은 이길영을 업고 안전선을 돌파했다. 문제는 나를 비롯한 나머지 셋이었다. 한명오가 비명을 질렀다.

"이 자식들!"

쫓아오는 마인의 숫자가 너무 많았다. 지하철 안에서 죽은 사람들만 있다면 충분히 도망칠 수도 있었을 것이다. 문제는,

"그워어어!"

다리에서 죽은 운전자들까지 마인이 되어 나타났다는 것.

이현성이 돌파한 길은 순식간에 시퍼런 안광을 빛내는 마인들로 뒤덮였다. 나는 길을 막은 마인들과 다가오는 어룡을 번갈아 보았다.

"……다들 엎드려요."

이미 늦었다.

콰아아아앙!

다리의 지축이 크게 흔들리며, 거대한 어룡의 입이 동호대교 전체를 흔들고 지나갔다. 자욱한 먼지 사이로 언뜻 어룡의 비늘이 빛나는가 싶더니 한강 물이 비처럼 쏟아져 내렸다. 곳곳에서 피비린내와 물비린내가 진동했다.

나는 비틀거리며 몸을 일으켰다. 사위가 걷히자 주변 정경이 한눈에 들어왔다. 잘려나간 철골들과 무너진 콘크리트 더미. 어룡이 깨끗하게 먹어치운 마인들의 사체가 육편이 되어

너부러져 있었다.

다리가 끊겼다.

"…독… 씨! ……찮아요?"
약간 떨어진 곳에 유상아가 한명오를 부축한 채 서 있었다.
종전의 지진으로 한쪽 다리를 다쳤는지, 한명오는 거동이
불편해 보였다.
끊어진 다리의 건너편에서 이현성과 이길영이 뭐라고 외치
고 있었지만, 안전 지대로 넘어간 그들의 목소리는 결계에 가
로막혀 들리지 않았다.
어떡한다.
다리가 끊어지는 경우를 가정하지 않은 것은 아니었다. 하
지만 한명오와 유상아가 함께 있는 경우는 상정해본 적이 없
었다. 허공에서 목소리가 들려온 것은 그때였다.

[누군가가 성좌의 가호를 받았습니다.]
[성좌의 가호로 시나리오에 '데우스 엑스 마키나'가 발동합니다.]

목소리와 함께, 끊어진 동호대교의 사이로 찬란한 빛의 다
리가 생성되었다. 그리고 떠오른 메시지창.

> **[데우스 엑스 마키나 - 짝수 다리]**
>
> **설명:** 성좌의 가호로 만들어진 빛의 다리. 오직 '짝수' 인원만이 다리를 건널 수 있다. 홀수 인원이 다리를 건너려 할 시, 다리는 즉시 소멸한다.

"독자 씨. 이거, 제 머릿속에서, 그러니까 갑자기—"

횡설수설하는 유상아와 눈이 마주쳤다. 대충 무슨 상황인지 알 것 같았다.

데우스 엑스 마키나.

성좌가 막대한 손실을 감수하고 시나리오에 개입할 수 있는 권능.

"……유상아 씨의 후원자군요."

어떤 성좌인지는 모르겠지만, 누군가가 유상아를 자신의 화신으로 선택했고, 그녀가 살기를 원했다.

데우스 엑스 마키나의 출현은 멸살법 전체를 살펴봐도 드문 현상이었다.

그리고 유상아는 본래 죽었어야 할 인물이다. 순간 의문이 들었다. 유상아는 도대체 어떤 성좌를 배후성으로 삼은 거지?

[해당 인물의 정보는 '등장인물 일람'으로 열람할 수 없습니다.]

['등장인물 일람'에 등록되지 않은 인물입니다.]

조금 놀랐다. 내 스킬로 볼 수 없는 인물이라고? 대체 왜? 특별한 배후성을 가졌기 때문인가? 아니면 정신 방벽이 있나? 하지만 초반부터 그런 걸 가지고 있을 리가…… 아니, 잠깐만. 설마 이거.

"독자 씨, 이제 어떡해요?"

당황한 유상아의 목소리가 들려왔다. 생각할 시간은 많지 않았다.

쿠구구구.

한강 물이 소용돌이치고 있었다. 다리를 통째로 먹어치운 어룡이 강 반대편에서 거대한 몸을 선회하는 것이 보였다. 나는 입술을 깨문 채로 다리의 설명을 다시 한번 읽었다.

오직 '짝수' 인원만이 다리를 건널 수 있다.

데우스 엑스 마키나는 비극을 좋아하는 빌어먹을 성좌들이 만든 장난감.

모두가 살아날 방법은 없다.

눈이 마주친 한명오의 몸이 가늘게 떨리고 있었다.

결국 누군가는 죽어야만 한다.

4

그때 유상아가 소리쳤다.

"독자 씨! 뒤!"

반사적으로 허리를 숙이자, 피 묻은 주먹이 허공을 가르며 날아왔다. 거무튀튀한 기운이 휘감긴 익숙한 주먹이었다.

쓰러지며 반사적으로 내뻗은 발차기에 뭐가 걸려 나가떨어지는 게 느껴졌다. 뒤돌아보지 않아도 어떤 놈일지 감이 왔다.

9등급 인외종人外種, 마인.

검은 에테르에 감염된 인간의 변이종.

마인은 9등급임에도 불구하고 고위험종으로 분류되는 괴물이었다. 보통의 인간을 베이스로 만든 마인은 좀비와 다를 바가 없지만, 지금처럼 숙주가 남다를 경우는 특히 위험했다.

나는 머리가 터진 남고생의 명찰을 보았다.

"……김남운."

십여 분 전에 머리가 터진 녀석이 이제 마인이 되어 나를 노리고 있었다.

터져나간 김남운의 성대가 기괴한 형태로 꿈지럭댔다.

"그워어억."

[전용 스킬, '전지적 독자 시점'을 발동합니다!]
[해당 인물은 의식을 가지고 있지 않습니다. '전지적 독자 시점' 발동이 취소됩니다.]

젠장, 역시 안 되나.

촤아악!

길게 자라난 김남운의 검은 손톱에 허벅지가 긁혔다. 화상을 입은 듯한 통증이 다리 전체로 번졌다. 나이프에도 별다른 상처를 입지 않던 피부가 겨우 손톱에 찢어졌다. 마인이 된 인간은 생전보다 몇 배나 강해진다.

"유상아 씨, 당장—"

그 말을 하는데 뭔가 기분이 싸했다. 뒤돌아보지 않아도 무슨 상황이 펼쳐지는지 알 수 있었다.

"이거 놔요! 놓으라구요! 독자 씨! 독자 씨!"

분명 방금 전까지 다리를 절던 한명오가, 반항하는 유상아를 들쳐 멘 채 놀라운 속도로 다리를 건너가고 있었다.

[성좌, '은밀한 모략가'가 당신의 호구력에 감탄합니다.]

[성좌, '악마 같은 불의 심판자'가 당신의 희생정신에 감동합니다.]

[100코인을 후원받았습니다.]

……그렇군.

날 버리고 갔다 이거지?

그런데 달려가는 본새가 좀 이상했다. 외발로 달리는데도 올림픽 선수 못지않게 빠른 발놀림. 당연히 배 나온 한명오의 전용 스킬일 리는 없고, 배후성의 성흔일 것이었다.

[외발 준족].

나는 그 성흔을 제공하는 성좌가 누구인지 알고 있었다. 멀어지는 한명오를 향해 [등장인물 일람]을 사용했다.

[해당 인물의 정보는 '등장인물 일람'으로 열람할 수 없습니다.]

이번에도 [등장인물 일람]은 제대로 작동하지 않았다.

내 기억이 맞는다면 성흔 [외발 준족]은 성좌 '절름발이 사기꾼' 것이다. 절름발이 사기꾼은 정신 방벽계의 성흔을 부여하지 않는다. 한명오가 원래 그런 스킬을 가지고 있을 리도 없다.

즉 내 스킬이 실패한 것은 한명오가 가진 능력 때문이 아니었다.

……바보였군.

나는 눈앞에 떠 있는 메시지창을 보며 헛웃음을 지었다.

['등장인물 일람'에 등록되지 않은 인물입니다.]

문자 그대로 이해하면 되는 것을 어렵게 생각했다. [등장인물 일람]은 말 그대로 등장인물의 정보를 읽어내는 스킬. 그리고 유상아와 한명오는 본래의 멸살법에는 나오지 않는 인물이었다.

내가 살리지 않았더라면 죽었을 인물들. 그러니 [등장인물 일람]으로 정보를 확인할 수 없는 것은 당연했다.

"그륵! 그륵! 그륵!"

한쪽에는 의미 모를 소리를 지껄이며 다가오는 김남운과 마인들, 다른 한쪽에는 다리를 반절 이상 건너간 한명오. 이현성과 이길영은 이미 다리 건너편 안전 지대로 진입해버렸기에 도움을 구할 수도 없다. 그야말로 진퇴양난의 상황이었다.

나는 빠르게 머리를 굴렸다. 마인 하나를 제압해서 다리를 건넌다? 시도할 가치는 있겠지만 성공 확률이 너무 낮다. 마인은 이름과 달리 분류상 인외종이고, 인외란 곧 인간이 아니라는 뜻이었다.

"그아아악!"

달려들던 마인 몇 마리가 중심을 잃고 난간 아래로 떨어졌다.

콰지지직!

떨어진 마인들은 그대로 어룡의 먹이가 되었다. 피라냐처럼 달려든 어룡들은 삽시간에 마인을 수십 조각의 육편으로 으깼다.

스멀스멀 공포가 밀려왔다. 한순간이라도 다리 위 인원이 '홀수'가 되면, 저놈들과 같은 꼴이 될 것이다. 혼자서 건너는 것은 무리. 그렇다면?

"……천천히 하자."

스스로를 다스리듯 중얼거렸다. 지금은 그런 침착함이 필요했다. 아직 몇 가지 쓸 만한 방법은 남아 있고, 당장은 눈앞의 것들을 처리하는 일이 더 중요하다. 나는 호흡을 조절하며, 달려드는 마인들의 다리를 잡아 걸었다.

"그워억?"

다행히 눈이 없는 놈들이어서 관성을 이용해 난간 아래로 추락시키기는 어렵지 않았다.

갸아아악— 콰지직!

착실하게 떨어뜨리면서 숫자를 줄인다. 허공에서 도깨비의 초시계가 깜빡였다. 시나리오 종료까지 남은 시간은 십오 분.

"후……."

사각에서 날아든 손톱에 어깻죽지에 상처가 났다. 아무리 마음이 침착해도, 아무리 알고 있는 정보가 많아도, 훈련되지 않은 육체만큼은 어쩔 수가 없다.

"그워어어억!"

야성만 남은 김남운의 공격이 점점 더 빨라졌다.

왼쪽 어깨.

오른쪽 허벅지.

정수리.

흐름을 끊어야 했다. 나는 날아드는 손톱을 가까스로 피하며 녀석의 다리를 발로 찍었다.

"갸아악?"

그러나 통각을 잃은 녀석은 조금도 타격을 받지 않았다. 뒷걸음질을 치는 발밑으로 끊어진 다리의 철골이 밟혔다. 먹이를 원하는 어룡들이 기둥 아래쪽에서 날뛰는 소리가 들렸다.

[소수의 성좌가 당신의 역경에 즐거워합니다.]

[소수의 성좌가 당신에게 200코인을 후원합니다.]

코인은 꾸준히 축적되었다. 이제 보유 코인은 5,000코인. 초반치고는 상당히 많이 모았다.

[와우, 제법 잘 버티네요. 자자! 저 불쌍한 친구를 위해 가호를 내려주실 성좌님들, 안 계신가요?]

장사꾼 같은 도깨비의 목소리.

찢어 죽이고 싶다.

[이런, 진짜 아무도 안 계신가요?]

당연히 없겠지. 〈배후 선택〉 당시의 일을 생각하면 나를 후원하는 성좌가 있는 게 이상하다.

[그러게 뭐랬어요. 있을 때 잘해야지. 가엾게도.]

또다시 이어진 김남운의 공격에 허리를 내주고 말았다. 물론 나 역시 김남운의 왼쪽 옆구리와 어깻죽지를 칼로 헤집어 놓은 상태였다. 덕분에 녀석의 배에서는 내장이 줄넘기처럼 덜렁거리고 있었다.

마인을 해치우려면 심장을 완전히 터뜨려야 한다.

하지만 마인의 피부는 심장 부근이 가장 단단해서 맥가이버 칼의 예리함만으로 뚫는 것은 무리였다.

젠장, 전투 스킬 하나만 있어도 이렇게 힘들지는 않을 텐데.

[전용 스킬, '책갈피'가 발동합니다.]

……책갈피?

['인물 책갈피'가 활성화됩니다.]

[사용 가능한 책갈피 슬롯: 3개]

[활성화 가능한 책갈피의 목록을 불러옵니다.]

〈책갈피에 등재된 인물 목록〉

1. 망상악귀 김남운(이해도 25)

2. 강철검제 이현성(이해도 35)

3. 빈 슬롯

책갈피. 3,000화의 멸살법을 읽었지만 이런 이름의 스킬은 한 번도 본 적 없었다. 본 적은 없어도 어떻게 쓰는지는 직관적으로 알 수 있었다.

"1번 책갈피 활성화."

샤라락, 하는 느낌과 함께 머릿속에서 책장이 넘어가기 시작했다. 등장인물 김남운이 남긴 멸살법의 장면들이었다.

「하하하하핫! 힘이 넘친다!」

「죽어! 죽어! 죽어! 죽어!」

「새로운 세계에는 새로운 법칙이 필요한 법이야.」

김남운의 기억들이 밀려들어 오며, 온몸의 근육 신경이 긴장되었다. 내가 모르는 타인의 힘이 내 안에서 요동쳤다.

[1번 책갈피가 활성화됐습니다.]

[책갈피 스킬의 레벨이 낮아 활성화 시간이 단축됩니다.]

[활성화 시간: 1분]

일 분. 충분하다.

[등장인물에 대한 이해도가 낮아 등장인물이 가진 스킬의 일부만이 활성화됩니다.]

['흑화 Lv.1'가 활성화됐습니다.]

거친 숨을 들이켜며 돌진하는 김남운. 온몸에 휘감긴 검은 기운이 터질 듯 나를 위협했다. 나는 있는 힘껏 땅을 박차고 김남운을 향해 마주 달려나갔다.

적어도 똑같은 기술을 가지고 있다면 절대로 지지 않는다.

그 순간 나는 정말로 김남운이었다. 주인공과 함께 멸살법의 세계를 휘젓던 미친 살인마. 흑화가 제대로 발동한 상황에서는 누구도 쉽게 승리를 장담할 수 없는 전장의 망상악귀.

"갸아아아아악!"

맥가이버 칼이 꺼림칙한 감각을 헤치며 앞으로 나아간다. 후두둑 부서지는 근육과 살점들. 왼쪽 어깻죽지부터 심장 부근까지. 인간의 육체가 통째로 잘려나가는 소리와 함께 마인 김남운이 비틀거렸다.

아직 눈이 있다면 분명 나를 보고 있었을 것이다.

"그으, 죽. 어어. 죽. 으. 어."

세상을 비관하고, 오래도록 일탈을 꿈꿔온 청년. 그럼에도 멸살법이 시작되지 않았다면 평범하게 수능을 보고 대학에 가서, 캠퍼스 라이프를 누렸을지도 모르는 청년.

"…죽고 싶지… 않……."

나는 난간 아래로 추락하는 김남운을 말없이 배웅했다. 분명 증오한 인물임에도, 그 순간만큼은 어쩐지 묘한 비감이 들었다.

[등장인물 '김남운'에 대한 이해도가 상승했습니다.]

무지막지한 탈력감과 함께 밀려드는 피로감.

힘들다, 정말로.

"그워어어어!"

이제 남은 시간은 십 분. 아직도 많은 수의 마인이 주춤거리며 밀려들고 있었다. 10레벨의 체력으로도 저 숫자를 감당하는 것은 무리였다. 하지만 처음부터 혼자서 감당할 생각도 없었다.

……조금 늦네. 슬슬 올 때가 됐는데.

콰직! 콰지지직!

기다렸다는 듯 들려오는 파쇄음. 그럴 줄 알았다. 놈이라면 업적과 후원금을 통째로 챙기기 위해 저런 무모한 짓을 벌이리라 생각했다.

콰지직! 뿌드득!

분명 사람의 육체끼리 부딪치는 광경임에도 꼭 거대한 철퇴가 살점을 으깨는 듯한 소리가 들린다.

사실 코인을 이만큼 모았으면 아무리 주인공이라고 해도 한판 붙어볼 만하다고 생각했다. 하지만 이제 보니 내가 얼마나 큰 착각을 했는지 알겠다.

열차가 정지한 곳에서 정확히 일직선으로, 전차라도 돌격하는지 마인들이 마구잡이로 터져나가고 있었다. 저게 정말 '인간'이 만드는 풍경이라 할 수 있을까.

"가아악?"

얼굴이 없는 마인들조차 뭔가 이상한 것을 깨달았는지 한둘씩 등을 돌렸다. 그러나 이미 늦었다.

콰지직!

사내는 순식간에 나를 위협하던 마인들을 모조리 찍어 터뜨린 후 내 앞에 당도했다. 어떤 무기도 없이, 오직 두 주먹만으로 마인을 격살하는 압도적인 무력.

마음의 준비를 하고 있었는데도 등허리에 식은땀이 흘렀다. 이런 녀석을 상대한다고? 절대로 무리다. 지금보다 종합 능력치가 두 배 이상 상승해도 이 녀석은 이길 수 없다.

"넌, 뭐지?"

사내의 서늘한 시선이 나를 향했다. 나는 그 공포를 이겨내기 위해 반사적으로 [등장인물 일람]을 가동했다.

[전용 스킬, '등장인물 일람'을 발동합니다!]
[해당 인물의 관련 정보가 지나치게 많습니다. '등장인물 일람'이 '등장인물 요약 일람'으로 변환됩니다.]

〈등장인물 요약 일람〉

이름: 유중혁

전용 특성: 회귀자(신화) / 3회차, 프로게이머(희귀)

전용 스킬: [현자의 눈 Lv.8] [백병전 Lv.8] [무기 연마 Lv.8] [정신 방벽 Lv.5] [군중 제어 Lv.5] [추론 Lv.5] [거짓 간파 Lv.4]…….

끝도 없이 이어지는 전용 스킬의 목록. 그 목록의 끝에서 억센 남자의 손이 나타나 내 목을 틀어쥐었다.

"대체 어떻게 살아 있는 거지?"

멸망한 세계에서 살아남는 '첫 번째' 방법. 그 방법을 살아 증명하는 이가 바로 눈앞에 있었다.

회귀자 유중혁.

이 세계의 장대한 비극은 바로 이 인물에서 시작된다.

5

다 큰 성인 남성이 멱살을 잡혀 원숭이처럼 대롱대롱 매달린 꼴이라니, 누가 봤다면 꽤나 우스꽝스러운 광경이었을 것이다.

짝수 다리 건너편에서 이쪽을 보는 일행들이 보였다. 애타는 얼굴이었지만, 사실 이쪽에서 무슨 일이 일어나는지는 전혀 모르고 있을 것이다. 안전 결계 때문이다. 이쪽에서는 저쪽을 볼 수 있지만 저쪽에서는 이쪽을 볼 수 없다.

"이름."

"뭐?"

"이름을 물었다."

누가 주인공 아니랄까 봐 말하는 싸가지하고는. 하지만 여기서 자극해봐야 좋을 게 없다.

"김독자다."

"이상한 이름이군."

"그런 말을 많이 듣는 편이지."

순간 배가 움푹 들어가며 속이 뒤집어진다 싶더니, 유중혁의 주먹이 내 복부에 박혀 있었다.

"……윽."

나이프를 튕겨내는 피부인데도 이 녀석의 공격은 상당히 아팠다.

"몸이 단단하군. 벌써 코인 사용법을 익힌 모양이지?"

"그건 당신도 마찬가지……."

퍼억, 하고 또다시 출렁이는 뱃가죽. 흘러나오는 신음을 가까스로 삼켰다.

이 녀석, 근력이 최소 15레벨은 넘는다. 이제 고작 메인 시나리오와 서브 시나리오가 하나씩 지나갔는데 이 정도라니. 역시 타고난 괴물은 다르다.

"쓸데없는 대답은 삼가라. 네놈은 지금부터 내가 묻는 말에만 대답한다. 알았나?"

나는 대답하지 않았다. 어쩌면 이런 상황이 펼쳐질지도 모른다는 생각은 했다. 그러나 최악의 가정이었고, 일어나지 않았으면 하던 상황이었다.

초반부의 유중혁은 다른 어떤 인물보다 위협적이다.

무려 세 번의 '시간 회귀'를 겪으며 닳아버린 인격. 비대해진 자아를 유지하기 위해 스스로 깎아낸 원칙들. 유중혁은 자신의 목적 달성을 위해서라면 결코 망설이거나 머뭇거리지 않는다.

"대답은?"

"······그러지."

"존댓말 해라."

"싫은데?"

이번에는 양손으로 주먹을 막았다. 손뼈가 부서지는 듯한 통증이 일었지만 충격은 감쇄되었다. 조금 놀란 듯 유중혁의 눈동자가 커졌다.

[등장인물 '유중혁'이 당신을 경계합니다.]

그러든지 말든지. 아무리 네놈이 주인공이라도 이대로 맞아주기만 하는 건 나도 성에 안 차거든.

"미안하지만 그쪽이 나보다 어리거든, 프로게이머 유중혁 씨. 그러니 존댓말은 당신이 해야지."

"······나를 알고 있나?"

"알지. 나 이래 봬도 게임 회사 직원이라고."

거짓말이었다. 내가 아무리 게임 회사에 다닌다고 해도 프로게이머 이름까지 일일이 외우고 다니지는 않는다. 게다가 얼마 전까지 '유중혁'은 내게 소설 속 인물일 뿐이었다.

"그쪽 유명하잖아. 한때 팬이었다고."

유명하다는 것도 그저 작중 설정일 뿐이었다. 그렇다고 '팬'

이었다는 말이 거짓말은 아니었다.

나는 유중혁을 좋아했고, 싫어했고, 원망했고, 응원했다.

그렇게 3,000화의 이야기를 유중혁과 함께했다.

"팬이라. 오랜만에 듣는 말이군."

유중혁은 잠시 추억에 잠긴 듯한 눈빛을 지었다. 하지만 정말로 잠시뿐이었다.

"건방진 건 용서해주지. 하지만 네 상황이 바뀌는 건 없다."

"내 꼴을 보면 그런 것 같네."

나는 허공에서 연 꼬리처럼 흔들리는 두 다리를 내려다보았다.

"내가 묻고 싶은 것은 하나뿐이다."

"말해."

"지하철에서 어떻게 살아남은 거지?"

역시 그걸 묻는군.

"대답하면 살려줄 건가?"

"하는 거 봐서."

거짓말이다. 표정만 봐도 알 수 있다. 내가 괜히 멸살법의 유일한 독자겠어? 머릿속에서 수많은 레퍼토리가 시뮬레이션되었다. 어떤 말을 해야 이 빌어먹을 회귀자를 설득할 수 있을까.

[등장인물 '유중혁'에 대한 당신의 이해도가 상승합니다.]

[해당 인물에 대한 당신의 이해도가 이미 대단히 높은 수준입니다.]

……응?

[전용 스킬, '전지적 독자 시점' 2단계의 사용 조건에 도달했습니다!]
[전용 스킬을 발동하시겠습니까?]

잠시 후 나는 머릿속으로 폭포처럼 밀려드는 누군가의 생각을 읽을 수 있었다.

「그 칸에서 살아남아야 할 자는 이현성과 김남운뿐이었다.」
「그런데 김남운이 죽고 다른 놈들이 살아남았다.」
「대체 어떻게 살아남은 거지?」
「이놈은 대체 뭘까.」
「정보를 캐낸다. 그리고 조금이라도 방해 요소를 발견하면……
죽인다.」

스쳐 가는 밀도 높은 생각들. 위기일발의 상황이었음에도
자꾸만 입꼬리가 올라가는 것을 막을 수가 없었다.

이제 시나리오 종료까지 남은 시간은 오 분.

나는 이야기를 시작했다. 최대한 간결하고, 짧고, 정확한 어
휘로 전개된 이야기였다. 지하철에서 처음 '도깨비'가 나타난
순간부터, 첫 번째 시나리오가 끝나기까지의 일. 물론 내가 얻
은 스킬이나 중요한 사안은 일절 배제했다.

"……곤충을 죽여서 시나리오를 클리어했다고?"

"운이 좋았지."

유중혁은 너무 놀란 나머지 자신이 입을 벌리고 있다는 사실마저 잊은 듯했다.

「미래가 완전히 바뀌었다.」

충격받을 법도 했다.

본래 3807칸 인간들은 서로 죽이는 배틀 로얄을 겪어야 했고, 이현성과 김남운만 살아남아야 했으니까.

"눈썰미가 대단하군. 곤충이 있다는 건 어떻게 알았지?"

유중혁의 눈빛에 살기가 어리며 생각들이 스쳐 지나갔다.

「혹시 이 녀석도 회귀자인가?」

「만약 그렇다면 지금 당장 죽여야 한다.」

도둑이 제 발 저린다고 역시나 그런 오해를 먼저 하는군. 나는 재빨리 입을 열었다.

"폭발이 있었어."

"폭발?"

"앞 칸에서 발생한 폭발 때문에 곤충을 발견했다는 얘기야."

'앞 칸'이라는 말에 유중혁의 몸이 멈칫했다.

"무슨 소린지 쉽게 설명해."

"폭발 때 아이 하나가 넘어지면서 채집통을 떨어뜨렸어. 난 그걸 우연히 주웠고."

"……수상한 우연이군."

"우연은 늘 수상한 법이야. 못 믿겠으면 결계 너머에 있는 사람들한테 물어봐. 저기 서 있는 애가 채집통을 갖고 있던 걔니까."

옥수역 쪽으로 가는 길에 놓인 결계 너머로, 이쪽을 바라보는 사람들이 보였다. 아직 시나리오가 끝나지 않았기에 이쪽을 향해 다가올 수도 말을 걸 수도 없었다.

유중혁은 그쪽을 흘끗 일별할 뿐 움직일 기미가 없었다. 일순 시야가 부옇게 변하더니 유중혁의 것으로 보이는 기억들이 눈앞을 스쳤다.

「그랬군.」

「폭발.」

「이 녀석은 회귀자가 아니야.」

「미래가 바뀐 것은 이자 때문이 아니다. 미래가 바뀐 것은 오히려…….」

「나 때문인가.」

강력한 폭발 속에서 고통스럽게 죽어가는 사람들과 그 모습을 무표정하게 보는 유중혁.

「지난 회차와는 다르게, 내가 그들을 죽이고 시작했기 때문에.」

[전지적 독자 시점]의 영향인지, 나는 유중혁이 겪는 정신적 고통을 고스란히 함께 느낄 수 있었다.

"이제 질문은 끝났어?"

"……그래."

"그럼 이것 좀 놓지? 그리고 사이좋게 옥수역으로 가자고. 클리어 시간도 얼마 안 남았고."

"그건 곤란해."

하지만 주인공이 괜히 주인공이 아니다.

"모든 것이 너무 딱 들어맞아."

나는 지금까지 유중혁만큼 신중한 주인공을 본 적 없다.

「초보자가 이렇게 침착할 수 있을 리 없다.」

「변한 세계에 비정상적으로 잘 적응하고 있어.」

「김남운을 죽인 건 아마 이놈이겠지.」

「쓸모를 넘어서서, 위험하다.」

유중혁의 오른쪽 눈이 황금색으로 빛났다. 나는 녀석이 무슨 짓을 할지 깨달았다. 사실 아직까지도 이 녀석이 내게 '그걸' 쓰지 않았다는 게 조금 이상하긴 했다.

현자의 눈.

유중혁이 가진 최강의 탐지 스킬. 상대방의 특성창뿐만 아니라 숨겨둔 히든 정보까지 엿볼 수 있는 SS급 스킬이 바로 [현자의 눈]이었다. 녀석이 저걸 사용한 이상, 이제 내 정체가 밝혀지는 것은 피할 수 없었다. 한편으로는 오히려 다행이라 생각했다.

나는 아직 내 '특성'과 '스킬 목록'을 모른다. 유중혁에게 정보를 들킨다 해도, 이 기회를 통해 나 역시 나에 대해 더 잘 알 수 있을 것이다. 그리고 잘만 하면 알게 된 정보 덕에 이 상황을 벗어날 수도 있을 테고.

[전용 스킬, '제4의 벽'이 발동합니다!]
['제4의 벽'이 탐지 스킬 '현자의 눈'을 간파했습니다!]

갑자기 허공에 스파크가 튀며 유중혁이 비틀거렸다.

「……큿, 뭐야?」

유중혁이 오른쪽 눈을 감싸 쥔 채 당혹스러운 표정으로 나를 보고 있었다.

"네놈…… 정체가 뭐지?"

미안하지만 그게 궁금한 건 나도 마찬가지였다.

[전용 스킬, '제4의 벽'이 '현자의 눈'을 차단했습니다.]

……설마 [현자의 눈]을 방어할 수 있는 스킬을 내가 갖고 있을 줄은 몰랐다. [책갈피]에 이어서 [제4의 벽]이라. 이러면

이야기가 복잡해진다. 이제 유중혁은 나를 믿지 않을 것이다.

「여기서 죽여야 한다.」

그는 자신이 알 수 없는 것을 신뢰하는 인간이 아니니까.

"유중혁."

그렇다면 나 역시 작전을 바꿔야 했다.

"당신은 믿을 수 있는 동료가 필요해."

"……무슨 소리지?"

"46번 시나리오는 혼자서 깰 수 없어. 알고 있을 텐데?"

유중혁의 눈이 가늘어졌다.

"어떻게 그걸 알고 있지? 역시 네놈은—"

"내가 누구인지가 중요한 게 아냐."

나는 유중혁의 심유한 두 눈을 똑바로 바라보며 말했다.

"내가 당신에게 도움을 줄 수 있다는 게 중요하지."

「회귀자는 아니다. 이 세계의 회귀자라면 내가 모를 리 없어.」

「그러면 이놈은 뭐지?」

「……설마?」

내가 가진 패를 숨길 수도 없고 최고의 패를 내놓을 수도 없는 상황이라면 방법은 하나뿐이다.

상대방이 오해할 패를 내놓는 것.

"유중혁, 나는 '네가 모르는 미래'를 알고 있다."

[등장인물 '유중혁'이 '거짓 간파' 스킬을 발동합니다.]
['거짓 간파'가 당신의 말이 진실임을 확인했습니다.]

유중혁의 눈이 서서히 커졌다.
"……어떻게?"
"어떻게겠어?"

「그럴 리가. 안나 크로프트 말고 예언자가 또 있단 말인가? 그것도 한국에?」

예언자.

멸살법에서 유일하게 미래를 볼 수 있는 특성이자 유일하게 '탐지 스킬 무효화'를 패시브로 가진 특성.

실제로 멸살법의 세계에는 예언자 특성을 가진 인물이 하나 있었다.

「오직 예언자만이 내 '현자의 눈'을 방어할 수 있다.」

내가 대답하지 않자 유중혁이 입술을 깨물었다.
"혹시 '미래시未來視'를 사용할 수 있나?"
"비슷한 걸 할 수 있어."

"내가 이곳으로 올 줄 알고 있었겠군."

"그래."

「그런가. 예언자라면, 이자의 모든 행동은 납득이 된다.」

흐름이 바뀌고 있었다. 유중혁의 동요가 그대로 전해져 온다. 기회는 지금뿐이었다.

"유중혁. 당신이 특별한 힘을 가졌다는 걸 알아. 당신 또한 미래의 일들을 알 거야. 그렇지?"

"……."

"하지만 그 지식이 결코 완전하지 않다는 것도 잘 알겠지."

회귀자의 유일한 약점.

자신이 미래의 정보를 이용해 현재를 바꾸는 순간 '미래가 바뀐다'라는 것. 즉 모든 회귀자는 언젠가 '자신이 모르는 세계'를 살아가야만 한다.

"나를 동료로 삼아. 나는 당신의 부족한 부분을 채워줄 수 있어."

그러니 지금의 유중혁에게 예언자만큼 매력적인 동료는 없다. 실제로 나라면 예언자와 같은 형태는 아니더라도 그 비슷한 역할을 할 수 있었다. 왜냐하면 나는 이 이야기의 유일한 독자였으니까.

[시나리오 종료까지 1분 남았습니다.]

고개를 숙인 유중혁은 고민을 시작했다.

「예언자라면 확실히 도움이 된다.」

[시나리오 종료까지 50초 남았습니다.]

「46번 시나리오뿐만 아니라, 훗날 '차라투스트라' 놈들과 싸울 때도. 하지만…… 믿을 수 있을까?」

[시나리오 종료까지 40초 남았습니다.]

「동료.」

마침내 유중혁이 고개를 든 것은, 내가 초조한 심경으로 시계를 보고 있을 때였다.
"결정했다. 너를 동료로 삼겠다."

[과도한 몰입으로 정신력이 심각하게 소모됐습니다.]
[전용 스킬, '전지적 독자 시점'이 해제됩니다.]

피로감 때문인지 안도감 때문인지 모르겠지만, 하필 이 시점에서 전용 스킬이 풀리고 말았다. 그러자 유중혁의 얼굴은 어떤 해설도 덧붙이지 않은 철학서처럼 난해하게 느껴졌다.

유중혁은 나를 데리고 짝수 다리를 건너기 시작했다. 물론 여전히 멱살은 잡은 채였지만…… 그래도 이제 일이 잘 풀리려나 싶었다. 이 빌어먹을 회귀자를 내가 설득했다니 스스로 대견할 지경이다.

그런데 짝수 다리를 거의 다 건넜을 무렵, 안전 지대를 코앞에 둔 유중혁이 갑자기 우뚝 멈춰 섰다.

"마지막으로 하나만 묻지."

"뭐지?"

"네가 정말 예언자라면 네 미래에 관한 것도 알 수 있을 거야. 그렇지?"

고요한 유중혁의 두 눈을 보는 순간 소름이 돋았다.

녀석의 시험은 아직 끝나지 않은 것이다. 목줄기를 쥔 악력에 숨이 막혀왔다.

"컥."

나를 들어 올린 녀석의 손이 조금씩 움직이더니, 이윽고 휑한 바람이 발끝을 훑고 지나갔다. 발밑은 완전한 허공. 피 냄새가 섞인 한강의 물비린내 사이로, 어룡들이 입을 벌린 채 먹잇감을 향해 뛰어오르고 있었다.

"지금 내가 이 손을 놓을까, 아니면 놓지 않을까?"

처음으로 등허리에 식은땀이 맺혔다. 생각하자. 해설 따위 없어도, 나는 누구보다 이 녀석에 대해 잘 안다. 가만히 눈을 감은 채 내가 아는 유중혁의 모습을 떠올렸다.

[시나리오 종료까지 20초 남았습니다.]

그리고 결론을 내렸다.

"유중혁."

놈이라면 반드시 그렇게 하겠지. 아무리 생각해도 내가 아는 유중혁이라면 다른 결말은 없다. 나는 물살을 가르며 다가오는 씨-커맨더를 보면서 말을 이었다.

"먼저 두 가지만 말해두지."

"……뭐?"

"하나, 나는 당신 부하가 아니야. 그러니 이제부터 나를 공정히 대해주길 바란다."

"……."

"둘, 내가 당신에게 협력하듯, 당신 역시 내게 협력하겠다고 약속해라."

유중혁이 흥미롭다는 듯 나를 보며 고개를 끄덕였다.

"과연, 그래서 대답은?"

나는 웃으며 대답했다.

"그만 이 손 놓고 꺼져, 빌어먹을 새끼야."

그리고 나를 지탱하던 힘이 사라졌다. 새삼 이게 중력의 힘이구나 싶을 정도로 가공할 인력이었다.

추락하는 와중에도 언뜻 유중혁의 얼굴이 보였다. 유중혁은 무엇이 그리 기쁜지 눈부실 정도로 환하게 웃고 있었다.

개자식.

"믿겠다. 확실히 너는 예언자가 맞군."

추락 지점에서 나를 기다리고 있는 것은 거대한 씨-커맨더의 입이었다.

차가운 한강의 수온과 함께 아득한 충격에 휩싸였다. 흡, 하고 숨을 들이켜는 것과 동시에 따뜻하고 거대한 어둠이 나를 집어삼켰다.

[시나리오 클리어에 실패했습니다.]

03
Episode

계약

Omniscient Reader's Viewpoint

1

폐가 물을 먹는 느낌과 함께 몸이 급격하게 무거워진다. 어딘가로 꿀렁대며 빨려 들어가는 느낌. 타이밍을 보고 떨어졌으니 찢겨 먹히지는 않는다. 다만 의식을 잃으면 안 된다.

정신 차려. 잠깐만 버티면 된다.

나는 어떻게든 몸을 웅크린 채 호흡을 참았다. 십 초, 이십 초, 삼십 초…… 간신히 숨이 트인 것은 어둠 속에서 말랑한 벽이 손에 닿을 무렵이었다.

"우, 우웩."

몇 번이나 강물을 게워내고 나서야 간신히 숨을 고를 수 있었다. 10레벨에 달하는 체력 덕분에 수면과 부딪혀 숨이 끊어지는 것은 면했지만, 몸 곳곳에 생긴 크고 작은 타박상이 몹시 쓰라렸다.

패닉에 빠지지 않게 호흡을 다스리면서 품속을 더듬어 스마트폰을 찾았다. 추락에 고장 났을까 걱정했는데 다행히 화면에 불이 들어왔다. 큰맘 먹고 방수 기능이 있는 스마트폰을 사서 다행이었다.

파앗.

플래시가 켜지자 주변 정경이 어슴푸레 눈에 들어왔다. 넉넉한 위벽의 크기와 둥둥 떠다니는 콘크리트 부산물. 어룡의 위장은 짐작한 것보다 더 역겨웠다.

"빌어먹을."

망설임 없이 손을 놓던 유중혁의 표정이 생생했다. 예상은 했지만, 그래도 실제로 당하니 예상보다 충격이 컸다.

……자신의 동료가 되고 싶다면 이 정도는 살아나보라는 거겠지.

이해 가지 않는 것은 아니었다. 동료. 다른 사람도 아닌 유중혁에게 그 단어가 가지는 의미는 무거웠다. 첫 번째 회귀가 실패한 이래로 유중혁은 진짜 '동료'를 만든 적이 없었다.

회귀자인 그의 성장세를 쉽게 따라갈 수 있는 인간은 드물다. 그래서 그는 혼자 모든 것을 해결해나가며 구원자로 추앙받았고 자연히 외로워졌다. 유중혁에게 '인간'은 부하 아니면 적일 뿐.

그러니 이것은 시험이었다. 동등한 위치에 서고 싶으면 이정도는 혼자 해결해보라는 시험. ……어디까지나 유중혁 입장에서 보자면 그렇다는 얘기다.

"동료 좋아하네. 미친 사이코패스 새끼."

나는 개헤엄을 쳐 둥둥 떠 있는 스티로폼 패널 위로 간신히 몸을 끌어 올렸다. 뜨끈한 위장의 온기 덕에 추위는 한결 가셨지만 지금부터가 문제였다. 나는 눈을 감은 채, 떨어지며 들은 메시지 로그를 재생해보았다.

[시나리오 클리어에 실패했습니다.]

[유료 정산이 시작됩니다.]

[채널 수수료로 100코인이 감산됐습니다.]

[성좌, '긴고아의 죄수'가 당신의 호쾌한 발언에 고개를 끄덕입니다.]

[100코인을 후원받았습니다.]

[성좌, '악마 같은 불의 심판자'가 당신의 선택에 고개를 끄덕입니다.]

[100코인을 후원받았습니다.]

[성좌, '은밀한 모략가'가 당신의 경솔한 발언을 듣고 실망합니다.]

꽤 많은 메시지가 도착해 있었다. 게다가 내게 수식언을 노출한 성좌들의 후원이 눈에 띄었다. 아마 유중혁과 나눈 마지막 대화 때문이겠지. 하나하나 성좌들의 메시지를 읽으며 코인을 회수하고 있자니 조금 아쉬운 기분이 들었다. 만약 첫 번째 〈배후 선택〉에서 이 녀석들 중 하나를 골랐다면 이런 상황까지는 오지 않았을 수도 있다.

하지만 선택에 후회는 없었다. 유중혁을 직접 상대해보고 나니 확실히 알겠다. 제천대성이 최상급 배후성이기는 하지만, 역시 그 녀석 하나로는 무리다. 유중혁에게 맞서려면 '배후성' 이상의 것이 필요했다. 그리고 이곳에서 나는 그 단초를 얻게 될 것이다.

철벅. 어룡의 위장이 꿀렁거리며 내부에서 작은 파도가 일었다. 씨-커맨더가 어딘가로 이동하는 모양이었다. 나는 스마트폰을 켜서 시간을 계산했다.

멸살법에 따르면 어룡은 먹이를 섭취한 후 세 시간 전후로 위산을 분비하기 시작한다. 남은 시간이 그리 많지 않았다.

[하하, 이거 아쉽게 됐네요. 아주 흥미진진했는데.]

허공에서 치지지직, 하는 효과음과 함께 목소리가 들렸다.

"……도깨비?"

[네, 맞습니다. 전혀 당황하시질 않네요?]

"올 줄 알고 있었어."

[흐음. 마치 절 기다리고 계셨다는 말처럼 들리는데요?]

"기다렸지, 당연히."

허공에 팟 하고 빛이 들어오며 도깨비가 나타났다. 표정만으로는 속내를 확실히 알 수 없지만 흥미롭다는 티가 역력했다. 나는 부러 태연히 말을 이었다. 여기서부터 기세에 밀리면 죽도 밥도 안 된다.

"나한테 받아 가야 할 코인이 있잖아?"

[……코인이라뇨?]

"내가 시나리오에 실패했으니 대가로 코인을 받아 가야지."

[흠, 목숨이 아니라뇨?]

"목숨을 가져가는 거였다면 실패 결과란에 '사망'이라고 표기하고 말지, 물음표 세 개를 써놓지는 않았을 거야. 이건 협상의 여지가 있단 얘기 아닌가?"

[……하하하. 재밌네요.]

사실 내 말에는 허점이 있었다. 시나리오 메시지의 '실패 시: ???'라는 문구는 말 그대로 실패의 페널티를 알 수 없다는 뜻이니까. 대가로 코인을 요구한다는 것은 그저 억측에 불과했다. 그럼에도 내가 이렇게 확신할 수 있는 것은.

"틀렸나?"

내가 시나리오에 관해 이미 알고 있기 때문이었다.

잠깐 멈칫하던 도깨비가 고개를 끄덕였다.

[맞습니다. 놀랍군요. 고작 그런 단서로 거기까지 추리하다니…… 과연 성좌님들의 관심을 받는 화신체다워요.]

도깨비는 진심으로 감탄한 말투였다.

[당신 말대로, 서브 시나리오는 실패해도 코인만 지불 가능하면 살아남을 수 있습니다.]

"얼마지?"

[5,100코인을 지불하세요. 그러면 목숨만은 부지하게 해드리죠.]

나는 현재 보유 중인 코인을 확인했다.

[보유 코인: 5,100C]

피식 웃음이 나왔다. 이 자식이 지금 난장을 까는군.

"그건 너무 많아."

[하하, 그럼 뒈지시든지요. 코인을 받겠다는 것도 어디까지나 제 재량일 뿐입니다. 수틀리면 그냥 여기서 끝낼 수도 있습니다만?]

"그럼 죽여보든가."

[……예?]

"죽여보라고."

[…….]

"못 죽이겠지?"

도깨비는 움직이지 않았다. 당연한 일이었다. 지금 녀석은 나로 인해 꽤 재미를 보는 상황이니까. 게다가 죽일 생각이라면 애초부터 나를 만나러 여기까지 내려왔을 리가 없다. 놈에게는 내가 여기서 살아나거나, 최소한 비참하게 죽어가야만 할 이유가 있는 것이다.

[하하. 이거 진짜 열 뻗치네. 이봐요, 지금 나랑…….]

도깨비의 일자형 눈썹이 크게 꿈틀거렸다. 슬슬 도발은 그만두고 본론에 들어가볼까.

"하급 도깨비 비형鼻荊. 이야기꾼Streamer 활동은 할 만한가?"

표정에도 균열이 생긴다면 정확히 저런 모습일 것이다. 처음으로 도깨비 비형의 얼굴이 당혹감으로 물들었다.

[……어떻게 내 이름을?]

"최근에 방송할 맛 안 나지 않아? 성좌들 씀씀이도 영 쪼잔

하고 말야."

[너…… 대체 뭡니까? 한낱 인간 따위가 어떻게…….]

바들바들 떨리는 비형의 뿔. 그럴 법도 하지. 평범한 인간이 스타 스트림Star Stream 시스템에 관해 알고 있을 리 없으니까.

하지만 나는 평범한 인간이 아니었다.

[소수의 성좌가 당신의 존재에 의구심을 품습니다.]

[성좌, '은밀한 모략가'가 당신의 계획에 눈을 반짝입니다.]

이제부터 나눌 이야기는 성좌들이 들어서 좋을 게 없다. 나는 입 모양으로 비형에게 말을 걸었다.

"일단 채널 잠깐 닫고 얘기하지?"

고민하던 비형이 채널을 닫았다.

[#BI-7623 채널이 닫혔습니다.]

성좌들이 채널에서 빠져나가자 비형도 본색을 드러냈다.

[이제 말씀하시죠. 당신, 평범한 인간 주제에 어떻게 성류 방송星流放送에 관해 아는 겁니까?]

"그건 중요한 게 아냐."

[예?]

"비형, '도깨비 왕'이 되고 싶지 않아?"

[지금 무슨ㅡ]

"독각獨脚이나 길달吉達을 뛰어넘는, 이매망량魑魅魍魎 최고
의 이야기꾼이 되고 싶지 않난 말이다."

비형의 안색이 변하고 있었다.

"도깨비 비형, 나와 계약해라. 그럼 내가 너를 도깨비들의
왕으로 만들어주겠다."

2

스타 스트림 시스템.

성류 방송이라고도 불리는 이 시스템은, 쉽게 말하면 전 우주를 상대로 한 중계 활동이었다.

구독자는 저 먼 은하의 꼭대기에 있는 성좌들. 배우는 나와 같은 인간들. 그리고 그 둘을 잇는 이야기꾼이 바로 내 눈앞에 있는 도깨비였다.

[하, 하하하하핫! 미쳤군! 미친 인간이야! 다른 성좌들의 후원을 거절했을 때 알아봤어야 하는데!]

비형은 한참이나 그렇게 웃어대더니 재차 입을 열었다.

[당신이 어떻게 성류 방송에 대해 아는지는 모르겠지만, 그 제안은 받아들일 수 없습니다. 저는 성좌가 아닌 도깨비라 당신의 배후성이 되어줄 수는 없거든요.]

"내 말 오해한 모양이네. 날 '후원'하라고 말한 적은 없어."

[예?]

"네가 약해빠진 도깨비란 건 잘 알아. 나는 네 힘이 필요한 게 아냐. 네 '채널'이 필요한 거지."

[내 채널?]

"말귀를 잘 못 알아듣는 걸 보면 한국어 패치가 덜 된 모양이지?"

[아니, 이보세요.]

"쉽게 말해주지. 네 채널과 전속 계약을 맺고 싶다."

잠시 멍한 표정을 짓던 비형이 뒤늦게 정신을 차렸다.

[잠깐만. 지금 나랑 '스트림 계약'을 맺잔 말입니까?]

"그래."

스트림 계약은 본래 도깨비와 성좌들 사이에 맺어지는 계약이다. 성좌들은 자신의 화신을 특정 채널에 출연시키고, 도깨비는 해당 성좌의 화신이 벌어들이는 코인의 일부를 수수료로 받는다. 그러니 본래라면 이 계약에서 화신 본인이 끼어들 틈은 없었다. 말이 후원이지 사실 계약한 화신은 배후성의 노예나 다름없으니까.

[하핫, 이거 골 때리는군.]

조그마한 손가락으로 눈을 가린 비형이 웃었다. 주변의 공기가 변하고 있었다.

[어디서 뭘 들은 건진 모르겠지만 인간이 감히 '스트림 계약'을 언급해? 그것도 배후성조차 없는 하찮은 벌레 새끼가?]

말투가 변했을 뿐인데 주변이 살기로 가득 차올랐다. 역시, 하급 도깨비라도 인간과는 비교할 수 없을 만큼 강하다. 하지만 고작 저 정도에 물러설 거였다면 말을 꺼내지도 않았지.

"배후성이 없으니까 계약 맺을 가치가 있는 거야."

[……뭐?]

"넌 성좌들이 채널에 들어오는 목적이 뭐라고 생각해?"

갑작스러운 질문에 비형이 머리 나쁜 학생처럼 입을 뻐끔거렸다. 지금부터는 하급 도깨비를 위한 특강 시간이다.

"그렇게 긴장할 필요 없어. 너도 아는 정보들이니까. 하지만 복습하는 의미에서 다시 한번 되새겨보자고."

어느새 내 페이스에 말려든 비형은 자기도 모르게 고개를 끄덕였다.

"스타 스트림의 구독좌購讀座는 크게 두 집단으로 구분할 수 있어. 하나는 여러 채널을 돌며 따분함을 해소하고 싶어하는 '유희 찾기' 집단. 그리고 다른 하나는 자신과 계약할 화신을 찾고자 하는 '화신 찾기' 집단. 그렇지?"

[그래. 맞아.]

"이 때문에 스타 스트림에서 유명한 채널이 되려면 두 집단 중 하나는 확실히 만족시킬 수 있어야 해. 쉽게 말해서 유희에 충실하든가, 싹수 있는 후원 대상을 찾아주든가. 둘 중 하나는 제대로 해야 한다는 거지."

[제법 박식하군. 하지만 그게 뭐 어쨌다는 거지? 성좌들 구독 목적이 이 계약과 무슨 상관인데?]

"이렇게 힌트를 줘도 모르네. 그러니까 아직도 구독좌 숫자가 세 자리를 못 넘는 거야."

[……닥쳐. 빨리 말하지 못해?]

작은 뿔을 내게 들이대는 비형은 조금 전에 사람 머리를 터뜨려 죽인 도깨비라고는 믿을 수 없을 정도로 깜찍한 데가 있었다.

이제 그만 놀리고 슬슬 운을 떼볼까.

"만약 '유희 찾기'와 '화신 찾기'를 동시에 만족시킬 수 있는 채널이 있다면 어떨까."

[뭔 헛소리야? 그런 건 불가능해. 설령 가능하다고 해도 잠깐뿐이라고.]

사실 비형의 말은 맞았다. 모든 성좌를 만족시키는 것이 불가능한 이유는 화신 찾기 집단의 특성 때문이었다.

화신 찾기가 목적인 성좌들은 아무리 흥미로운 화신이 있어도 〈배후 선택〉이 끝나면 금세 채널을 돌리고 만다.

때문에 화신 찾기 집단은 어디까지나 단발적이고 한시적인 고객인 것이다. 하지만.

"그건 〈배후 선택〉이 정상적으로 진행될 때 이야기지."

[뭐?]

"만약 어떤 성좌와도 계약을 맺지 않는 화신이 있다면? 그리고 그 화신이, 배후성을 가진 다른 모든 화신을 초월하는 능력을 보여준다면?"

강력한 화신은 존재 자체로 성좌들의 눈길을 끈다. 한데 그 화신이 계속해서 배후 선택을 하지 않는다면, 당연히 화신 찾기 집단은 채널을 떠나지 않고 구독을 계속할 것이다.

[너…… 설마 배후 선택을 하지 않은 이유가……?]

"그래, 맞아."

[하…… 이것 참 흥미롭군.]

비형은 기가 막히다는 듯 웃어 젖혔다.

[배후성이 없는 최강의 화신이라…… 그런 게 있을 수만 있다면 확실히 스타 스트림 최고의 채널이 되는 것도 꿈은 아니겠지. 하지만 그런 화신은 존재할 수 없어.]

"정말 그렇게 생각해?"

[네가 보통이 아니라는 건 인정해. 초반부터 성좌들 주목도 제법 끌었고, 덕분에 나도 재미를 쏠쏠하게 봤지. 하지만 망상에도 정도가 있는 거야. 방금 그런 일을 겪고도 정신 못 차렸어? 평범한 인간은 배후성을 가진 화신을 절대로 이길 수 없어. 그게 이 세계의 법칙이야.]

"그건 모르는 거야."

[너는 이미 기회를 놓쳤어. 네 꼴을 봐라. 메인 시나리오도 아닌 고작 서브 시나리오를 실패하고, 이젠 목숨까지 위태로운 상황이지. 그런 네놈에게 눈독 들일 성좌는 이제 어디에도─]

"정말로 없을까?"

[……?]

"지금쯤 성좌들이 난리가 났을 텐데. 아냐? 다들 빨리 채널 열라고 아우성이지 않아?"

비형은 말이 없었다.

"다들 지금쯤 궁금해서 미칠 지경일걸? 대체 회귀자한테 개기는 저 미친놈은 누구인가. 정말로 예언자인가? 진짜로 미래를 볼 수 있나? 미래를 볼 수 있다면 대체 무슨 생각으로 어룡에게 잡아먹혔는가?"

[자, 잠깐! 넌 대체…….]

"지금부터 내가 그걸 보여주려는 거야. 그러니까 너는 닥치고 시키는 대로만 하면 돼. 도깨비 왕으로 만들어준다니까?"

나를 보는 비형의 눈빛이 변하고 있었다. 꿀꺽, 하고 침 넘어가는 소리가 내 귀에도 들릴 지경이었다. 비형은 고민하는 것이다. 어차피 여기서 나를 믿어도 손해 볼 것은 없다. 그렇다면? 비형의 눈동자가 빠르게 움직였다.

[일단 시나리오 실패 정산부터 하지. 우선 5,100코인을 준다면…….]

"뭔 소리야? 난 실패하지 않았어."

[……엉?]

"아마 지금쯤 조건 충족이 됐을 텐데……."

몸을 풀고 자리에서 일어난다. 우두둑, 하는 소리와 함께 차갑게 굳어가던 몸이 비명을 질렀다. 비형은 여전히 멍청한 얼굴이었다.

"채널이나 열어. 곧 시작될 거니까."

[시작되다니, 대체 뭐가—]

그리고 허공에서 메시지가 들려왔다.

[히든 시나리오가 도착했습니다.]

〈히든 시나리오 - 커맨더 슬레이어〉

분류: 히든

난이도: A+

클리어 조건: 어룡 '씨-커맨더'를 죽이고 어룡의 배 속에서 탈출

하시오.

제한 시간: 10일

보상: 9,000코인

실패 시: 사망

"준비하라고 했지?"

멸살법에는 총 세 종류의 시나리오가 있다.

메인 스토리의 진행을 담당하는 메인 시나리오.

자잘한 이벤트를 담당하는 서브 시나리오.

그리고 특별한 조건을 갖춰야만 개방되는 히든 시나리오.

[이 무슨 말도 안 되는…… 어떻게 나도 모르는 걸……?]

경악으로 일그러진 비형의 입술이 부들부들 떨리고 있었다.

도깨비가 주관하는 메인 시나리오와 서브 시나리오와 달리,

히든 시나리오는 특정 조건이 충족될 시 자동으로 발현되는

것이 특징이다.

"넌 몰랐을 법도 하지. 하급 도깨비니까."

[너… 대체 뭐야?]

"아무튼 이걸 클리어하면 나한테 계약할 능력이 있다는 건 충분히 입증 가능할 것 같은데, 아닌가?"

비형은 어쩐지 우울한 눈으로 시나리오 창을 노려보았다. 그는 염려스러운 표정으로 나를 살피더니 물었다.

[이 시나리오, 난이도가 A+라고. 정말 클리어할 수 있다고 믿는 거야?]

"그래."

어룡의 위장에 강물이 부딪히며 작은 파도가 일었다. 비형이 다시 입을 연 것은 파문이 잠잠해질 무렵이었다.

[……좋아. 네가 이 시나리오의 클리어에 성공한다면 계약에 응해주겠어.]

"계약 조건은 시나리오 클리어 후에 협의하지."

[건방지긴…… 그럼 다시 채널 개방할 테니 어디 열심히 해 보라고.]

"아, 잠깐만."

벌써 가선 곤란하다. 꼭 확인할 게 있으니까.

"네가 해줘야 할 일이 남았어."

[또 뭐야?]

비형은 어쩐지 귀찮은 듯한 음색이었다.

"나한테 발생한 시스템 오류를 좀 고쳐줘."

[시스템 오류라고?]

"난 특성창이 안 열려."

[그럴 리가? 시스템엔 오류가 있을 수 없어. 시나리오 시스템은 완벽 그 자체라고.]

"살펴보고 말하든가."

비형은 의심스러운 시선으로 나를 보더니 이내 허공을 향해 뭔가 중얼거리기 시작했다.

[도깨비 '비형'이 당신에게 '시스템 간섭'을 시도합니다.]

시스템 간섭. 시나리오 간섭 권한을 가진 도깨비만 사용할 수 있는 절대적 관여 스킬.

사실 내가 '특성창'을 볼 수 없는 이유가 오류인지 아닌지는 불분명했다. 하지만 적어도 도깨비라면 뭔가 알아낼 수 있을 것이다. 알아낼 수 없더라도 그 또한 나름대로 소득이겠지.

[전용 스킬, '제4의 벽'이 발동합니다!]

다음 순간, 허공에서 스파크가 튀며 비형이 기함했다.

$$*$$

3

돌아가는 상황을 보아하니 이번에도 대충 감이 왔다.

"왜, 뭐가 잘 안 돼?"

[이럴 리가 없어. 시스템 간섭을 막을 수 있는 방호벽이 있을 리가……?]

아무래도 '제4의 벽'은 같은 화신뿐만 아니라 도깨비의 간섭까지 막는 모양이었다. 저게 사실이라면 나를 포함해 내 특성창을 볼 수 있는 존재는 멸살법의 세계 내에 아무도 없다는 말이 된다.

재밌네.

사기꾼이 되기에 완벽한 조건이다.

"못 하면 됐어."

[기, 기다려봐! 내가 할 수 있다고. 으, 으으. 이걸, 그러니까

이렇게 하면?]

"못 하면 됐다니까."

[끄와아아아아악!]

뭘 잘못 건드렸는지 비형은 감전이라도 된 듯 마구 비명을 질러댔다. 비형의 피부에 올라 있던 보송보송한 흰 털이 새카맣게 타고 있었다.

[이, 이게! 이게!]

"됐어. 안 되면 그만두고, 다른 부탁이나 들어줘."

[그럴 순 없어. 나는 도깨비 비형이다. 도깨비의 명예를 걸고 이 사태를 해결하지 않으면—]

나는 시계를 보았다. 어룡에게 먹힌 지 벌써 한 시간. 이런 식으로 지체할 시간은 없었다.

"도깨비 보따리."

허공에 삽질을 하던 비형이 멈칫했다.

[뭐라고?]

"도깨비 보따리를 열어."

[……그건 또 어떻게 아는 거야?]

"열 거야 말 거야?"

[배후성이 없는 화신은 도깨비 보따리를 사용할 수가……]

"도깨비 보따리를 이용하는 화신은 모두 배후성이 있지. 하지만 배후성이 없는 화신이 도깨비 보따리를 이용할 수 없다는 규정은 없어."

[잠깐만 기다려봐.]

품속에서 꺼낸 매뉴얼을 확인한 비형은 한참이나 말이 없었다. 그리고 잠시 후.

[이쯤 되면 네가 도깨비인지 내가 도깨비인지 모르겠다.]

꺼벙한 표정을 한 비형이 고개를 설레설레 저으며 말을 이었다.

[좋아, 사용에는 문제가 없어. 다만 도깨비 보따리는 스트림 규정상 채널이 개방된 상황에서만 열 수 있어. 괜찮지?]

"괜찮아."

[#BI-7623 채널이 열렸습니다.]

[성좌들이 입장합니다.]

뒤이어 허공에서 눈부신 전류가 몰아쳤다. 곧 투명한 스크린이 눈앞에 떠올랐다.

[코인 상점, '도깨비 보따리'에 오신 것을 환영합니다.]

도깨비 보따리.

이 빌어먹을 세계의 '캐시 상점'이 열리는 순간이었다.

※ ※ ※

멸살법의 세계에서 코인의 쓰임새는 크게 두 가지다.

하나는 체력이나 근력 등 종합 능력치의 레벨을 올리는 것. 그리고 다른 하나는 '도깨비 보따리'를 비롯한 각종 숍에서 쓸 수 있는 공용 화폐 역할.

[지금 당장 구매하세요! 당신의 초보 화신을 위한 스타터 패키지가 2,500코인!]

[오늘만 특가! 300퍼센트 성장 패키지로 남들보다 더 빠르게!]

[실수로 특성이 구린 화신을 고르셨다구요? 걱정 마세요! 특성을 무작위로 바꿔주는 '랜덤 특성 박스'가 출시되었습니다!]

각종 패키지를 위시한 수많은 코인 아이템. '도깨비 보따리'의 광고는 모두 화신을 키우는 성좌를 겨냥한 것이었다. 당연하다. 원래 도깨비 보따리 이용객은 성좌들이니까.

나는 팝업처럼 떠오르는 광고창을 하나씩 끄며 생각했다.

다섯 번째 메인 시나리오 이후에 등장하는 진짜 재앙에 비하면 아무것도 아니지만, 씨-커맨더급 어룡이면 시나리오 초반의 화신들에게는 재앙과 다를 바가 없다.

어룡을 해치우기 위해서는 보따리에서 판매하는 일부 아이템이 반드시 필요했다. 어디 보자······.

한참이나 카탈로그를 넘기던 나는 비형 쪽을 흘끗 보았다.

"이봐, 지금 구매 가능한 상품은 이것뿐이야? 검색 기능이 있을 텐데?"

[아, 그건······ 제길. 잠깐만. 성좌님들. 부탁입니다. 진정들

좀 해주세요.]

채널이 다시 개방된 순간부터 비형은 만화 같은 땀을 뻘뻘 흘리며 하소연을 반복하고 있었다.

[그냥 서버 오류로 잠깐 방송이 꺼진 거예요! 제가 일부러 끈 거 아니라니까요?]

현재 비형의 머리 위에서 반짝이는 별은 총 이십여 개. 이탈 좌가 거의 없는 것을 보면 지금 내 모습을 보고 싶어하는 성 좌가 제법 있는 모양이었다. 물론 모든 성좌가 그저 호의적이 기만 한 것은 아니었다.

[소수의 성좌가 방송의 공정성을 의심합니다!]
[소수의 성좌가 특혜 제공 의혹을 품습니다!]

짐작하지 못한 일은 아니었다. 잠깐 방송이 꺼진 사이에 무 려 히든 시나리오가 시작된 데다, '도깨비 보따리'까지 열려 있으니 놀라지 않는 게 더 이상하다.

[아니, 특혜라뇨? 이보세요, 성좌님들. 저 도깨빕니다. 그런 짓 하면 바로 소멸되는 거 모르세요? 이야기꾼 서약이 결코 가볍지 않다는 거 잘 알고 계실 텐데요?]

"나부터 좀 도와주지?"

[……상품 검색 버튼은 오른쪽 아래에 있어.]

"고맙다."

쩔쩔매는 비형을 제쳐두고, 패키지창 아래쪽에 숨어 있는 돋보기 모양 아이콘을 눌렀다.

[상품 검색 기능이 활성화됐습니다.]
[상품 검색은 하루에 5회로 제한되며, 추가 검색 시 건당 100코인을 소모합니다.]

하여간 인간이나 도깨비나 상술은 매한가지다.
주어진 검색 횟수는 총 다섯 번. 내게 필요한 재료를 구매하는 데는 두 번의 검색이면 충분하니 세 번이 남는다.

[성좌, '은밀한 모략가'가 당신의 계책을 궁금해합니다.]

그래, 궁금하겠지. 궁금하면 잘 보고 있으라고.

[성좌, '심연의 흑염룡'이 당신의 모든 행동을 아니꼽게 봅니다.]

넌 꼬우면 보지 말고. 나는 검색창을 향해 입을 열었다.
"상품 '고대룡' 검색."

[검색 결과가 3건 있습니다.]

곧이어 작은 팝업창이 떠올랐다.

* 고대룡의 심장 - 재고 ?

* 고대룡의 뼈 - 재고 1

* 고대룡의 뿔 - 재고 1

나는 '고대룡의 심장'을 선택했다.

〈아이템 정보〉

이름: 고대룡의 심장

등급: SSS

설명: 고대룡 '이그니투스'의 마력을 품은 심장. 무한에 가까운 마력을 품고 있으며, 심장 이식에 성공할 시 속성 '지옥불'을 획득한다.

가격: 1,500,000C

재고: 품절

역시 이건 품절인가. 카탈로그 너머에서 성좌들을 상대하던 비형이 턱을 쭉 뺀 채 나를 보고 있었다.

[미쳤어. 어떻게 '고대룡'의 정보를 아는 거지?]

"그냥 멋있는 이름 아무거나 불러본 거야."

[……거짓말 같은데.]

나는 어깨를 으쓱했다. 본래의 멸살법에서도 '고대룡의 심장'은 주인이 정해져 있었다. 내 기억이 맞는다면, 저 심장의 주인은 지금 이탈리아에 있다. 운도 좋은 놈이지. 그런 다이아 수저 배후성을 얻다니.

나는 그 외에도 몇 가지 상품명을 더 찾아보았다.

[관련 상품 검색이 완료됐습니다.]

* 대악마의 눈동자 - 재고 0

* 백청강기白淸罡氣 - 재고 1

'대악마의 눈동자'까지 품절이라니…… 역시 성좌들 손이 보통 빠른 게 아니다. 어차피 판매 가격이 100만 코인이라 있어도 못 사는 상품이지만. 하여간 스폰서가 좋기는 좋다. 이제 '대악마의 눈동자'를 얻은 화신은 초반 시나리오를 죄다 박살 내며 성장하게 될 것이다.

[너 진짜 뭐야? 무슨 치트 같은 거 쓰는 거 아니지? 검색으로만 찾을 수 있는 아이템을 어떻게 아는 거야?]

"그럴듯한 이름 말해본 거라니까."

결국 처음 검색한 세 가지 아이템 중 재고가 남은 것은 백
청강기 하나뿐. 그나마도 가격이 1만 코인이라 지금은 살 수
없다. 일단 장바구니에 넣어두고.

[뭐야, 안 살 거야?]

"어차피 지금은 못 사. 그냥 구경만 한 거야."

[쳇, 그러면 괜히 열었잖아.]

"대신 다른 걸 살 거니까, 지금부터 내가 부르는 아이템을
띄워줘."

나는 몇 개의 아이템명을 불렀다. 잠시 후 내 눈앞에 아이템
목록이 떠올랐다.

* 망치 해마의 점액 - 재고 124
* 스톤 호그의 뾰족한 가시 - 재고 17

기억 속 목록과 천천히 대조했다. 어룡의 피식被食 해수종인
망치 해마와, 해수종의 천적인 스톤호그…… 틀림없다. 어룡
공략에 한해서는 최고의 가성비를 자랑하는 조합이다.

"점액 넷, 가시 넷. 800코인이면 되지?"

[그렇긴 한데…… 이런 잡템을 어디다 쓰려고?]

"알 것 없어."

[참견할 생각은 아니지만 다른 걸 사는 게 어때? 가령 '월영

검법'이라든가. 원래 8,000코인짜리지만 지금 사면 4,000코인에 줄게. 차라리 이걸 사는 편이 시나리오 클리어하는 데 더 도움이 될걸?]

"고맙지만 그냥 이걸로 살게."

비형은 못마땅한 눈치였지만 곧 결제를 해주었다.

[800코인을 소모했습니다.]

어둠 속에서 반짝이는 가루 같은 것이 뭉쳐지더니, 길쭉한 가시 네 개와 검은 점액을 담은 주머니 네 개가 나타났다.

[이제 와서 후회해도 환불은 안 돼. 알지?]

"알아."

나는 짧게 고개를 끄덕인 후 작업을 시작했다. 상의를 벗어 허리춤에 묶은 뒤 가시는 매듭 사이에 꽂아 넣고 주머니도 전부 매달았다.

스톤 호그의 가시는, 발생점은 뭉툭하지만 끝으로 갈수록 날카로워지는 특징이 있었다. 길이는 대략 1미터 정도. 뭔가 꿰뚫기에는 적당한 길이였다.

[흐음…… 그럼 난 가볼게. 너한테만 붙어 있을 수는 없거든. 저쪽에서도 꽤나 재미있는 일이 벌어지는 중이고 말야.]

"그렇게 해."

[후후, 그러면 어디 힘내보라고. 이야기의 가호가 있기를 바라지.]

빛을 내뿜던 비형이 사라지자 주변은 다시 어둑해졌다. 스마트폰 불빛을 쓸 수도 있겠지만 가능하면 배터리를 아껴둘 필요가 있었다. 대신 어둠 속에서 스톤 호그의 가시들이 푸르스름한 빛을 내뿜었다. 미약한 빛이지만 당분간은 이 빛에 의존해 버려야 했다.

나는 허리춤에서 가시 하나를 뽑아 이리저리 휘둘러보았다. 아무래도 [무기 연마]나 [만병의 화신] 같은 숙련계 스킬이 하나도 없기 때문일까. 가시가 좀처럼 손에 익지 않았다.

[소수의 성좌가 지루해합니다.]

성급한 성좌들은 슬슬 채널 밖으로 벗어날 시기였다. 여기선 보이지 않지만 비형도 초조해하고 있을지도 모른다.

그리고 한 시간이 더 지났다.

우로, 좌로, 위로, 아래로.

썩 마음에 들지는 않지만 가시를 다루는 것에는 이제 문제가 없었다. 표면 마감이 거칠어서 손에서 쉽게 미끄러질 것 같지도 않았다.

슬슬 시작해볼까.

나는 적당한 힘을 실어 어룡의 위장 벽을 찔러보았다.

티잉!

탄성 강한 고무벽을 찌른 것처럼 가시는 그대로 튕겨나왔다. 역시 어룡의 위장은 내 근력 레벨로 찢을 만큼 만만하지 않다. 스킬을 써도 마찬가지겠지.

위장 상단에 위치한 조그마한 구멍이 일제히 벌어진 것은 그때였다. 울컥거리는 소리와 함께 토해져 나오는 메스꺼운 액체.

"꾸에엑!"

위장 부유물에 둘러싸여 있던 마인 하나가 괴성을 지르기 시작했다. 츠츠츠, 하는 소음과 함께 타들어 가는 마인의 피부. 어룡의 소화 작용이 시작된 것이다. 빠르게 강물 속에 용해된 어룡의 소화액은 콘크리트와 부산물을 녹이고 내가 디딘 곳을 침식하기 시작했다.

<u>츠츠츠츠!</u>

……이제 시간이 없다. 바로 계획대로 간다.

나는 부유물 위에서 크게 도약해 위장 벽의 돌기를 붙잡았다. 그리고 암벽타기를 하듯 한 발씩 위장 벽을 타고 올라갔다. 콸콸 소화액을 쏟는 사출구가 바로 위쪽에 있었다. 나는 입으로 가시를 깨문 채 손으로 점액 주머니를 풀었다.

망치 해마의 점액.

미심쩍은 냄새가 나는 검푸른 액체를 손으로 찍어 가시의 끝부분부터 정성껏 도포했다. 면도할 부위에 셰이빙 크림을 바르듯 꼼꼼하고 세심하게. 셰이빙 크림이 면도날에서 피부를 보호한다면, 이 점액은 소화액에서 가시를 보호해줄 것이다.

간다.

나는 소화액 사출구를 향해 가시를 박아 넣었다. 각도는 정확했고, 지금의 내가 낼 수 있는 근력의 최대치였다.

콰아악!

가시에 부딪힌 소화액이 튀어 올라 팔뚝 피부를 녹였다. 끔찍한 고통이 찾아왔지만 멈추지 않았다. 여기서 실수하면 모든 게 끝장이다.

[전용 스킬, '제4의 벽'의 영향으로 고통이 완화됩니다.]

콸콸, 콸, 주룩. 조르륵…….

이윽고 가시가 사출구를 단단히 틀어막았다.

"일단 하나."

가까스로 한숨을 돌린 후 허리춤에 있던 다른 가시를 뽑아 들었다. 역시나 망치 해마의 점액을 바르고, 다른 사출구를 찾아 막았다.

[소수의 성좌가 당신의 침착함에 감탄합니다.]

[성좌들이 200코인을 후원했습니다.]

그런 식으로 차근차근 세 개의 사출구를 틀어막았다. 작은 사출구 몇 개가 남았지만, 입구가 좁아 소화액 방출이 많지 않왔다. 숨을 고르며 허리춤에 묶어둔 상의를 풀어 박힌 가시 끝에 단단히 감고 매듭지었다.

이제 남은 것은 가시 하나와 점액 두 주머니. 나는 남은 점액을 피부와 옷 곳곳에 뿌리고, 그래도 남은 것은 목구멍 속으로 모두 털어 넣었다.

"큽."

짭짤하고 비린 맛이 입안에 감돌았지만 죽는 것보단 나았다. 지금부터 있을 재앙에 비하면 이 정도 쓴맛은 아무것도 아니다.

위장 전체가 엄청난 진도로 떨리기 시작한 것은 오 분 정도가 경과한 후의 일이었다.

끼에에에에에에—!

고통에 겨운 어룡의 비명. 꿈틀거리는 위벽 사이사이로 혈관이 불거지고 있었다. 예상한 대로였다. 사출구에 박힌 가시들이, 혈관 틈새를 비집으며 생장 활동을 개시했다. 나는 멸살법의 정보를 떠올렸다.

「스톤 호그의 가시는 해수종의 체액에 반응하여 성장한다.」

콰득, 콰드드득.

도포한 점액으로 인해 소화액에 면역이 된 가시들은 주변 체액을 흡수하며 어룡의 몸에 본격적으로 뿌리를 내리기 시작했다. 어룡이 완전히 죽을 때까지, 스톤 호그의 가시는 확장을 멈추지 않을 것이다.

끼에에에에—!

발밑에서 소용돌이치는 용해액을 보며 나는 가시를 꽉 움켜쥐었다. 할 수 있는 것은 다 했다. 그러니 지금부터는 정신력 싸움이다.

내가 죽든, 이 녀석이 죽든.

살아남는 쪽은 하나뿐일 것이다.

4

시간이 얼마나 흘렀는지 알 수 없었다. 자주 호흡이 끊어졌고 온몸 근육이 잔뜩 경직되어 좀처럼 말을 듣지 않았다.

[소수의 성좌가 당신의 생존력에 감탄합니다!]
[성좌들이 100코인을 후원했습니다.]

하지만 버텼다. 버틸 수 있다고 믿기 때문에 버텼다. 어둠 속에서 가시가 내뿜는 불빛을 보며 내가 살아 있다는 것을 확인받았고, 떨어지는 위벽의 온도를 확인하며 놈이 죽어간다는 확신을 얻었다.

[성좌, '악마 같은 불의 심판자'가 당신의 근성에 감탄합니다.]

[성좌가 100코인을 후원했습니다.]

배가 고플 때는 가시 끝에 맺힌 농축액에 혀를 가져다댔다. 흘러나온 농축액에는 어룡의 전신에서 빨아들인 생명력이 담겨 있었다. 해마의 점액을 미리 먹어둔 것은, 탈 없이 농축액을 흡수하기 위함이었다.

[어룡의 힘을 흡수해 체력이 미미하게 상승합니다.]

당장 능력치 레벨이 오를 만한 효과는 아니지만 아마 여기서 탈출할 때쯤이면 적어도 체력이 2레벨 정도는 상승해 있을 것이다. 초반에 코인을 쓰지 않고 체력을 확보할 수 있는 몇 안 되는 꼼수였다.

……역시 꿈은 아니겠지.

흐르는 상념들이 소설 속 문장처럼 뇌리를 스쳤다.

「이거 정말 내가 할 수 있는 일이었을까.」

「난 평범한 독자일 뿐이잖아.」

「주인공이 아니라고.」

당장이라도 소리를 지르며 이불 속에서 깨어날 것 같았지만 아무리 눈을 깜빡여도 그런 기적은 일어나지 않았다.

「……어머닌 괜찮으실까.」

「괜찮으시겠지. 다른 사람도 아니고 그 '어머니'인데.」

바닥에 고인 용해액이 빠져나갈 때마다 깜빡 잠에 빠졌고, 차가운 강물이 구강을 통해 들어올 때마다 잠에서 깨어났다.

마침내 어룡의 소화 작용이 멈췄다. 등을 데우던 내장의 온기가 급격히 식었고, 강한 탄성을 가지고 있던 위장 벽은 점점 굳어갔다. 그래서 나는 확신할 수 있었다.

놈이 죽었다.

[정말 대단하군요.]

어둠 속에서 몰아치는 환한 전류. 비형이 흐릿한 형체를 유지한 채 허공에 떠 있었다.

[스톤 호그의 가시를 저런 식으로 사용하다니. 미처 생각도 못 했어요. 성좌님들, 그렇지 않습니까?]

비형은 희미한 빛을 내뿜는 스톤 호그의 가시를 보면서 말했다.

[스톤 호그는 주로 해안가에 서식하며 작은 해수종을 먹이로 삼는 녀석이에요. 먹잇감 표피에 가시를 뿌리 내려 사냥감을 말려 죽이는데, 이걸 설마 소화액 사출구에 박아버릴 줄은……]

형형하게 빛나는 비형의 눈은 나를 보고 있지 않았다. 그러니 저 말들 또한 나를 향한 설명은 아니었다.

[극소수의 성좌가 알고 있었다는 듯 흐뭇한 미소를 짓습니다.]

[성좌들이 100코인을 후원했습니다.]

[소수의 성좌가 뒤늦게 당신의 판단을 이해합니다.]

[성좌들이 그런 건 다음부터 혼잣말로 알려달라며 불평합니다.]

나는 성좌들의 메시지를 무시하고, 마지막 농축액을 받아 마셨다.

[어룡의 힘을 흡수해 체력이 미미하게 상승합니다.]

[체력 레벨이 상승했습니다!]

[체력 Lv.11 → 체력 Lv.12]

이걸로 소기의 목적은 달성했다. 곁으로 내려온 비형이 새 카맣게 탄 내 팔을 만지며 말을 이었다.

[게다가 이 점액…… 어룡의 피식종인 망치 해마의 점액에 이런 효능이 있다는 건 나도 몰랐는데.]

본래였다면 어룡의 소화액과 함께 녹아버렸어야 할 피부였 다. 나는 비형을 대신해 입을 열었다.

"망치 해마의 점액에는 소화액에 대한 면역이 있어. 아무래 도 어룡에게 잡아먹히는 경우가 많다 보니 그런 식으로 진화 한 거겠지."

[소수의 성좌가 당신의 박식함에 감탄합니다.]

그러자 비형이 뒤통수를 맞은 듯한 얼굴로 나를 보았다.

[저기, 설명은 내 몫인데…….]

"네가 잘 모르니까 대신해준 거잖아. 이제 설명은 다 끝났지?"

[……그래.]

"그럼 보상 줘."

[망할 자식.]

비형의 투덜거림과 동시에 보상 메시지가 눈앞을 덮었다.

[히든 시나리오가 종료됐습니다.]

[보상으로 9,000코인을 획득했습니다.]

[최초로 7급 해수종 사냥에 성공했습니다.]

[업적 보상으로 1,000코인을 획득했습니다.]

9,000코인에 추가로 1,000코인이라. 아주 짭짤한 소득이다.

[보유 코인: 14,800C]

팔자에도 없던 생존물을 찍은 덕택에 추가로 얻은 500코인
까지 합하면 총소득은 10,500코인. 목표치는 훌쩍 넘겼다.

[하하, 성좌님들. 잘들 보셨나요? 잠깐 광고 하나 보시고 바
로 다음 시나리오 진행 들어가겠습니다!]

그 말과 함께 어디선가 희미하게 광고 소리가 들려왔다. 신
규 시나리오 개방 특집 패키지가 8,800코인…… 성좌들의 시

선이 사라진 사이 비형이 친근하게 말을 걸어왔다.

[후…… 아주 대단한 생존물이었어. 성좌들 반응도 굉장했다고.]

"시간이 얼마나 지났지?"

[나흘. 보는 내내 조마조마했어. 시간도 몰랐던 거야?]

"스마트폰이 방전됐어."

생각보다 훨씬 오래 걸렸다. 본래 목표는 이틀이었는데…… 하긴 4회차 유중혁도 이걸 잡는 데 나흘이 걸렸으니 이 정도면 그다지 느린 속도는 아니다.

어쨌거나 해냈다. 기분 좋은 충만감이 전신을 덮으며 자신감이 생겼다. 나는 평범한 사람이고 평범한 능력을 가졌다. 하지만 그렇다고 평범한 일만 할 수 있는 것은 아니다.

"……우습네."

기이한 일이었다. 이십팔 년 동안 단 한 번도 도움이 되지 않았던 허구가, 이토록 평범한 나를 비범하게 만들어주다니.

[오, 벌써 혼잣말도 하는 거야?]

"……."

[너 제법인데? 올바른 화신이라면 혼잣말은 필수지. 물론 작위적이라고 싫어하는 성좌도 있지만 보통은…….]

"시끄럽고, 도깨비 보따리나 좀 열어줘."

[왜? 살 거 있어?]

"살 것도 팔 것도 있지."

[젠장, 그럼 잠시 광고 줄여야겠네. 성좌님들, 잠시만요. 볼

류 조정 좀 들어갈게요.]

비형이 도깨비 보따리를 여는 동안, 나는 벽에 박힌 가시들을 살폈다. 위장 벽이 굳으면서 가시를 중심으로 깊은 균열이 만들어져 있었다. 위장 벽은 이제 내 근력으로도 충분히 깨부술 수 있을 정도였다.

하나 남은 가시로 벽을 부수며 조금씩 안쪽으로 파고 들어갔다. 그리고 얼마 지나지 않아 파란색으로 영롱하게 빛나는 어룡의 코어와 마주쳤다.

[어룡의 핵].

7급 이상 괴수종에게서 발견되는 에테르 코어였다. 가공해서 섭취하면 코인 없이도 마력 레벨을 높일 수 있는 귀품. 씨-커맨더급의 어룡이라 그런지 품질 상태도 양호했다. 코어를 감싼 살점까지 통째로 조심스레 잘라 벽 밖으로 나오자 비형이 어이없다는 듯 나를 바라봤다.

"이거 팔게."

[넌 진짜…….]

"물론 너한테 판다는 뜻은 아냐. 도깨비 경매에 올려줘."

비형은 내게 뭘 더 물어보기도 지쳐 그냥 납득하기로 한 듯했다.

[후…… 맘대로 해. 그래서 얼마에 올릴 건데?]

"코인으로 안 팔아. 물물 교환으로 팔 거니까."

[젠장, 별걸 다 아는군.]

비형은 투덜거리면서도 도깨비 경매에 물건을 업로드했다. 욕망이 단순해서 그런지 생각보다 말을 잘 듣는 녀석이다.

"금방 산다는 녀석이 나타날 거야. 그리고 교환 물품은 반드시 '부러진 신념'으로 해줘."

[부러진 신념? 그걸 가진 녀석이 있으려나…… 아무튼 등록했다.]

"그래. 그리고 살 물건은……."

나는 장바구니에 등록된 '백청강기'를 보았다. 역시 아직 아무도 안 사 간 상태다. 대부분의 성좌들은 코인 아이템의 가성비를 잘 모른다. 과금 유도가 심한 '도깨비 보따리'의 상품은 비싸다고 무조건 좋은 게 아닌데도.

[잠깐만, 그 전에 잠시 이야기 좀 하지?]

비형의 말과 함께 광고 볼륨이 다시 높아졌다.

[길어지는 광고에 성좌들이 불평합니다.]

이미 나왔던 광고가 한 번 더 나오는 것을 보며, 나는 비형이 무슨 말을 할지 직감했다.

"계약 얘기인가?"

방송을 끄지 않고 성좌들의 눈과 귀를 가릴 방법은 광고뿐이다. 지금부터 하는 말은 성좌들이 들어서 좋을 게 없으니까.

[그래. 긴가민가했는데, 이번 시나리오 보고 조금 확신이 생

졌어. 뭐…… 한번 해보자고. 뭣하면 내가 조금씩 도와줘도 되니까.]

"그건 이야기꾼 서약에 위배될 텐데?"

[아, 물론 진짜로 도와줄 수는 없고, 그냥 말이 그렇다는 거야. 그보다, 계약할 거지?]

"조건은?"

[읽어봐.]

꼴에 도깨비라고 계약서까지 화려하게 준비해 온 모양이다. 나는 허공에 투명한 창으로 뜬 계약서를 읽기 시작했다.

<스트림 계약 동의서>

1. 화신 '김독자'(이하 갑)는 모든 시나리오가 종료되거나 본인이 사망할 때까지 도깨비 '비형'(이하 을)과 전속 계약을 맺는다.

"……내가 갑이냐?"

[하하, 인간들은 그런 거 좋아하잖아? 어차피 아무런 의미도 없는데 말이지. 아무튼 계속 읽어봐.]

2. 갑은 모든 시나리오가 종료되거나 본인이 사망할 때까지 결코 배후성을 선택해서는 안 된다.

이것도 예상하던 바였다.

3. 갑은 오직 을의 채널에서만 활동해야 한다.

4. 갑과 을은 스트림 계약을 통해 얻는 수익을 나눠 가지며, 그 비율은 상호 협의를 통해 정한다.

(…)

10. 갑과 을은 이 계약을 어길 시 '스타 스트림'의 율법에 따라 소멸형에 처한다.

마지막 항목까지 꼼꼼하게 읽었다. 내가 잘 모른다고 장난질을 칠 거라 생각했는데 딱히 그런 부분은 보이지 않았다.

정확히는, 딱 한 부분만 빼고.

"그런데 중요한 부분이 없네."

[날인 말이야? 그건 그냥 동의한다고 말로 하면 돼. 스트림 계약은 영혼 서약이라―]

"비율 얘길 하는 거다."

[아, 아아. 하하. 그렇지.]

자식이 시치미 떼기는. 그게 제일 중요한 부분인데. 잠깐 머뭇거리던 비형이 선심이라도 쓰듯 말했다.

[오 대 오 어때? 대신 네가 내야 할 채널 수수료는 빼줄게. 아, 산정 방식은 알지? 네가 앞으로 받을 후원금을 정확히 비율대로 나누는 거야. 가령 100코인을 받으면 50코인은 네가 갖고 50코인은 내가 갖는 거지.]

모든 '스트림 계약'은 이런 식이다. 성좌들은 도깨비의 채널에 화신을 출연시키고, 다른 성좌들에게서 받은 후원금을 비율대로 나눈다. 보통이라면 그렇다.

"날 호구로 아냐? 안 해."

[뭐? 하지만 이게 이쪽 업계 기본 정산 비율…….]

"난 배후성이 없는 화신이야. 그리고 배후성이 없는 화신을 후원할 때, 성좌들은 도깨비에게 막대한 수수료를 지불해야 하지. 이미 내 덕분에 꽤나 재미 봤을 텐데?"

비형의 턱이 천천히 벌어졌다. 하지만 그런 표정을 지어봤자다.

"십 대 영. 넌 수수료만 받아도 되잖아. 난 한 푼도 안 내."

[뭣? 그런 말도 안 되는…… 그, 그럼 칠 대 삼은 어때?]

단번에 비율이 확 늘어난다. 하지만 양보 따위는 없다.

"십 대 영."

[뭔 엿 같은 소리야! 그딴 말도 안 되는 비율은─]

"싫음 말든가. 그냥 다른 채널로 가지 뭐. '길달' 녀석이 요즘 잘나가니까, 그쪽에 한번 부탁해봐야겠군."

[……팔 대 이. 나도 더는 양보 못 해.]

"십 대 영."

비형의 표정이 위협적으로 변했다. 당장이라도 내 머리를 터뜨릴 듯한 중압감. 하지만 나는 안다. 놈은 절대 이 계약을 포기할 수 없다. 이놈에게 내 존재는 마지막 기회일 테니까.

"광고 끝나겠다. 성좌들 불평하는 거 안 보여?"

결국 포기한 듯 비형이 두 손을 들었다.

[제기랄, 알겠어. 그럼 계약할 거지?]

이거 생각보다 쉽게 항복하는데? 사실은 구 대 일 정도로 양보해주려고 했건만. ……어쩌면 내가 아는 것보다 뒷돈을 더 많이 받아 처먹고 있을지도 모르겠다. 왠지 괘씸하다.

"그래. 그리고 한 가지 더."

[뭐? 또 있어?]

"계약금은 따로 줘야 할 거 아냐. 5,000코인 내놔."

비형의 표정이 순간 멍해졌다.

[……너는 진짜.]

나는 씩 웃었다. '갑'이 왜 '갑'이라고 불리는지, 왜 인간들이 아무것도 아닌 그 자리에 그렇게나 연연하는지…… 친히 알려주마, 망할 도깨비야.

[<스트림 계약>이 성사됐습니다.]

[계약금으로 5,000코인을 받았습니다.]

이윽고 광고가 끝나고 성좌들이 다시 돌아왔다. 나는 비형의 어깨를 툭툭 두드려주며 말했다.

"자, 그럼 밖으로 나가볼까."

이제부터가 진짜 시작이다.

04
Episode

위선도 선이다

Omniscient Reader's Viewpoint

1

새카만 밤하늘 위로 유성우가 쏟아지고 있었다. 누구라도 감탄할 광경이겠지만, 유중혁에게는 아니었다.

「슬슬 시작인가.」

왜냐하면 유성우는 세 번째 메인 시나리오가 시작될 것이라는 전조니까. 이제 서울은 계획된 절차에 따라 차례차례 멸망해갈 것이다.

하늘을 쳐다보던 유중혁은 이내 고개를 숙여 한강 하구를 바라보았다. 얼마 전 어룡 무리가 대거 하류로 이동한 까닭에 동호대교 인근 풍경은 제법 고적한 편이었다.

「역시 무리였나.」

김독자라는 녀석이 한강으로 들어간 지 벌써 사흘이 지났다. 겨우 첫 번째 메인 시나리오를 깬 수준으로 어룡을 잡는다니, 지나친 요구였을지도 모른다.

「하긴 삼 일 만에 어룡을 잡는 건 나도 힘드니까.」

하지만 그 정도가 아니라면 데리고 가는 것은 무리라고 생각했다. 이것도 못 해낸다면 앞으로는 방해만 될 뿐이다.

「예언자라더니 별것도 아니었군.」

유중혁은 실망스러운 기색으로 눈을 감았다. 그는 다시 혼자서 나아갈 것이다. 어떤 동료도 없이. 별로 특별하거나 대단한 일도 아니었다. 지금까지 줄곧 혼자였으니까.

「이번에는 반드시 미래를 바꾼다.」

그렇게 유중혁은 돌아섰다.
그러나 어쩌면, 너무 빨리 돌아섰는지도 모른다.

"잠깐만……!"

[뭐, 뭐야?]

눈을 몇 번이고 깜빡였지만 보이는 것은 회백색 천장뿐. 나는 여전히 어룡 배 속에 있었다. 고개를 돌리니 화들짝 놀란 비형이 눈을 동그랗게 뜨고 있었다.

"……꿈을 꿨어."

[오호, 복선을 깔아 궁금증을 유발하겠다 이거지? 아주 제법인데?]

그런 건 아니지만 딱히 오해해도 상관없겠다 싶었다.

[소수의 성좌가 당신이 빨리 새로운 장소로 이동하길 바랍니다.]

나는 비형에게 500코인을 치르고 구입한 '엘라인 숲의 정기'를 사용하고 잠든 참이었다. 탈진한 채 움직이는 것은 위험하다는 판단 때문이었다.

엘라인 숲의 정기는 두 시간 동안 강제로 숙면을 취하게 만드는 대신 전신의 피로와 상처를 빠르게 회복시켜준다. 한마디로 비싼 값은 하는 아이템이다.

"……슬슬 진짜로 나가볼까."

적당한 혼잣말을 해주며 찌뿌드드한 몸으로 기지개를 켰다. 방금 꾼 꿈이 아직 선명했다. 꿈이 아니었는지도 모른다.

치지지직.

전류 흩어지는 소리가 들리더니 비형이 말도 없이 사라졌다. 아마 녀석도 자기 할 일을 하러 간 거겠지.

한순간 안도의 숨이 나왔다.

도깨비와의 스트림 계약. 멸살법에서 비형에 대한 정보를 얻지 못했더라면 결코 시도할 수 없었던 도박이다. 그런 도박을 신기할 정도로 침착하게, 제대로 해냈다. 진짜 '현실'에서는 변변찮은 계약 하나 못 따내던 내가.

[전용 스킬, '제4의 벽'이 가동 중입니다.]

현실이라…… 나는 가시를 쥔 오른손에 힘을 꾹 주었다. 정말로 나는 이 세계를 현실이라 생각하는 것일까.

[소수의 성좌가 당신이 어서 행동하기를 원합니다.]

하긴, 그런 고민이나 하고 있을 때가 아니지. 나는 가시를 힘껏 휘둘러 탄성을 잃은 위벽을 까부쉈다. 무너지는 소리와 동시에 물이 쏟아졌다. 나는 한강으로 뛰어들었다.

"푸하!"

다행히 다른 어룡은 보이지 않았다. 소형 해수종들이 호기심에 다가오는 모습이 보였지만, 딱히 적의가 느껴지지는 않았다. 모든 마물이 인간을 공격하는 것은 아니다.

……동호대교는 저쪽인가.

나는 둥둥 떠오른 어룡 사체 조각 하나를 튜브 삼아, 어설프게 발을 놀리며 뭍을 향해 나아갔다. 차가운 수온에 피부가 따가웠지만 신경 쓸 계제가 아니었다. 그렇게 삼십 분쯤 헤엄을 치자 뭍에 손이 닿았다.

[소수의 성좌가 당신을 보며 긴장합니다.]

보통 이런 메시지가 뜬 다음에는 곧바로 위험이 닥쳐온다.

[성좌, '심연의 흑염룡'이 음험한 미소를 짓습니다.]

나를 고깝게 보는 성좌들에게는 안된 일이지만 기대처럼 되지는 않을 것이다. 찾아올 위험이 뭔지는 이미 아니까.

[두 번째 메인 시나리오 지역에 진입했습니다.]
[해당 시나리오 지역의 대지는 심하게 오염되어 있습니다.]
[호흡을 참고 최대한 빠르게 지하로 이동하십시오.]

메시지야 저렇게 설명하지만, 이 시나리오는 시작된 순간부터 지상에 있으면 안 된다. 왜냐고? 지금 내 피부를 보면 알 수 있다.

[맹독 안개에 노출됐습니다.]

보랏빛 안개에 닿은 피부가 검게 변색하고 있었다.

갸아아아아!

안개의 근원지를 눈으로 따라가자 끔찍한 울음을 토하는 괴수가 보였다.

체고가 30미터는 훌쩍 넘는 육중한 괴물.

이 안개는 7급 괴수종인 '시독屍毒 코뿔소'의 방귀였다. 코뿔소는 콧김을 뿜으며 안개 너머의 괴수에게 대항하고 있었는데, 언뜻 비치는 그림자로 봐서는 충왕종蟲王種인 듯했다.

그아아아…….

새로운 세계에서 투쟁을 벌이는 것은 인간만이 아니다. 괴수 또한 자신의 터전을 위해 싸운다.

나는 최대한 숨을 참은 채 이동했다. 어룡과 같은 7급 괴수종이지만 지금 당장 상대할 수 있는 놈들이 아니었다. 애초에 씨-커맨더를 죽일 수 있었던 것은 그만한 준비가 되어 있었기 때문이다.

['엘라인 원숭이의 허파'를 사용합니다.]

원숭이의 허파는 이십 분 동안 정화 장치 대용품으로 쓸 수 있는 아이템으로, 비형에게서 미리 구해두었다.

[소수의 성좌가 당신의 준비성에 감탄합니다!]

지상역인 옥수역은 이미 파괴되었다. 이곳에서 가장 가까운 '지하'역은 금호역. 아마 다른 사람들도 모두 그곳으로 이동했을 것이다.

나는 시체를 뜯어 먹는 소형종을 피해 갓길로 빠르게 움직였다. 이십 분밖에 시간이 없으니 최대한 빠르게 생필품을 확보한 후 움직여야 했다.

먼저 필요한 것은 옷가지. 어룡의 용해액에 겉옷이 녹아버렸으니 걸칠 것이 필요했다. 물론 주변에 걸칠 것은 널려 있었다. 찝찝해서 그렇지.

아쉬운 대로 어쩔 수 없나. 나는 시체를 뒤져 대충 사이즈가 맞는 옷 몇 개를 주워 입은 후 곧장 근처 편의점으로 향했다. 비닐봉지를 몇 개 챙겨서 부피 작고 밀도 높은 식품을 마구잡이로 쓸어 담았다. 식품은 지하로 내려간 후 요긴한 거래 품목이 될 것이다.

그렇게 서너 봉지쯤 담았을까. 입에 문 원숭이 허파의 색이 점점 까맣게 변해갔다. 시간이 얼마 안 남았다. 누군가의 목소리가 들려온 것은 그때였다.

"사, 살려…… 살려줘요."

아직도 살아 있는 사람이 있었나? 고개를 돌리자 한쪽 구석에 젊은 여자가 몸을 웅크린 채 쓰러져 있었다. 몸싸움이라도 했는지 팔과 어깨에 피멍이 들어 있고, 뜯어진 상의의 실밥 사이로 혈흔도 비쳤다. 다행히 상처 자체는 깊지 않으나 문제는 피부 표면에서 진행되는 오염이었다.

상비용 마스크를 쓰고 있어서 중독 상태가 심하지는 않았지만 이대로 두면 죽을 것이 자명했다.

"괜찮습니까? 일어날 수 있겠어요?"

"으으으……."

멸살법에 이런 엑스트라가 있었나? 자세히 살펴보고 싶은데 시간이 부족했다. 나는 여자를 업은 뒤 곧장 금호역으로 달렸다.

갓길을 돌자 대로변이 나왔다. 이제 금호역까지 거리는 직선으로 100미터. 나는 숨을 흡, 들이켠 뒤 전력으로 대로를 질주하기 시작했다. 저 멀리 보이는 3번 출구 표지.

……닫혔군. 그럼 반대쪽은?

재난 상황 때문인지 출구마다 죄다 방화 셔터가 내려가 있었다. 가시로 셔터를 부수고 들어갈 수도 있겠지만, 잘못하면 안쪽에 있는 사람들이 피해를 당한다.

"4번, 4번 출구……."

뜻밖에도 업힌 여자가 도움이 되었다. 나는 4번 출구 쪽으로 뛰었다. 그리고 때마침 내려가고 있는 방화 셔터를 발견했다. 나는 닫히려던 셔터 틈새에 가시를 꽂아 넣었다. 누군가가 소리를 질렀다.

"이런 씨, 뭐야!"

"문 열어요."

"안 돼! 들어올 수 없어! 떨어져!"

"부상자가 있습니다."

"이미 인원은 포화 상태야! 더는 필요 없다고!"

인원이 포화라서 받지 않는다고? 이상하군. 그런 전개가 있었나?

"그런 건 내가 알 바 아니고."

나는 가시를 지렛대 삼아 있는 힘껏 셔터를 들어 올렸다. 벌어둔 코인으로 근력도 10레벨로 만들어놓았기 때문에 성인 남성 대여섯 명 이상의 괴력을 낼 수 있었다.

"우와아악!"

쾅당, 하는 소리와 함께 반대편에서 셔터를 내리던 사람들이 나동그라졌다.

"도, 도망가!"

겁을 집어먹은 사내들이 지하도 안쪽 어둠 속으로 사라졌다. 무사히 역 안으로 진입한 나는 셔터를 내리고 여자를 바닥에 내려놓았다.

[안전 지역에 진입했습니다.]

맹독 안개는 지하까지 내려오지는 않는다. 딱히 과학적인 설명이 가능한 이야기는 아니다. 그저 '시나리오' 때문이니까.

"이걸 입에 무세요."

나는 여자의 마스크를 벗기고 내가 물고 있던 원숭이 허파를 물려주었다. 완전히 치료까지는 무리여도 중화 효과는 있을 것이다.

"우움……."

여자의 입술에서 희미한 신음이 흘러나왔다.

버려져 있던 여자. 문득 이 사람의 정보가 궁금해졌다. 이 사람도, 원작의 전개대로면 거기서 죽었을 확률이 높을 텐데. [등장인물 일람]을 발동하려던 찰나, 목소리가 들려왔다.

"저기 저놈입니다!"

어둠 속에서 번뜩이는 손전등 불빛이 다가오고 있었다. 눈을 가늘게 뜨자, 제각기 쇠파이프 같은 것을 하나씩 든 사내들이 희끄무레하게 보였다.

[성좌, '긴고아의 죄수'가 불청객의 등장에 눈살을 찌푸립니다.]

입을 연 것은 가운데의 덩치 큰 사내. 전신 밸런스가 잘 잡힌 것으로 봐서 힘깨나 쓰는 녀석이 분명했다.

"뭐냐, 네놈은?"

순간, 이상하게도 말문이 막혔다. 보통 이럴 땐 뭐라고 대답해야 하는 걸까. 나는 잠시 생각하다 유중혁처럼 말해보았다.

"김독자."

"……김독자? 네 이름이냐?"

"그래."

"누가 그런 걸 물었어? 넌 뭐 하는 새끼냐고!"

더 곤란한 물음이 돌아왔다.

"어, 엇! 저 여자는…….."

내 곁에 쓰러진 여자를 발견한 사내 하나가 손전등을 여자 쪽으로 비추었다.

"뭐야, 소외 그룹 여자잖아? 아까 너희랑 같이 복귀한 거 아니었어?"

"그게 저…….."

사내의 손전등이 여자의 허리 살갗 부근에서 희롱하듯 움직였다. 사내가 알았다는 듯 킬킬 웃었다.

"하, 그런 거였냐? 이 귀여운 놈들. 어디서 감히 형님 허락도 없이…….."

"헤, 헷. 죄송합니다."

"무, 물론 철수 형님 먼저…… 헤헤, 그러려고 하긴 했는데."

철수? 철수라. 그런 이름의 등장인물이 있었나? 기억이 안 나는 걸 보면 겉보기와 달리 별 볼 일 없는 놈이겠지.

"야, 그 여자 우리한테 넘기고…… 응? 그건 또 뭐야?"

손전등 불빛이 바닥에 놓인 편의점 봉투에 고정되었다. 위기를 벗어난 것은 괜찮은데, 이거 어쩐지 흐름이 좋지 않다.

"그것도 두고 밖으로 꺼져. 그럼 살려는 드리지."

정확히 말하면, 내가 아니라 저 사내들에게 좋지 않다는 뜻이었다.

[성좌, '긴고아의 죄수'가 조무래기의 등장에 짜증을 냅니다.]
[성좌, '악마 같은 불의 심판자'가 눈앞의 불의에 분노합니다.]
[성좌들의 요청으로 현상금 시나리오가 발생했습니다!]

〈현상금 시나리오 - 방해꾼 제거〉

분류: 서브

난이도: F

클리어 조건: 성좌들이 빠른 전개를 방해하는 훼방꾼의 등장에 크게 분개했습니다. 제한 시간 내에 그들을 무력화하시오.

제한 시간: 5분

보상: ???

실패 시: ???

내 이럴 줄 알았지. 불쌍한 자식들.
나는 가시를 쥐고 자리에서 일어났다.
성좌들 중에 미성년자는 없겠지? 그럴 거라 믿는다.
왜냐하면 지금부터는 성인 방송 시간이니까.

2

나는 가끔 생각했다.

왜 수많은 포스트 아포칼립스 장르에는 '뻔한 악당'이 등장하는가?

그런 상황에서까지 강간이나 절도 같은 범죄가 무분별하게 일어날 거라 짐작하다니 작가들의 게으름 아닐까. 진짜 '멸망'이 닥치면 인간은 생각보다 이성적으로 행동하지 않을까.

"안 나갈 모양이네. 야, 가서 죽여!"

그 대답이 지금 눈앞에 있었다. 눈치를 보며 슬그머니 다가오는 사내들과 그 뒤에서 감상이라도 하듯 이쪽을 보는 남자.

[성좌, '악마 같은 불의 심판자'가 정당한 심판이 내려지기를 기대합니다.]

새삼 깨닫는다. 인간의 상상력은 진부하고, 실제의 인간은 그 상상보다 더 진부하다는 것을. 쇠파이프의 궤적이 어설프게 허공을 갈랐다. 살의가 느껴지는 일격은 아니었다. 사실 맞아도 거의 아프지 않았을 것이다.

"빨리 안 튀면 진짜로 죽인다! 꺼져!"

포위하듯 나를 둘러싼 네 명의 사내. 떨고 있는 녀석도 있지만 다들 아까보다는 여유로운 모습이었다. 쪽수가 많아졌기 때문이겠지.

"뭐 해 자식들아!"

그제야 고함과 함께 사내 하나가 달려들었다. 보기 안쓰러울 정도로 무방비한 자세였다. 나는 가시를 휘둘렀다.

"아아아악! 내 다리! 내 다리!"

허벅지가 꿰뚫린 사내가 비명을 지르며 주저앉았다.

"저 미친 새끼가!"

"다 같이 쳐!"

흥분한 사내들이 연달아 달려들었지만 두렵지는 않았다. 녀석들의 근력은 5레벨을 겨우 상회하는 수준이다. 나는 쏟아지는 공격을 죄다 두들겨 맞으며 묵묵히 가시를 내리꽂았다. 연달아 허벅지가 꿰뚫린 사내들이 비명을 지르며 무릎을 꿇었다. 하지만 죽이지는 않았다. 시나리오 클리어 조건은 어디까지나 '무력화'라고 했으니까.

[절대선 계통의 성좌들이 당신의 판단에 고개를 끄덕입니다.]

[소수의 성좌가 당신의 윤리 의식을 비웃습니다.]

[성좌들이 100코인을 후원했습니다.]

살인귀가 되면 잠시 성좌들의 관심을 끌 수는 있겠지만 그저 잠깐일 뿐이다. 자극의 역치를 급격히 높이는 것은 장기적으로 봤을 때 좋지 않다.

[서브 시나리오 종료까지 3분 남았습니다.]

지금까지 이 분 소요. 타임어택은 시간 계산이 중요하지.

"이, 이 자식 뭐야 대체! 왜 안 죽어?"

그쯤 되자 뒤쪽에서 사태를 관망하던 리더가 나섰다.

"꽤 맷집 있는 놈이군. 다들 물러서. 내가 상대한다."

"철수 형님! 아무래도 배후성이 있는 놈인 것 같습니다!"

"잘됐지. 딱 봐도 코인깨나 가진 것 같은데."

검은 광택이 나는 너클. 평범한 아이언 너클이 아니었다.

배후성의 후원을 받은 녀석인가?

너클을 낀 남자의 손에서 뼈마디가 이완되는 소리가 났다.

[등장인물 '방철수'가 '위협하기'를 사용했습니다.]

[종합 능력치의 격차가 심해 '위협하기'가 듣지 않습니다.]

"오호, 제법 강단 있는 놈이네? 전혀 쫄질 않잖아."

말이 끝나기도 전에 남자의 주먹이 움직였다. 정확히 내 턱을 노린 공격. 빠르게 두어 걸음 물러서자 녀석이 히죽 미소를 지었다.

"제법인데? 운동 좀 했나 봐?"

별다른 스텝 스킬이 없어도 민첩이 10레벨을 넘으면 이 정도는 누구나 할 수 있다. 아이템을 사고 남은 코인을 대부분 능력치에 투자했기에 지금 내 체력, 근력, 민첩 그러니까 '체근민'의 레벨을 합하면 33에 달했다.

어디 이 녀석은 얼마나 되나 볼까?

[전용 스킬, '등장인물 일람'을 발동합니다!]

〈인물 정보〉

이름: 방철수

나이: 34세

배후성: 잡배의 군주

전용 특성: 돌격대장(일반)

전용 스킬: [개싸움 Lv.2] [허세 Lv.2]

성흔: [위협하기 Lv.1]

종합 능력치: [체력 Lv.6] [근력 Lv.7] [민첩 Lv.6] [마력 Lv.2]

> **종합 평가:** 운 좋게 배후성을 손에 넣은 흔한 잡배입니다. 실제 전투력에 비해 능력을 과신하는 경향이 있습니다.

아…… 그렇군. 이제야 기억이 났다.

"철두파의 방철수."

"뭐야, 날 알고 있냐?"

"글쎄."

작품 초반에 바람처럼 나타났다 바람처럼 사라진 놈이라 기억이 희미하지만, 분명 방철수라는 등장인물이 있었다. 금호역 '그룹'의 인간 중 제일 얼간이 같은 놈이었지. 내가 알기로 이놈들은 본래 유중혁에게 맞아 죽어야 했는데, 어째서 아직도 살아 있는 것일까.

"오호라, 혹시 네놈도 '그쪽' 부류냐? 너도 사람깨나 죽였나 봐. 그렇지? 네게선 왠지 동류의 느낌이 나."

[등장인물 '방철수'가 '허세'를 발동했습니다.]

허세. 한가락 하는 깡패라면 누구나 가진 스킬. 정신력이 약한 상대방의 전투력을 위축시킬 수 있는 좋은 디버프지만, 내 경우에는 얘기가 다르다.

[‘제4의 벽’이 등장인물 ‘방철수’의 허세를 차단합니다.]

[등장인물 ‘방철수’의 자신감이 급감합니다.]

“무시하는 거냐? 진짜로 뒈지고 싶은가 보군.”

그레코로만 레슬링 자세를 취한 방철수가 당장이라도 내게 달려들 듯 위협적인 기세를 풍겼다. 하지만 저것도 다 허세일 뿐이었다. 왜냐하면 놈은 [레슬링] 스킬이 없으니까.

“주접 그만 떨고 덤벼.”

“개자식!”

녀석이 가진 핵심 스킬은 2레벨의 [개싸움].

난전으로만 가지 않으면 전투력은 보잘것없는 수준이다.

“죽어!”

민첩 차이가 심해서 그런지 놈의 공격은 좀처럼 적중하지 않았다. 나는 약간 동정하듯 놈을 바라보았다.

모든 성좌가 자신의 화신을 시나리오의 ‘주인공’으로 키울 욕망을 가진 것은 아니다. 가령 놈의 성좌인 ‘잡배의 군주’는 자신의 화신을 아끼지 않는 것으로 유명했다. 그냥 적당히 굴려서 놀 멍청이를 화신으로 삼아, 그 화신이 다른 화신에게 작살나는 걸 즐기는 마조히스트. 그게 바로 ‘잡배의 군주’였다.

[성좌, ‘잡배의 군주’가 즐거워합니다.]

[성좌, ‘잡배의 군주’가 당신에게 100코인을 후원했습니다.]

심지어 자기 화신이 박살 나게 생겼는데 적을 응원한다.

타임어택을 생각해 한 방에 보내줄 생각이었는데 이러면 이야기가 조금 달라진다.

[서브 시나리오 종료까지 2분 남았습니다.]

그럼 남은 시간을 최대한 유용하게 활용해볼까.

"쥐새끼 같은 놈!"

대사까지 전부 '잡배의 군주' 스타일이다. 불쌍하게도.

퍼억!

"하하! 맞았다!"

운 좋게 녀석의 공격이 적중했지만 당연하게도 타격은 거의 없었다. 그저 맞은 곳이 살짝 아릴 뿐.

"어떻게!"

어떻게이긴. 지금 내 체력은 12레벨이다. 저놈의 근력은 고작 7레벨이고. 종합 능력치에서 앞자리 숫자의 차이는 커다란 전투력 격차를 낳는다.

"이제 내 차례지?"

얼빠진 방철수의 뺨을 착착 건드려주고는 있는 힘껏 얼굴을 후려쳤다. 단번에 이빨 두어 개가 날아간 놈이 비명을 지르며 나동그라졌다.

이어서 망설이지 않고 가시를 들어 녀석의 팔을 정확히 꿰뚫었다.

"으아아악!"

놈의 한쪽 팔을 가시로 찍어 벽에 고정한 후 무차별적인 폭행을 시작했다. 등허리, 허벅지, 대퇴부와 옆구리. 아주 고통스러우면서도 한 번에 기절하지 않을 부위만 골라서.

[성좌, '잡배의 군주'가 즐거워합니다.]

[성좌, '잡배의 군주'가 서브 시나리오 시간 연장을 요청했습니다.]

[서브 시나리오가 1분 연장됩니다.]

모두 쓰러진 여자가 다친 부위들이었다.

"커헉! 크헉! 크허헉!"

피가 튀고 살점이 튀었다. 부서진 이빨이 바닥을 굴렀고, 부러진 뼈마디가 기형적으로 휘었다. 그래도 나는 발길질을 멈추지 않았다.

"그, 그만해! 제발! 형님을 놔줘!"

곁에 있던 사내들이 패닉에 빠져 외쳤다. 나는 그런 사내들을 한 번씩 둘러보았다. 그리고 바닥에 쓰러져 있는 여자를 보았다.

인간은 약하다. 그처럼 약한 인간이 어떻게 이토록 잔혹한 일을 벌일 수 있을까. 단지 세계가 멸망했다는 핑계 하나로. 다른 이를 죽이고 약자를 겁탈하고 남의 것을 빼앗고.

본능 때문에?

더 강한 힘 앞에서 두려움으로 얼룩진 방철수의 눈을 보며 나는 갑자기 궁금해졌다.

"왜 그랬지?"

밑도 끝도 없는 질문이었다. 그렇기에 대답을 기대한 질문이 아니었다. 그런데 다시 한번 발길질을 가하려는 순간 방철수가 눈을 부릅떴다.

"씨바알…… 그냥 죽여 이 개새끼야."

그 눈을 보자마자 자신의 방식으로 내 질문에 대답했다는 것을 알았다. 생에 대한 어떤 미련도 보이지 않는 눈빛. 그런가. 본능 때문이 아니었나.

잦아드는 목소리로 방철수는 지껄였다.

"개 같은, 개 같은 세상……."

이놈은 이 세계가 멸망하기 훨씬 전부터, 줄곧 절망해 있던 종류의 인간인 것이다. 마치 나처럼.

[서브 시나리오 종료까지 10초 남았습니다.]

나는 더 지체하지 않고 놈의 목에 강한 발차기를 먹였다.
흐끅, 숨을 토해낸 방철수가 결국 기절했다.

[서브 시나리오의 클리어 조건이 충족됐습니다.]
[300코인을 획득했습니다.]

이만하면 녀석도 만족했겠지.

바닥을 기듯 사내들이 하나둘 다가왔다.

"어, 어떻게 이런 잔인한……."

그들은 넝마 짝이 된 방철수를 살피더니, 입도 벙긋 못 하고 나를 올려다보았다. 마치 처분을 기다리는 도살장의 개들처럼. 나는 쓰러진 여자를 둘러메고 편의점 봉투를 집어 들었다.

어쨌거나 세상은 멸망했고, 나는 새로운 일상을 살아가야 한다.

"그룹이 있는 곳으로 안내해."

✖ ✖ ✖

본래 금호역은 유중혁에 의해 정리된 후 지역 거점으로 성장하는 곳이었다.

회귀 1회차 때 유중혁은 금호역 그룹과 함께 두 번째 메인 시나리오를 돌파했고, 덕분에 그룹 사람들은 새로운 시대에서 제각기 한 자리씩을 차지했다. 하지만 그건 1회차 얘기고, 3회차 회귀의 유중혁은 다르다.

3회차의 유중혁은 모든 것을 독식하는 괴물로 태어났다.

"……그렇다 해도 기본적인 정리는 하고 가는 녀석이었는데."

"예?"

나를 안내하던 사내가 깜짝 놀라 되물었다.

"혼잣말입니다. 버릇이거든요."

[성좌, '은밀한 모략가'가 당신의 혼잣말을 좋아합니다.]

"예에…… 아무튼 이쪽입니다."

서로 부축하던 철두파 사내들이 멈춰 섰다. 불 꺼진 플랫폼 아래쪽으로 내려가자 아직도 전기가 들어오는 곳이 있었다. 계단참을 내려가자마자 사람들이 웅성거리는 소리가 들렸다.

"철두파다! 사람이 다쳤어!"

몇몇 사람이 달려와 방철수 일행을 부축했다. 생각보다 체계가 잡혀 있는지 일사불란하게 움직이고 있었다. 그러던 중 이쪽을 향해 달려오는 익숙한 얼굴들이 보였다.

"맙소사. 독자 씨! 김독자 씨!"

다행히 별일 없었던 모양이다.

"유상아 씨."

"다행이에요. 정말, 정말 다행이에요!"

어쩔 줄 모르는 표정의 유상아가 눈앞에 있었다. 놀란 유상 아에게 나는 어색하게 악수를 청했다. 나흘간 꽤 고초를 겪었 는지 유상아의 손등에는 자잘한 생채기들이 남아 있었다.

폭— 하는 소리가 들리더니 뭔가가 내 다리에 들러붙었다.

이길영. 나는 소년의 머리를 쓰다듬어주었다.

"잘 있었냐?"

이길영이 고개를 끄덕였다. 배를 곯았는지 뺨이 홀쭉했다.

나는 봉지에서 초코바를 하나 꺼내 손에 쥐여주었다.

"역시 살아 계셨군요, 독자 씨. 후우……."

마지막으로 나를 찾은 것은 이현성이었다. 그간 약간 성장을 한 모양인지 상체 근육이 더 탄탄해져 있었다. 아마 이현성이 이 둘을 지켜준 것이리라.

"정말 죄송합니다. 그때 독자 씨를 두고 가서……."

"어쩔 수 없는 상황이었으니까요."

"휴, 유중혁 씨 말이 맞아서 천만다행입니다."

……유중혁? 그 이름이 왜 거기서 나오지? 이현성은 잠시 눈치를 보더니 덧붙였다.

"그게, 유중혁 씨가 김독자 씨는 아마 살아 있을 거라고……."

"유중혁은 지금 어디 있죠?"

"그게, 지금은 여기에 없습니다."

없다고?

"유중혁 씨는 어제 역을 떠났습니다. 그러니까……."

이현성의 말이 끝나기도 전에 여러 가지를 알 수 있었다.

그렇군. 역시 그렇게 된 건가. 하여간 급한 녀석이다.

"그러고 보니 없는 사람이 하나 더 있군요."

"아, 부장님은."

유상아의 말은 갑작스레 난입한 사내들 때문에 이어지지 못했다. 하지만 결과적으론 잘된 일이었다.

"다들 비켜!"

설명을 듣지 않아도 무슨 일이 일어났는지 바로 알 수 있었

216   PART 1 - 01

으니까. 제각기 망치나 파이프 따위 연장으로 무장한 서너 명의 사내가 시위라도 하듯 나를 둘러싸기 시작했다. 그리고 그 중심에 있는 익숙한 얼굴.

"너는……!"

짝수 다리에서 나를 버리고 튄 한명오가 귀신이라도 본 것 같은 표정을 하고 있었다. 역시 저 그룹에 붙은 모양이다.

"저놈 내보내. 저거 아주 악독한 놈이야! 여기 있으면 안 될 놈이라고!"

도둑이 제 발 저린다고, 내가 복수라도 할 거라 생각했는지 한명오가 날뛰기 시작했다. 그러나 사내들은 서로 눈치만 볼 뿐 쉽게 움직이지 않았다.

뭔가 느낌이 이상했다. 한명오를 중심에 두고 있는데, 그의 말은 듣지 않는다?

"하하, 한 형. 생존자들끼리 사이좋게 지내야지, 왜 그러십니까."

"아, 그, 그게."

"그쪽이 오늘 새로 오신 분이군요."

사내들이 양옆으로 갈라지며 길이 생겼다. 무리 속에서 나타난 호리호리한 체형의 사내. 눈빛만 봐도 느낌이 온다. 역시 배후성을 가진 놈이다.

"반갑습니다. 성함을 여쭤봐도 되겠습니까?"

"김독자입니다."

"김독자 씨. 그렇군요. 저는 천인호라고 합니다."

천인호? 굉장히 익숙한 이름인데…… 나는 가시 쥔 손에 힘을 주었다. 보아하니 철두파 녀석들은 이놈 슬하에 있는 모양. 놈들을 반쯤 조져놨으니 이놈이 내게 시비를 걸어오는 것은 예정된 수순이었다.

"같이 오신 분들께 말씀 전해 들었습니다. 괴물과 싸워 저희 그룹원을 구해주셨다고요."

……뭐?

"여러분, 다들 모여주세요! 용감한 새 그룹원이 왔습니다!"

천인호의 말에 사람들이 하나둘 이쪽을 기웃거렸다.

그럼 그렇지. 한명오의 카리스마로 이 정도 세력 규합이 가능할 리 없다. 이 무리의 진짜 리더는 이 녀석이다.

"우왓! 먹을 거잖아!"

허기진 사람들의 시선이 편의점 봉투에 꽂혔다. 그러자 천인호가 기다렸다는 듯 입을 열었다.

"우리를 위해 직접 구해 오셨다는군요. 정말 보기 드문 호인이십니다."

탄식과 함께 시선이 내게 쏟아졌다. 아이를 안고 있는 엄마도, 다리를 다친 노인도, 모두 간절한 눈빛으로 나를 보았다.

천인호…… 기억날 것 같다. 그래, 금호역 그룹에는 이놈이 있었지.

[성좌, '은밀한 모략가'가 흥분합니다.]

멸망한 세계에서 진짜 위험한 놈은 방철수 같은 자가 아니다. 절망에 먹혀 날뛰는 인간은 조금도 위험하지 않다.

진짜 위험한 놈은 타인의 절망을 권력의 비료로 사용하는 놈이다. 바로 이놈처럼.

"금호역에 오신 것을 환영합니다, 김독자 씨."

시선이 마주친 천인호의 눈이 깊이 웃고 있었다. 놈이 내미는 악수를 마주 받으며 나도 가만히 웃어주었다.

천인호는 모를 것이다. 지금 이 순간 자신의 미래가 결정되었다는 사실을.

3

천인호의 난장에도 불구하고 성좌들은 '현상금 시나리오'를
요청하지 않았다.

즉, 아직은 놈을 처리할 최적기가 아니라는 얘기.

그로부터 약 반나절 동안 나는 금호역 상황을 파악하는 데
주력했다. 주로 정보를 준 것은 이현성이었다.

"현재 금호역에 모인 인원은 총 팔십육 명입니다. 아, 독자
씨까지 합치면 이제 팔십칠 명이겠군요."

"생각보단 적네요."

"예. 시나리오가 발생했을 때 역 인근에 있던 사람들이랑 열
차에 타고 있던 사람들만 살아남았습니다. 말은 하지 않지만
아마 모두 첫 번째 시나리오를⋯⋯."

그 뒤는 듣지 않아도 알 수 있었다. 사람들 표정만 봐도 안

다. 누군가의 생명을 짓밟고 살아남은 자들. 지금 이곳에 있는 인간은 모두 살인자다.

"현재 금호역은 크게 두 그룹으로 나뉘어 있습니다. 엄밀히 따지면 한 그룹과 나머지 사람들이지만요."

이현성은 어두운 얼굴로 사람들 쪽을 보았다. 제각기 쇠파이프나 연장으로 무장한 사내들. 척 봐도 주류가 어느 쪽인지는 명확했다.

"나만 믿으라고! 그룹 회장님이 힘쓰고 있으니까 다들 곧 구출될 거야."

한경 그룹의 막내아들인 한명오 부장.

"형님 말씀이 맞습니다, 여러분. 모두 희망을 잃지 마세요. 우린 나갈 수 있습니다."

그리고 그 한명오를 등에 업고 실질적으로 그룹을 이끄는 실세 천인호. 그들이 바로 '주류 그룹'일 것이다.

"심심해 엄마…… 폰 게임 하면 안 돼?"

"조금만 참아. 곧 구조대가 올 거야."

"정부가 움직일 거라니까. 국가라는 게 그리 쉽게 무너지는 게 아니야."

그리고 그런 주류 그룹의 보호 아래 어떻게든 삶을 꾸려가는 이들이 '소외 그룹'이라 통칭하는 나머지 사람들이었다.

사람을 죽인 이들이라기에는 지나치게 의지박약한 모습들. 하지만 살인자도 백 명을 모아놓으면 강자와 약자가 나뉜다. 어쩌면 저들은 자신은 살인범이 아니라고 생각할지도 모른다. 모두 어쩔 수 없는 일이었다고, 그렇게 생각할 수도 있다.

이현성은 사람들을 선동하는 주류 그룹 쪽을 보며 말했다.

"식량 배분은 주류 그룹에서 결정하고 있습니다. 역내 편의점이나 음식점은 벌써 털었고…… 당장 먹을 수 있는 식량은 거의 떨어져가는 추세입니다."

"그렇군요."

"그 때문에 어제부터 주류 그룹에서 몇몇 인원을 차출해 지상으로 식량 탐사를 보내고 있습니다. 저희랑 같이 다니던 희원 씨도 차출 대상이었고요."

"희원 씨라면……?"

"아, 낮에 독자 씨가 구하신 여성분입니다."

나는 지하철 벤치 위에 누워 있는 여성을 바라보았다. 원숭이 허파 덕분인지 혈색은 아침보다 많이 밝아져 있었다.

"차출된 인원 중 낙오된 건 이 사람 하나뿐입니까?"

"아닙니다. 사실 아침에 몇 명 더 나갔는데, 소외 그룹 인원만 돌아오지 못했습니다."

"돌아오지 못했다고요?"

"예."

다시금 침통해지는 이현성의 얼굴. 대충 어떻게 굴러가는지 알 것 같았다. 나는 이현성의 어깨를 세게 잡았다. 실제로 만져보니 확실히 알겠다. 과연 강철검제. 이 정도면 곧 근력이 10레벨을 넘을 것이다.

"왜, 왜 그러십니까?"

"이현성 씨 정도면 저쪽에서 러브콜을 받았을 텐데 용케 가지 않으셨네요."

이현성의 객관적인 전투력은 방철수 이상이다. 천인호가 노리지 않았을 리가 없다.

"아, 그건……."

이현성은 민망한 듯 볼을 붉으며 말을 이었다.

"잘 설명하진 못하겠습니다만, 그냥 그래야 할 것 같았습니다. 거창한 도덕이나 윤리 같은 건 잘 모릅니다만…… 저쪽은 뭔가 '옳지 않다'라고 느꼈습니다."

옳지 않다…….

별것 아닌 대답이지만 진심이 느껴지는 말이었다.

역시 이현성은 이현성이다.

"그 마음 잊지 마세요."

그래야 나도 당신을 계속 믿을 수 있을 테니까.

꼬르륵.

어디선가 귀여운 소리가 들려와 돌아보니 뒤쪽에서 유상아와 이길영이 나를 바라보고 있었다. 어미 새를 기다리는 아기 새 같은 얼굴이라 어쩐지 쓴웃음이 나왔다.

"그러고 보니 벌써 저녁 시간이네. 다들 배고프죠? 하나씩 들어요."

나는 편의점에서 가져온 음식을 건네주었다.

"앗. 정말요? 그래도 돼요?"

"이번에는 공짜지만 다음부턴 돈 받을 거예요."

"네? 얼마나……."

"다들 코인 있죠? 한 개당 10코인씩 받을 테니까 그렇게 아세요."

유상아와 이현성의 얼굴이 일순 당황으로 물들었다. 내가 이렇게 나올 줄 몰랐다는 표정이었다.

"당연한 거죠. 그냥 지금부터 낼게요. 공짜는 필요 없어요."

놀랍게도 그 말을 한 것은, 방금 전까지 벤치에 누워 있던 여자였다. 그새 정신이 든 모양이다.

"정희원이에요. 아침엔 도와주셔서 감사했어요."

"아닙니다."

첫인상 탓에 여린 사람일 거라 생각했는데, 다시 보니 편견이었음을 알겠다.

"유상아 씨, 이현성 씨. 다들 정신 차리세요. 그런 표정 짓고 있을 때가 아니라고요. 이 식량, 전부 이분이 목숨 걸고 구해 온 거예요. 지금 그걸 공짜로 받겠다고 생각하는 건 아니죠?"

망설임 없이 자기 할 말을 내뱉는 얼굴에는 거의 표정이 없었다.

"아……."

그제야 정신을 차린 듯 유상아가 얼굴을 붉혔다.

"생각이 짧았어요, 죄송해요. 당연히 그래야 하는데…… 맞아요. 저도 공짜는 싫어요. 누군가에게 의지하는 것도 싫고요."

"저도 유상아 씨와 같은 생각입니다. 코인은 지금부터 내겠습니다."

뜻밖의 반응이라 조금 놀랐다. 과연 아포칼립스가 왔다고 해서 모두 같은 종류의 사람만 있는 것은 아니겠지.

"정 그러시다면…… 알겠습니다. 코인 거래법은 아시죠?"

"네. 며칠 전에 배웠어요. 서로 검지를 맞대고, 음, 그러고 나서……."

"주실 만큼의 코인을 속으로 말씀하시면 됩니다."

정희원을 시작으로 유상아와 이현성까지, 물건 하나씩을 집어가는 대가로 10코인을 지불했다. 생각보다 일행들 저항이 크지 않아 다행이었다. 처음에야 이런 판단이 야속해 보일 수 있지만 얼마 지나지 않아 다들 이 선택이 옳았다는 걸 깨닫게 되리라.

[극소수의 성좌가 당신이 '호구'가 아니라는 사실에 안심합니다.]
[극소수의 성좌가 100코인을 후원했습니다.]

이것이, 이 빌어먹을 세계에서의 생존법이니까.

['이길영'이 당신에게 20코인을 지불했습니다.]

"응? 넌 10코인을 더 냈는데?"

"낮에 먹은 초코바 값이에요."

그렇게 말하는 이길영의 표정은 꽤 의연했다.

[극소수의 성좌가 화신 '이길영'에게 흥미를 보입니다.]

어쩌면 새로운 세계에 제일 빨리 적응하는 것은 어른이 아니라 아이일지도 모른다. 으적으적 칼로리 바를 씹던 이현성이 물었다.

"그럼 독자 씨는 계속 저희와 함께하시는 겁니까?"

"아, 그건……."

"김독자 씨."

나를 부른 사람은 이현성이 아니었다. 뒤를 돌아보니 천인호를 위시한 '주류 그룹'이 서 있었다. 그래, 슬슬 올 게 왔군.

"잠시 이야기를 좀 나눌 수 있겠습니까?"

개중에는 이빨이 죄다 없어진 채 나를 노려보는 방철수도 있었다. 가늘게 마주 노려봤더니 금세 고개를 돌리며 딴청을 피운다. 같잖은 녀석.

"좋습니다. 그러시죠."

내 말에 천인호가 만족한 듯 고개를 끄덕였다.

"그럼 다른 분들은 잠깐 자리를 비워주시겠습니까? 김독자 씨와 단둘이 이야기하고 싶거든요."

"아, 그러시다면……."

"아뇨, 아무도 움직일 필요 없습니다. 같이 들으세요."

내 말에 물러서려던 일행들이 엉거주춤 멈춰 섰다. 천인호의 눈가가 꿈틀거렸다.

"흠, 그러신가요? 뭐 상관은 없습니다만."

들을 테면 들으라는 듯한 여유. 천인호는 벤치를 휘휘 닦더니 자리에 털썩 주저앉았다. 철두파의 사내들이 양쪽에서 나타나 담배를 건네고 라이터로 불을 붙여주었다. 영화를 너무 많이 본 녀석이다.

"거추장스러운 건 싫어하는 성격이신 것 같으니, 본론으로 바로 들어가겠습니다."

"그러시죠."

"우리 그룹에 들어오세요."

역시나, 예상한 제안이었다.

"김독자 씨 정도라면 우리 그룹에서도 높은 자리를 줄 수 있어요. 함께 그룹을 이끌어주셨으면 합니다."

"왜 하필 나죠?"

"이유는 잘 아실 텐데요?"

천인호는 상처투성이의 철두파를 흘끗 보며 말했다.

"김독자 씨는 괴물에게서 사람들을 구한 영웅입니다. 그런 영웅에겐 마땅한 자리가 필요한 법이죠."

그것참 흥미로운 발상의 전환이다. 내 존재를 그렇게 이용하겠다 이거지.

"거절한다면요?"

"거절? 재미있군요. 그런 경우는 생각해보질 않았는데."

천인호가 담배 연기를 내 쪽으로 훅 뿜으며 웃었다.

"김독자 씨, 이건 부탁이 아닙니다. 당신에겐 그럴 의무가 있어요. 저기 불쌍한 사람들이 안 보이십니까?"

꾀죄죄한 얼굴로 이쪽 눈치를 보는 사람들. 배를 곯으며 울먹이는 아이와 지친 노인들.

"달리 거창한 이야기가 아닙니다. 그저 모두의 생존을 위해 협력해달라는 거죠. 김독자 씨는 그럴 힘이 있으시잖습니까?"

"정확히 뭘 바라는 겁니까?"

"히트맨이 될 사람이 필요합니다."

히트맨?

"며칠 전까지만 해도 그 역할을 해주는 분이 계셨습니다. 혼자 식량을 조달하고, 약수역 쪽 터널에서 사냥하는 법도 알려주셨죠. 정확히는 저희가 일방적으로 훔쳐보았습니다만."

물어보지 않아도 알겠다. 유중혁 이야기다.

"그런데 어젯밤에 그분이 갑자기 떠나셨습니다."

"그래서 그 사람을 대신할 이가 필요하다?"

"철수 씨를 저렇게 만들 정도면 실력은 충분히 증명되셨으니까요."

그 말에 이현성과 정희원의 눈이 커졌다. 이제야 그들도 사태의 내막을 눈치챈 것이다.

"김독자 씨에게 나쁠 것은 하나도 없습니다. 당신은 사람들의 영웅이 되고, 우리와 함께 그룹 지도자가 되는 겁니다. 모두 당신을 좋아할 거고, 또⋯⋯."

"미안하지만 난 누굴 책임질 그릇이 못 됩니다. 당신네 그룹과 함께할 생각은 없습니다."

"흐음. 그렇습니까?"

"무엇보다 당신이 그룹을 운영하는 방식은 나와 맞지 않습니다."

나는 혈기 넘치는 철두파 대원들과, 안색이 나쁜 소외 그룹의 일원을 일별했다. 특히 정희원은 불구대천의 원수라도 보듯 천인호를 노려보고 있었다.

"그렇습니까? 별수 없군요. 하지만 생각이 바뀌시면 언제든지 찾아오세요."

"그럴 일은 없을 겁니다."

"하하, 그건 두고 봐야 알겠죠."

천인호의 말이 무슨 뜻인지 알게 되기까지는 오랜 시간이 걸리지 않았다. 철두파 인원들이 물러서자, 한쪽에서 대기하던 다른 그룹원이 몰려왔다. 소외 그룹 사람들이었다. 그들은 다짜고짜 나를 붙들고 언성을 높였다.

"이봐요, 소문이 진짭니까?"

"식량을 독점한다는 게 정말이에요?"

"모두가 나눠도 모자랄 판에 혼자 먹고살겠다고?"

"다 같이 구해 왔다며! 그걸 너희만 가지는 법이 어디 있어!"

"인호 씨에게 식량을 맡겨라! 그리고 공평히 분배를 받아!"

뭐가 어떻게 돌아가는지 알 만했다. 사람들 뒤쪽에서 빙긋 웃는 천인호의 면상이 보였다. 그의 입술이 말하고 있었다.

'선택하시죠.'

식량을 나눠주고 영웅이 될 것이냐.

아니면 식량을 독점하고 악당이 될 것이냐.

영웅을 선택한다면 나는 천인호의 계략대로 놀아나게 될 것이다. 식량을 나눠주었으니 그룹원과 함께 식량 사냥에 나서야만 할 테고 언젠가는 뒤통수를 맞게 될 것이다.

반면 식량을 독점한다면 그룹 내에서 순식간에 고립되고 말겠지.

[소수의 성좌가 눈을 반짝입니다.]

[성좌, '은밀한 모략가'가 콧김을 뿜습니다.]

사람들이 과열되는 양상을 보이자 천인호가 나섰다.

"아아, 여러분. 진정하세요. 뭔가 오해가 있는 모양인데 김독자 씨는 그럴 분이 아니십니다."

얼씨구. 바람잡이까지?

"김독자 씨는 저희와 같이 활동하기로 하셨습니다. 오늘 가져온 식량은 당연히 주류 그룹에 맡겨서 공평히 나눌 것이고, 앞으로도 여러분을 위해 함께 일할 거라고 약속을—"

당연히 내가 그쪽을 택할 거라 믿는 말투. 더는 들어주기가 힘들었다.

"그만."

나는 잠시 골몰했다. 유중혁이라면 어떻게 했을까? ……아, 그런가. 지금 여기 그 녀석이 없는 것이 그에 대한 답이겠지.

하지만 나는 유중혁이 아니다.

"물론 식량은 나눠줄 겁니다."

내 말에 천인호의 입꼬리가 올라가는 게 보였다. 하지만 사람 말은 끝까지 들어봐야 아는 법이다.

"단, 공짜는 아닙니다."

유중혁처럼 모든 것을 내팽개치고 앞으로 나아가지는 않지만, 그렇다고 내가 모두를 책임지지도 않을 것이다.

음식은 주되 공짜는 아니다. 사람들은 잠시 그 말을 이해하지 못한 듯 어리둥절한 모습이었다.

"무슨 소리죠? 공짜가 아니라니……."

"쉽게 말씀드리죠. 저는 식량을 독점할 생각은 없습니다. 하지만 천인호 씨네 그룹에 맡기지도 않을 겁니다. 저는 자원봉사자도 아니고, 저 사람들을 믿지도 않거든요."

나는 씩 웃으며 천인호 쪽을 가리켰다.

"저는 여러분과 거래하고 싶습니다. 그러니 정당한 가격을 받고 음식을 팔겠습니다."

"파, 판다고요?"

"그게 무슨……!"

"어, 얼마에…… 돈이면 됩니까?"

멀리서, 천인호의 얼굴이 굳어지는 모습이 보였다. 나는 그를 향해 웃어주며 말을 이었다.

"아뇨, 저는 코인만 받습니다."

✂ ✂ ✂

잠시 후 주변에는 나와 인연이 있는 소외 그룹 사람들만 남았다.

"저…… 독자 씨. 이거 괜찮은 선택일까요?"

"쳇, 세상에 공짜가 어디 있어? 독자 씨, 말 잘했어요. 내가 속이 다 시원하더라."

이현성의 염려에 정희원이 대거리를 했다.

'거래 선언'을 한 후 사람들은 내게서 등을 돌렸다. 아마 다들 실망감이 컸을 것이다.

"저도 희원 씨 말에 동의해요. 이곳 사람들은 주류 그룹에 너무 길들어 있어요."

"맞아. 개새끼들…… 지금 금호역은 전부 그놈들 손바닥 안이야. 사람들은 무슨 가축처럼 주는 대로 받아 처먹고, 도살장에 끌려가듯 정찰대에 동원된다고요. 오늘 아침에 내가 그랬듯이."

정희원이 몸을 부르르 떨었다. 사실 그동안 식량을 진짜로 독점해온 것은 내가 아니라 주류 그룹이었다. 그들은 '정당한 배분'을 핑계로 식량을 독점해왔고, 그것으로 사람들을 길들였다.

인간은 누군가가 자신을 보호해준다고 믿을 때 나약해진다. 일방적인 관계에서 세워진 권위에 저도 모르게 의존하고 복종하기 시작한다.

"저도 동의합니다. 그래서 오늘 독자 씨 선언이 굉장히 의미 있었다고 믿습니다. 다들 스스로 뭔가 할 의지를 가져야 합니다. 그렇지만……."

이현성의 말에 모두가 식량 쪽을 바라보았다.

"하나도 팔리지 않았습니다. 개당 50코인이라니 가격을 너무 비싸게 매기신 건 아니실지…… 그냥 저희한테 파신 것처럼 10코인에 주시는 게 어떨까요."

그렇게 생각하는 것도 무리는 아니었다. 사람들은 흘끔흘끔 주류 그룹 눈치만 볼 뿐 이쪽으로 올 기미가 전혀 보이지 않았으니까. 그들에게는 아직 시간이 필요할 것이다. 나는 차분히 대답했다.

"조금 더 기다려보죠."

이윽고 밤이 찾아왔다. 지상에서 거대 괴수의 발소리가 간헐적으로 들려왔고 악몽을 꾸는 사람들이 종종 잠꼬대를 했다. 이길영과 유상아가 가장 먼저 잠들었고, 정희원도 꾸벅꾸벅 졸고 있었다.

"독자 씨도 잠시 주무시죠. 제가 불침번 서겠습니다."

"아뇨. 괜찮습니다. 이현성 씨 먼저 주무세요."

"하지만 피곤하실 텐데요."

"해야 할 일이 있습니다."

"해야 할 일이요?"

나는 이현성의 뒤편을 가리켰다. 놀랍게도 그곳에 사람 그림자가 일렁이고 있었다. 그것도 하나둘이 아니었다.

"저…… 식량 아직 파십니까?"

마침내 사람들이 움직이기 시작했다.

4

다음 날 아침이 되었을 때 내가 가진 식량은 거의 동났다.
정희원은 믿기지 않는다는 듯 편의점 봉투를 탈탈 털었다.

"맙소사, 그게 다 팔렸어요?"

"네."

"하, 웃기네 진짜. 다들 눈치만 보더니 그걸 전부……."

"아뇨, 소외 그룹만 사간 건 아닙니다."

한밤중에 찾아온 손님은 소외 그룹의 인원만이 아니었다.

─김독자 씨, 정말 최악의 선택을 하시는군요.

그중에는 천인호도 있었다.

—후회하실 겁니다.

내가 가진 식량의 절반 이상은 주류 그룹이 가져갔다. 물론
셈은 정확히 치렀다.

이야기를 들은 정희원이 노발대발했다.

"잠깐만요. 그럼 결국 주류 그룹이 다시 식량을 독점하게 됐
단 얘기잖아요?"

"그런 셈이죠."

"아니, 그럼 어떡해요! 사람들 사이의 거래를 촉진해서 주류
그룹의 힘을 약하게 만들려는 거 아니었어요?"

예상 밖의 통찰력이군. 나는 조금 감탄하며 대답했다.

"맞습니다. 그런 의도였어요. 사람들이 자발적으로 일어나
길 바랐죠."

"그럼 주류 그룹한테 식량을 팔면 안 되잖아요? 그러면 상
황이 변하는 게 없는데!"

"변했죠. 저한테 코인이 생겼잖아요."

"네?"

그것도 무려 1,450코인이 생겼다.

하룻밤 장사치고 아주 짭짤한 소득이다.

"아니…… 독자 씨는 대체 뭔 생각인 거예요? 상아 씨, 우리
이 사람 믿어도 돼요?"

갑자기 자신에게 화살표가 돌아오자 유상아는 잠시 움찔하
더니 이내 밝게 웃었다.

"전 믿어요."

부담스럽군 그거.

"독자 씨, 그래도 본인 먹을 식량 정도는 남겨놓으신 거죠?"

"아뇨, 다 팔았는데요."

정희원이 어이없다는 듯이 입을 딱 벌렸다. 그때 누군가가 내 뺨을 쿡 찔렀다. 고개를 돌려보니 막대 과자가 있었다.

"응? 나 먹으라고?"

끄덕끄덕하고 귀엽게 움직이는 머리. 나는 웃으며 과자를 받아 이길영의 입속에 도로 넣어주었다.

"됐어, 너 먹어. 아, 그리고 말이 나온 김에 말씀드리는 건데…… 여러분, 어제 구입한 식량 남으셨죠?"

"예, 남았습니다."

"저도 조금 남았어요."

"왜요, 도로 사가시게요? 난 비싸게 팔 건데."

정희원이 장난 섞인 목소리로 비스킷을 흔들었다.

"아뇨, 지금 다 드시라고요."

"네?"

"오늘 안에 모두 먹어두세요. 꼭 그러셔야 합니다."

나는 반복해서 강조했다.

"아니면 후회하게 될 거예요."

"왜요? ……아니, 잠깐만. 상아 씨 지금 뭐 하는 거예요? 왜 저 사람 말을 듣는 건데?"

"독자 씨가 저렇게 말한다면 그만한 이유가 있을 거니까요."

벌써 하나 남은 비스킷 봉투를 뜯은 유상아가 묵묵히 우물 거렸다. 이현성은 잘 모르겠다는 눈치지만 일단 포장을 뜯었 고, 이길영은 내가 말을 꺼내자마자 벌써 다 먹어치웠다. 말을 잘 듣는 아이다.

"아, 찝찝한데…… 난 이거 하나만 남겨둘래요."

"말리진 않겠습니다."

정희원의 말에 나는 그저 어깨를 으쓱했다. 어차피 후회는 자기 몫이니까.

점심 무렵이 되자 주류 그룹의 중대 발표가 있었다. 플랫폼 중앙에 사람들을 모은 천인호가 말했다.

"오늘부턴 식량 배급량을 제한하겠습니다. 배분은 1인당 비 스킷 세 조각입니다. 그리고—"

발언이 채 끝나기도 전에 사람들이 크게 술렁였다.

"뭐? 비스킷 세 조각? 그거 먹고 어떻게 살라는 거야 지금!"

"맞아! 정찰대 새끼들은 배급량보다 더 많이 처먹잖아? 우 리가 모를 줄 알아?"

튀어나오는 욕설에도 천인호는 차분히 웃을 뿐이었다.

"말씀들 잘 하셨습니다. 맞습니다. 정찰대는 배급을 더 많이 받습니다. 그러니 식량을 얻고 싶다면 정찰대에 지원하시기 바랍니다."

"정찰대에 지원해서 돌아온 사람이 거의 없잖아요! 늘 돌아 오는 건 철두파 놈들뿐이고!"

"지금 우리보고 죽으란 말이야?"

시민들의 과격한 반응에도 천인호는 그저 태연했다.

"그 사람들은 운이 없었을 뿐입니다. 아시다시피 바깥은 몹시 위험하거든요. 불만이면 직접 식량을 구해 오시는 건 어떨까요?"

"그, 그건……."

사람들은 벙어리처럼 입을 닫았다. 지금 밖으로 나가면 죽는다. 누구나 그 사실을 알고 있다. 그런 시민들을 달래듯 천인호가 말했다.

"아, 물론 정찰대가 되지 않으셔도 식량을 얻을 방법은 있습니다."

"그게 뭡니까?"

"거래입니다. 무엇이든 저희가 판단하기에 가치가 있는 거라면 식량과 교환해드리겠습니다. 사람마다 줄 수 있는 건 모두 다르니까요. 그렇죠?"

천인호의 차가운 시선을 받은 몇몇 사람이 몸을 움찔 떨었다. 대개는 어제 우리에게 찾아와 식량을 산 사람들이었다.

[등장인물 '천인호'가 스킬 '선동 Lv.2'을 발동합니다.]

역시나 천인호는 [선동] 스킬이 있었다. 하긴 웬만한 그룹 리더면 다 가진 스킬이니까. 문제는 뭘 선동할 것인가인데.

"원래는 이렇게까진 안 하려고 했습니다만, 어제 저기 있는 김독자 씨가 좋은 걸 알려주셨죠. 맞습니다, 여러분. 세상에

공짜가 어디 있겠습니까? 식량을 가지고 싶으면 자기 가치를
증명해야죠. 그게 당연한 거니까요. 하하, 좋은 걸 알려주셔서
감사합니다. 김독자 씨."

……이것 봐라?

순간 사람들의 시선이 내게 집중되었다. 대개는 원망 섞인
눈빛이었다.

"저 자식 때문에……."

설마 이런 식으로 또 나한테 적의를 돌릴 줄이야.

나는 방수포를 친 아지트로 돌아가는 천인호의 뒷모습을
바라보며 생각했다. 그래도 저 정도면 귀여운 수준이다. 충무
로역이나 서울역에 있을 그놈들에 비하면 말이지.

벌써부터 방수포 앞쪽으로 모여든 사람들이 흥정을 시도하
는 목소리가 들렸다.

"코, 코인으로 사겠습니다. 얼마면 됩니까?"

"200코인."

"예? 하지만 코인이 그 정도까지는 없는데요."

"그럼 꺼지든가."

200코인에 식량 하나라. 도깨비도 기절할 폭리다. 아지트
앞에서 식량을 팔던 철두파 중 하나가 나를 보더니 흠칫했다.
허벅지에 붕대를 감은 걸 보니 어제 나한테 당한 놈들 중 하
나인 듯했다.

"어제 내가 고맙다고 말했던가요?"

고개를 돌려보니 정희원이 가까이 서 있었다.

"들은 것 같네요."

"그래도 한 번 더 고맙다고 해둘게요."

무슨 말인가 싶었는데, 정희원의 눈이 절름발이 철두파에게 꽂혀 있었다.

"저기 다리 저는 새끼, 어제 나 겁탈하려고 했거든요. 뭐, 실패했지만."

"……그랬군요."

"저 새낀 내 손으로 죽여버릴 거니까 건드리지 마요. 알았죠?"

눈빛에 이글거리는 살기가 무척 인상적이었다. 이 정도면 배후성의 선택을 받았을 법도 한데 특성이 늦게 개화한 편인가?

[전용 스킬, '등장인물 일람'을 발동합니다!]

스킬을 사용하고서 잠깐 걱정이 되었다. 이 사람도 내가 살리지 않았으면 죽을 운명이었을 텐데, 등장인물 등록이 되어 있으려나?

〈인물 정보〉

이름: 정희원
나이: 27세

배후성: 없음(현재 3명의 성좌가 관심을 보이고 있습니다.)

전용 특성: 웅크린 자(일반)

전용 스킬: [귀살 Lv.1] [검도 Lv.1]

성흔: 없음

종합 능력치: [체력 Lv.4] [근력 Lv.4] [민첩 Lv.7] [마력 Lv.4]

종합 평가: 막대한 잠재력을 가진 '웅크린 자'입니다. 아직 특성이 개화하지 않아 특성 정보를 확인할 수 없습니다.

다행히 인물 정보는 떠올랐다. 유상아나 이길영, 한명오와는 다른 경우라 이거지. 원래 쓰임새가 있었는데 작가에게 버려진 인물인지도 모르겠다.

그나저나 상당히 흥미로운 전용 특성이다.

웅크린 자.

이름만 보면 별것 아닌 듯하지만 저 특성은 멸살법 안에서 몇 안 되는 '초진화형 특성'이다. 지금은 일반 등급이지만 어떤 계기를 맞이하느냐에 따라 '희귀'는 물론이고 '전설'급 특성까지도 도달할 수 있다.

멸살법 최강의 100인 중 하나인 '광기의 도살자'도 결국 '웅크린 자'에서 진화했다.

정희원.

그냥 지나가는 인물인 줄 알았는데 동료로 삼는 걸 고려해

봐야 할지도 모른다. 전용 스킬에 있는 [귀살]이 조금 걸리긴 하지만, 이 여자는 잘만 키우면 강력한 히트맨이 될 테니까.

"근데 독자 씨는 굉장히 침착하시네요."

침착하다…… 그렇게 보일 수도 있겠다.

"평소에 소설에서 이런 상황을 많이 봐서 익숙하거든요."

"네? 그게 말이 돼요? ……잠깐만요. 어디 가시는 거예요?"

나는 대답하지 않고 플랫폼 아래로 내려갔다. 정희원이 함께 내려오려는 눈치라 손을 뻗어 막았다.

"괜찮아요."

정희원은 가볍게 손사래를 치며 플랫폼 아래로 내려섰다. 우리는 철길을 걸어 약수역으로 향하는 터널 길목을 살폈다. 짙은 어둠으로 둘러싸여 내부는 잘 보이지 않지만 지독한 냄새가 났다. 피비린내였다.

"저기로 가려는 건 아니죠?"

정희원이 물었다.

"저쪽으로 간 사람은 다 죽었어요. 깡패든 뭐든. 저 안으로 들어가면 무조건 죽어요."

그녀의 말은 틀렸다. 모두 죽은 건 아니다. 적어도 한 사람은 이미 저 길을 뚫고 다음 역으로 나아갔을 테니까.

우리는 다시 플랫폼 위쪽으로 올라왔다. 꽤 시간이 흘렀음에도 식량을 거래하기 위한 줄은 여전히 길었다. 주류 그룹에 항의하던 몇몇 사람은 두들겨 맞았고, 일부는 불합리한 대가를 치르고 식량을 구매했다. 소외 그룹의 젊은 여자 몇 명이 몰래 방수포 뒤쪽으로 돌아 들어가는 것을 목격한 정희원이 분노를 터뜨렸다.

"아, 짜증 나네. 방금 봤어요?"

"봤습니다."

천인호는 말했다. 식량 교환은 '무엇이든' 가능하다고. 그런데 방금 들어간 여자들은 '아무것도' 들고 있지 않았다. 이를 갈던 정희원은 당장 뛰쳐나갈 기세였다.

"저런 걸 보고만 있을 수는 없어요."

"어쩌시게요?"

"말려야죠. 아무리 그래도 그건 아니라고 말해줘야죠!"

"그러면 저 사람들이 굶을 텐데요."

"그럼 저 짓거리를 그냥 보고 있으란 얘기예요?"

"네, 이번에는 그냥 보고 계시는 게 좋을 듯합니다."

"지금 그거 무슨 뜻이에요?"

묘한 경멸이 어린 목소리. 나는 대답 대신 방수포 쪽을 가만히 바라보았다. 그리고 얼마나 지났을까.

"미친 새끼들. 그딴 걸 들어줄 거 같아?"

격앙된 목소리와 함께, 방수포 아지트에 들어갔던 여자들이 욕설을 뱉으며 나왔다. 다행히 정희원이 걱정하던 일은 벌어지지 않은 모양. 멸살법에서 읽은 그대로였다.

"하하하, 언제든 생각이 바뀌면 찾아오라고!"

아포칼립스에서 윤리가 붕괴하는 속도는 일정하지 않다. 살인자가 되었다고 해서 모든 범죄가 곧바로 일상이 되지는 않는다. 정희원이 놀란 눈을 깜빡이며 물었다.

"혹시…… 저럴 줄 알고 있었어요?"

"네."

"저 사람들을 믿은 거예요?"

나는 대답하지 않았다. 사람 같은 걸 믿은 게 아니다. 내가 읽은 소설을 믿은 것뿐이지. 내 속을 모르는 정희원이 계속해서 이야기했다.

"그래도 다행이네요. 사람들이 아직 최소한의 자존심은 있어서―"

"지금뿐입니다. 사람들이 아직 그 정도로 절박하진 않다는 거겠죠. 밤이 되면 또 비슷한 일이 벌어질 겁니다."

방금 벌어진 일로 인해 이미 소외 그룹 사이에서도 파문이 일고 있었다. 종전의 여자들은 물론이거니와, 자신이 가진 것을 저울대에 놓은 사람들이 방수포 쪽을 연신 흘끔댔다. 인간이 생존을 위해 자존심을 버리기까지는 그리 오랜 시간이 필요하지 않다. 이를 까드득 갈던 정희원이 선언했다.

"그땐 내가 못 하게 막을 거예요."

"저들을 막는 것만이 능사는 아닙니다."

"알아요. 하지만―"

"방금 들어간 사람 중에는 아이 어머니도 있습니다. 만약 아이가 굶어 죽게 된다면, 정희원 씨가 그 아이의 죽음까지 책임지실 겁니까?"

정희원의 눈가가 파르르 떨렸다. 표정을 숨기려는 듯, 그녀는 고개를 숙였다.

"그…… 그럼 어쩌란 말이에요, 대체."

[등장인물 '정희원'이 당신의 논리에 영향을 받았습니다.]
[등장인물 '정희원'이 윤리적 혼란을 느낍니다.]

나는 고개 숙인 정희원을 가만히 바라보았다. 굳이 시간을
들여 정희원을 설득한 것은 혹시 모를 그녀의 돌발 행동을 미
연에 방지하기 위해서였다.

그녀는 [귀살]을 가진 [웅크린 자]. 지금의 정희원은 자신이
어떻게 행동하느냐에 따라 무분별한 살인귀로 진화할 수도
있었다.

"정희원 씨, 이 문제의 핵심은 결국 '식량'입니다. 식량을 한
쪽이 독점하고 있으니 저런 현상이 발생하는 거죠."

"그건…… 그렇죠."

"그럼 문제의 원인을 제거하면 되겠군요."

"……네?"

나는 대답 대신 시계를 들여다보았다. 슬슬 나타날 때가 되
었는데.

치지지직!

그래, 나타났군.

허공이 갈라지며 익숙한 형체가 모습을 드러냈다. 곳곳에서 들려오는 비명. 이 모든 비극을 개막한 인류의 악몽.

[저어…… 다, 다들 잘 지내셨어요? 많이들 무료하셨죠?]

도깨비.

"으, 으와아악!"

아직 도깨비에 익숙하지 않은 사람들은 도깨비의 등장만으로 패닉에 빠졌다. 그도 그럴 것이, 저 녀석들이 나타나고부터 좋은 일이 일어난 적이 없었다.

저 강단 넘치는 정희원마저 순간적으로 움찔할 정도였으니 이만하면 말 다 했지.

그건 그렇고…… 비형이 아닌데?

[워, 원래 이 채널 담당하던 친구가 징계를 먹었거든요…… 그, 그래서 이번 시나리오는 제가 담당하게 됐어요.]

본래 이 근방 채널을 담당하던 도깨비는 비형이다. 그런데 저 녀석은 생긴 것부터가 다르다. 새하얀 솜털이 돋은 비형과 다르게, 놈의 솜털은 시커먼 색이다.

[그, 그런데 여러분. 괴, 굉장히 평화로워 보이시네요? 비, 비형 녀석 나한텐 그렇게나 잘난 척하더니 시나리오 난이도를 이따위로…….]

"무슨 말을 하려고 온 거야! 용건부터 말해!"

[히, 히익. 화내지 마세요. 여러분. 아, 아무튼 저는 여러분을 위해서 온 건데…….]

"우릴 위해서?"

"그, 그럼 먹을 걸 줘!"

[머, 먹을 거요? 아하, 먹을 거라면……]

말이 끝나기가 무섭게 도깨비의 손이 움직였다.

[시나리오 페널티가 추가됐습니다.]

[지금부터 식량 비축이 제한됩니다.]

[기존에 존재하던 비축식량이 사라집니다.]

"어, 어어! 뭐야!"

곳곳에서 비상식량을 꺼내 먹던 사람들이 소리를 질렀다.

주류 그룹이고 소외 그룹이고 할 것 없이 모든 장소에서 '식량'이라 부를 법한 것들이 허공으로 두둥실 떠오르고 있었다.

[헤, 헤헤. 근데 여러분. 그럼 안 돼요. 시, 시나리오를 시작했으면 시나리오를 깰 생각을 해야죠.]

파스슥!

통조림, 과자, 칼로리 바 등등. 사람들이 모아둔 비상식량이 도깨비의 손짓 한 번에 가루가 되어 흩날렸다. 눈앞에서 음식이 사라지는 것을 본 사람들이 황망한 얼굴로 주저앉았다.

[머, 먹을 거나 밝히고 있으면 되나요? 하여간 지, 지구 쓰레기들……]

갑자기 변하는 녀석의 말투. 놈의 이름이 기억날 것도 같았다. 원작 설정에 따르면 저런 도깨비가 하나 있었지. 말투는 소심하지만 하는 짓은 그 누구보다 잔혹한 도깨비가.

멀리서 천인호가 당혹스러운 눈빛으로 나를 보고 있었다.

[그, 그럼 이제부터 재미있게 해주세요, 여러분. 헤헤……]

그리고 뒤이어 떠오르는 시스템 메시지.

[시나리오 페널티가 추가됐습니다.]

['생존비' 항목이 추가됐습니다.]

[이제부터 매일 자정, 100코인씩 '생존비'를 자동 수납합니다. '생존비'를 납부하지 못할 시 당신은 사망합니다.]

['생존비' 페널티는 두 번째 메인 시나리오가 클리어될 때까지 유지됩니다.]

나는 떠오른 메시지를 읽으며 피식 웃었다.

그래, 이제야 좀 멸살법답네.

05
Episode

어둠 피수꾼

✳

1

[그, 그럼 잘들 해보라고요! 이히히힛.]

도깨비는 그 말을 남기고 사라졌다.

식량 페널티에 생존 페널티.

전자는 이미 아는 페널티였다. 하지만 후자는 지극히 멸살법답긴 해도 원작에 없는 일이었다. 내가 비형과 계약한 일이 전개에 영향을 미친 게 아닐까 짐작만 할 뿐.

주머니에 있던 비스킷 조각이 사라진 것을 확인한 정희원이 망연한 목소리로 물었다.

"독자 씨, 혹시나 해서 묻는 건데요, 일이 이렇게 될 줄—"

"예상은 했습니다. 도깨비 놈들이 인간을 괴롭히기 위해 제일 먼저 뭘 할지 생각해봤거든요."

"……돗자리 까셔야 되는 거 아니에요?"

나는 이현성을 비롯한 일행을 불렀다. 상황은 만들어졌고 이제는 움직여야 할 때였다.

"우리 식량을 돌려줘!"

"어떻게, 어떻게 이런 일이."

소외 그룹 사람들이 울부짖고 있었다. 갑작스러운 식량난에 천인호와 주류 그룹 역시 망연자실한 눈치였다. 나와 눈이 마주친 천인호가 입술을 깨물었다.

「설마…… 알고 있었던 건가? 아니, 그럴 리가 없지.」

만약 속내를 읽을 수만 있다면 분명 그런 생각을 하고 있을 터였다.

[등장인물 '천인호'의 속마음을 정확하게 읽어냈습니다.]

[등장인물 '천인호'에 대한 이해도가 상승했습니다.]

이런 걸로 이해도가 오른다고? 나는 시험 삼아 다른 사람들의 표정을 보며 속내를 짐작해보았다. 하지만 종전과 같은 메시지는 쉽게 떠오르지 않았다. 그사이 천인호는 빠르게 혼란을 정리하며 사람들을 불러 모았다.

"다들 모여주십시오. 긴급 공지를 전하겠습니다."

공지 내용은 간단했다. 상황이 나빠졌으니 소외 그룹에서 '정찰대'를 더욱 많이 차출하겠다는 내용이었다. 마음이 급하겠지. 이제 지하에는 먹을 것이 없어졌으니까.

"앞으로 정찰대에 참가하지 않는 사람에게는 식량을 배분하지 않겠습니다."

강경한 선언에도 불구하고 시민들은 딱히 반발하지 못했다. 이런 상황에서는 당연한 결과겠지.

눈치 보던 사람들이 하나둘씩 정찰대에 자원했고, 그 때문에 식량이 사라졌음에도 천인호의 얼굴에는 희망이 남아 있었다. 상황이 급할수록 통제권은 주류 그룹에 넘어가게 되어 있다. 그 모습을 불안하게 보던 이현성이 입을 열었다.

"독자 씨, 이제 어떡하면 좋겠습니까?"

"물론 식량을 구하러 가야죠."

그 말에 일행의 표정이 긴장으로 물들었다. 식량을 구한다. 그게 의미하는 바는 하나뿐이니까.

"역시 저희도 정찰대에 들어가야 할까요? 지상에는 아직 먹을 것이 남아 있으니까요."

"아뇨, 지상으론 안 나갑니다. 거기로 가면 무조건 죽어요."

나는 바닥에 널린 상비용 방독면을 보았다. 저 너덜거리는 방독면으로 맹독 안개를 막을 수 있을 리 없다.

"하지만 식량을 구하려면 지상에······."

"이현성 씨. 이제 세계가 바뀌었어요. 그럼 먹는 것도 바뀌어야죠."

나는 약수역으로 가는 터널 길을 바라보았다.

"잠깐만요. 독자 씨······ 설마?"

"맞습니다."

이 세계에서 인간은 더는 최상위 포식자가 아니었다.

하지만 포식자가 아니라고 해서 반드시 피식자가 되라는 법도 없다.

"우리는 괴물을 사냥할 겁니다."

❇ ❇ ❇

잠시 후, 나를 비롯한 소외 그룹의 몇몇 사람은 약수역 쪽으로 가는 터널 앞에 서 있었다.

"그렇군요. 철길로 들어가시겠다고요?"

정찰대 참가를 거부했으니 당연히 태클을 걸어오리라 생각했는데, 오히려 천인호는 내가 그룹 밖으로 나도는 것에 안심하는 눈치였다. 내가 자신의 권력에 위협이 될 거라 판단했을지도 모른다.

"하긴 장기적으로 본다면 시나리오 공략을 전담할 팀이 필요하긴 하죠. 다녀오십시오."

웃기는 놈. 마치 자기가 대장이라도 되는 듯이 말하는군. 하지만 그 여유도 이제 얼마 안 남았다.

[등장인물 '천인호'에 대한 이해도가 상승했습니다.]

[등장인물 '천인호'에 대한 이해도가 일정 수준에 도달했습니다.]

그런가…… 이제야 알겠다. 등장인물에 대한 이해도는 두 가지 조건 중 하나를 충족할 때 상승한다.

내가 등장인물에게서 호감이나 신뢰를 얻었을 때.

혹은 내가 등장인물의 속내를 정확히 짐작했을 때.

지금은 후자라는 거겠지.

[등장인물 '천인호'가 당신의 저의를 의심합니다.]

그리고 이해도 누적치에 따라 인물의 막연한 생각이나 감정도 알 수 있게 되는 모양이다.

"아, 가시는 김에 저희 그룹원 하나를 좀 끼워주실 수 있습니까? 저희도 공략 정보를 좀 얻고 싶거든요."

역시 천인호가 그렇게 쉽게 우리를 놓아줄 리 없다. 나는 쭈뼛거리며 뒤쪽에서 나온 사내를 보았다. 같이 간다는 게 하필 저 인간이라니, 운도 지지리 없는 놈이다.

"꼬, 꼭 내가 같이 가야 돼?"

"에이, 이제 와서 왜 그러십니까, 한 형. 어젯밤부터 독자 씨와 화해하고 싶다고 매달리시지 않았습니까."

"그, 그런……."

우리와 합류하게 된 천인호 측 일행은 다름 아닌 한명오 부장이었다.

"그게…… 독자 씨. 괜찮다면 나도 같이……."

"그러죠. 같이 갑시다."

내가 흔쾌히 대답하자 한명오는 깜짝 놀란 얼굴이었다. 당연히 거절할 줄 알았겠지. 곁에 있던 이현성이 염려스러운 얼굴을 했지만 나도 다 생각이 있었다.

나와 이현성, 이길영, 유상아, 그리고 한명오까지 총 다섯 명— 즉 3807칸의 생존자 파티가 재결성되었다.

"나도 같이 가도 되죠?"

"몸이 낫지 않았는데 괜찮겠습니까?"

"이 정도는 끄떡없어요."

거기에 한 사람 더, 정희원까지 총 여섯 명의 파티. 적다면 적고 많다면 많은 숫자였다.

그르르르……

물론 곧 다가올 위기 앞에서 인원의 많고 적음은 그다지 관계가 없겠지만.

[새로운 서브 시나리오가 도착했습니다.]

〈서브 시나리오 - 식량 획득〉

분류: 메인

난이도: E

클리어 조건: 식량으로 활용 가능한 괴수를 직접 사냥한 후 조리하시오.

제한 시간: 없음

보상: 500코인

실패 시: ???

터널 안으로 발을 딛자마자 서브 시나리오가 날아왔다. 식량 획득. 두 번째 메인 시나리오에 돌입하기 전 반드시 거쳐야 할 서브 시나리오였다.

[소수의 성좌가 당신의 활약을 기대합니다.]

채 열 발자국을 딛기도 전에 터널의 어둠은 완연해졌다. 손전등으로 터널을 비췄음에도 주변 윤곽이 전혀 보이지 않았다. 빛을 차단하는 장막이 눈앞에 있다는 증거다. 진짜는 저 장막 너머에 있을 것이다.

"독자 씨, 잠깐만요. 여기서부턴 진짜로 위험해요."

곁에서 걷던 정희원이 먼저 걸음을 멈췄다.

"그냥 이대로 들어갈 건 아니죠? 아무리 봐도 자살 행위 같은데요. 길영이도 있고요."

"사실 저도 아까부터 신경 쓰였습니다. 아직 늦지 않았으니 길영이는 두고 오는 게 어떻습니까? 그리고 가능하면 여성분들도……."

"이현성 씨, 당신만큼은 아니겠지만 저도 꽤 싸울 줄 알거든요? 예전에 검도도 했고요."

"하지만……."

불필요한 논쟁이 과열되려는 분위기라 나는 적당히 말을 끊고 끼어들었다.

"이현성 씨. 제가 아까 말씀드리지 않았습니까. 세계가 바뀌었다고요. 여성이 육체적으로 약하다는 건 편견이에요. 이젠 누구나 종합 능력치를 올려서 강해질 수 있으니까요. 하지만 정희원 씨, 희원 씨 말씀에도 어폐가 있어요."

"뭔데요?"

"여성이라고 약하다는 법이 없듯, 아이라고 약하다는 법도 없습니다. 길영아, 보여드려."

이길영이 앞으로 나섰다. 그러고는 주변을 잠시 둘러보더니 터널 바닥에 주저앉은 채 손을 내밀었다. 정희원이 눈을 동그랗게 떴다.

"맙소사, 저게 뭐야?"

"바퀴벌레잖아!"

한명오가 기겁하여 소리를 질렀다. 사각거리는 소리를 내는 바퀴벌레가 이길영의 손끝과 희미한 실선으로 이어져 있다. 바퀴벌레는 말 잘 듣는 강아지라도 되는 양 이길영의 말에 귀를 기울이더니 이내 어둠 속으로 사라졌다.

"제 특성은 [곤충 수집가]예요."

곤충 수집가. 이길영은 [다종 교감] 스킬을 통해 곤충과 간단한 의사소통을 나눌 수 있는, 희귀한 능력의 보유자였다.

"이 앞엔 아무것도 없대요. 앞으로 백 걸음까지는 안전할 거예요."

이길영이 보여준 압도적인 정찰력에 일행은 어안이 벙벙한 표정을 지었다. 이길영은 맹랑한 얼굴로 사람들을 향해 말을 이었다.

"걱정해주시는 건 감사하지만 형 누나들한테 업혀가려고 따라온 건 아니에요."

"아, 그래."

정희원이 떨떠름한 얼굴로 고개를 끄덕였다. 나는 금세 내 곁으로 붙어오는 이길영의 머리를 쓰다듬어주었다.

이길영의 특성은 멸살법에서도 본 적 없었다. 초반에 이길영을 구한 것은 결코 잘못된 선택이 아니었다. 우리는 결계를 지나 본격적인 어둠 속으로 들어섰다.

[위험 지역에 진입합니다.]

"유, 유상아 씨. 위험하니까 내 손 잡고 걸어."

"……저보다 부장님이 더 무서워하시는 것 같은데요?"

"아, 아냐!"

장막 안쪽 공기는 습도가 높아 끈적끈적했다.

"불빛 줄여요."

내 말에 유상아가 즉시 손전등을 가렸다. 불빛 조절 기능이 달려 있지 않은 모델이라 손으로 빛을 조절할 수밖에 없었다.

"우욱. 아래쪽 비추지 마요."

바닥을 확인한 정희원이 헛구역질을 했다. 뜯어 먹힌 시체들. 멋모르고 약수역 쪽으로 이동하려 했던 사람들의 시신이 발에 채도록 즐비했다. 유상아는 눈을 질끈 감았고, 한명오는 벌벌 떨었으며, 저 담력 강한 이현성마저 침음을 흘렸다.

의외로 이길영이 태연했는데, 아이의 얼굴에서는 일말의 두려움도 느껴지지 않았다. 조금 꺼림칙했다. 이 녀석 혹시 이걸 다 게임이라고 생각하는 건 아닐까?

"사람이 아닌 것도 있네요."

이길영 말대로 바닥에 사람 시체만 있는 것은 아니었다. 다 자란 늑대 정도의 크기. 앞발이 발달한 두더지 같은 괴물의 시체가 곳곳에 흩어져 있었다.

9급 지하종, 땅강아쥐.

지구의 벌레를 연상시키는 이름이지만, 이름은 이름일 뿐이다. 지하의 피라냐 같은 놈들. 무리 지어 굴을 파고 움직이며 먹잇감을 노리는 집요한 사냥꾼이 바로 땅강아쥐였다. 그런데 그 땅강아쥐가, 폭격이라도 맞은 것처럼 나자빠져 있었다. 정희원이 탄식하듯 말했다.

"대체 누가 이렇게 만든 걸까요?"

당연하게도, 이 근방 땅강아쥐를 이 꼴로 만들 수 있는 인간은 하나밖에 없다. 유중혁. 놈은 혼자서 이 길을 뚫고 다음 역으로 나아간 것이다.

그런데 의아했다. 본래 3회차의 유중혁이 다음 역으로 움직이는 시점은 오늘 저녁이나 내일이어야 했다. 왜 그렇게 서둘렀을까. 갑자기 조급해지기라도 했나? 무엇 때문에?

"독자 씨, 이거면 시나리오 클리어할 수 있지 않을까요?"

"시나리오에서 '직접' 사냥해야 한다고 했으니 저건 안 될 것 같습니다."

"……하긴 좀 찝찝하긴 하네요. 조리는 어쩌죠? 불에 구우면 되려나?"

구우면 되기는 하지. 특별한 불이어야 한다는 점이 문제이지만.

"그보다 희원 씨, 검도 잘한다고 하셨죠?"

"어, 그게 잘한다고 말하기는 좀…… 근데 지금 뭐 하시는 거예요?"

나는 땅강아쥐 시체를 가시로 찌른 후 나이프로 잘라내기 시작했다. 소설에서 읽을 때는 몰랐는데, 역시 생각만큼 잘 되지는 않았다. 그래도 어떻게든 질긴 가죽을 벗겨낸 후, 척추뼈를 발라내는 데 성공했다. 처음이라 흠집이 많이 남았지만 이 정도면 그럭저럭 쓸 수는 있겠지.

"그건 뭐에 쓰려구요?"

"검도를 하려면 검이 있어야죠."

스톤 호그 가시만은 못하지만, 땅강아쥐의 척추뼈는 요긴한 무기가 될 수 있었다. 특히 척추뼈 사이의 이음새를 끼워 맞춰주면 초반에는 상당히 쓸 만한 장비가 된다. 다리로 이어지는 연골을 마저 자른 후 모양새를 잡아주자, 실제로 뼈는 제법 칼의 형상을 띄게 되었다. 나는 그것을 정희원에게 건네주었다.

"고마워요. 갑자기 구석기시대로 돌아간 기분이네요."

"좀 더 갈아야 쓸모가 있을 거예요. 주변에 돌 같은 게 있으면 날 부분을 잘 살려보세요."

"후후, 알겠어요, 족장님."

정희원은 약간 들뜬 듯한 목소리로 곧장 날을 갈기 시작했다. 그 광경을 보던 이현성이 부러웠는지 내 쪽을 보았다.

"하나 만들어드릴까요?"

"엇, 제 것도 만들어주십니까?"

"다른 분들도 가까이 오세요. 방법을 배워두는 게 좋으니까. 다 같이 만들어보죠."

사실 나도 이런 걸 처음 해보기는 마찬가지였다. 멸살법에 괴수 도축 관련 내용이 상세하게 실려 있지 않았더라면 엄두도 내지 못했겠지.

멸살법이 인기 없던 이유? 간단하다. 작가가 설정꾼이기 때문이다.

"……독자 씨, 손놀림은 초보 같은데 묘하게 잘하시네요."

우리는 쪼그려 앉아 함께 무기를 만들었다. 이번에 만든 것은 검이 아니라 창이었다. 아무래도 다른 이들은 [검도] 스킬을 가지고 있지 않았으므로 공격 반경이 넓은 창을 다루는 편이 안정적일 거라고 판단했다.

　가장 큰 땅강쥐 척추뼈로 만든 것은 이현성에게, 평균 크기의 척추뼈로 만든 것은 유상아와 한명오에게 주었다. 마지막으로 이길영에게는 새끼 땅강쥐 머리뼈를 꽂은 둔기를 만들어주었다.

[자력으로 무기를 획득하는 데 성공했습니다.]

[극소수의 성좌가 인류의 원시성에 흥미를 갖습니다.]

[성좌들이 100코인을 후원했습니다.]

　이번 메시지는 모두 함께 받았다.

　"이런 거로도 코인을 주는군요."

　"그냥 죽으라는 법은 없으니까요. 각자 모아둔 코인들 있으시죠?"

　"예, 있습니다."

　"가능하면 코인은 생존비 정도만 남기고 근력, 체력, 민첩에 전부 투자하세요. 그러지 않으면 살아남을 수 없을 겁니다."

　"아, 참고하겠습니다."

　준비를 마치고 다시 전진을 시작했다. 이길영이 말한 백 걸음은 이제 코앞이었다.

[서브 시나리오 – '식량 획득'이 시작됩니다!]

바닥에서 속속 기어 나오는 땅강아쥐들. 빠르게 숫자를 세었다. 하나, 둘, 셋…… 정확히 열세 마리. 생각보단 많다.

그르르르…….

슬금슬금 선을 긋고 위협을 시작하는 땅강아쥐 무리. 저 선을 넘는 순간 싸움은 시작될 것이다.

"딱히 작전 같은 건 없습니다. 우리는 초행이고, 잔인하게 들리시겠지만 솔직히 여러분이 살아남을 거란 기대는 하지 않습니다."

"그런…….."

"그래도, 모두 살아남으세요. 부탁입니다."

당황하는 사람은 한명오 하나뿐. 다들 긴장하고는 있어도 꽤 결의에 찬 표정이었다. 특히 정희원 눈빛이 아주 볼만했다.

"좋아요, 한번 해보죠. 다들 살아서 보자고요!"

유중혁이 내게 시험을 걸었듯 나 역시 이들에게 기대하는 바가 있었다. 아무리 훌륭한 조언자가 곁에 있어도 결심이 굳지 않은 사람은 이 세계에서 살아남을 수 없다.

결국 스스로를 살리는 것은 자기 자신이다. 모두 이번 기회에 그 점을 똑똑히 깨달아야 한다.

"그럼 갑시다."

그리고 나 역시 이들 중 누굴 데려가야 할지 알 수 있겠지.

한 발자국을 더 내딛자 땅강아쥐들이 움직였다.

싸움이 시작되었다.

2

일행들은 잘 싸웠다. 사실 조금 놀랄 정도였다.

특히 누가 가르쳐주지 않아도 나와 함께 전위로 나온 이현성과 그에 보조를 맞춘 정희원의 판단이 아주 주효했다. 전투는 자연스럽게 전방의 우리 셋, 그리고 후방을 담당하는 나머지 셋의 구도가 되었다.

전투를 시작한 지 일 분도 채 되지 않아 땅강아쥐 몇 마리가 목이 꿰뚫린 채 바닥에 늘어졌다. 달려드는 또 한 마리의 땅강아쥐를 제압한 이현성이 이마의 땀을 닦으며 말했다.

"······할 수 있을 것 같습니다."

일단 종합 능력치만 올려놓는다면 인간은 그리 약하지 않다. 그 점을 감안해도 이현성의 정신력은 굉장히 특별했다. 평범한 인간이라면 괴물과의 조우에서 저렇듯 태연할 수 없다.

괜히 그가 훗날 '강철검제'라는 이름을 얻는 게 아니다.

더 놀라운 것은 정희원 쪽이었다.

"생각보다는 패턴이 단순한데요?"

과연 [검도] 스킬이 허투루 있는 것은 아닌지, 그녀의 칼끝이 닿을 때마다 땅강아쥐는 다리든 꼬리든 하여간 어딘가가 잘려나갔다.

"하아압!"

정희원은 최근에 쌓은 코인을 모조리 근력에 투자한 케이스였다. 지속력은 떨어지지만, 한 방 한 방의 위력이 생각보다 쓸 만했다.

휘익!

생각하기가 무섭게 그녀의 칼이 허공을 그었다.

"젠장, 한 마리 흘렸어요! 부탁해요!"

숨이 벅찬지 목소리가 떨렸다. 아무래도 체력 레벨이 낮아 지구력이 떨어진다는 게 유일한 약점이다.

그르르르!

상처를 무릅쓰고 일행 사이로 난입한 땅강아쥐는 제법 영리했다. 대열을 흩뜨리는 데 성공한 녀석은, 사냥꾼의 본능으로 가장 약해 보이는 상대를 향해 달려들었다.

"맡겨두세요."

그러나 상대를 잘못 골랐음을 땅강아쥐는 알지 못했다.

퍼억!

이길영의 작은 양손이 휘두른 둔기가 땅강아쥐의 머리를

흔들었다. 아직 아이라서 타격력은 부족했지만, 그것으로도 충분했다. 마무리는 다른 이들이 도와줄 수 있으니까.

푸욱!

날을 세운 유상아의 창이 땅강아쥐의 몸통을 꿰뚫었다. 땅강아쥐가 몇 번인가 몸을 뒤틀었다. 유상아는 곤혹스러운 표정이었지만 창을 쥔 손에서 힘을 빼지 않았다.

끼이잉…….

기력이 다한 땅강아쥐가 축 늘어졌다. 솔직히 유상아는 적응이 힘들 수도 있다 생각했는데, 정말이지 의외였다. 보통이라면 저기 서 있는 한명오처럼 패닉에 빠지는 게 정상이니까.

"으, 으으으……."

일행들이 분투하는 중에도 한명오는 그저 뒤쪽으로 숨기 바빴다. 그나마 제대로 숨지도 못해 정강이 부근을 물려 피를 흘리고 있었다.

끄르륵!

내가 꽂은 가시에 마지막 땅강아쥐가 꿰뚫리자 이내 주변은 잠잠해졌다. 나는 가시에 묻은 피를 털어내며 일행을 살폈다. 한명오를 제외하면, 다들 작은 찰과상을 입긴 했지만 큰 상처는 없었다.

훌륭한 첫 승리였다. 긴장이 풀린 유상아와 이길영은 주저앉았고, 이현성도 창을 바닥에 꽂은 채 이마의 땀을 닦았다. 주변에 늘어진 땅강아쥐 숫자를 세던 정희원이 탄식했다.

"독자 씨, 대체 혼자 몇 마릴 잡은 거예요?"

"네 마리요."

"쳇, 난 두 마리인데."

"저도 세 마리 잡았습니다."

뿌듯한 듯 창을 들어 보이는 이현성을 보니 어쩐지 자존심이 상했다. 전력을 다하지 않았다지만 한 마리밖에 차이가 안나다니. 나는 스킬을 발동해 이현성의 특성창을 훔쳐보았다.

〈인물 정보〉

이름: 이현성

나이: 28세

배후성: 강철의 주인

전용 특성: 불의를 외면한 군인(일반)

전용 스킬: [총검술 Lv.2] [위장 Lv.1] [인내심 Lv.1] [정의감 Lv.1] [무기 연마 Lv.2]

성흔: [태산 밀기 Lv.1]

종합 능력치: [체력 Lv.12] [근력 Lv.9] [민첩 Lv.9] [마력 Lv.6]

종합 평가: 특성 진화의 계기가 조금씩 다가오고 있습니다. 당신에 대한 해당 인물의 신뢰도가 상당합니다. 해당 인물의 배후성이 당신을 경계합니다.

* 현재 '스타터 팩'을 적용 중입니다.

허, 스타터 팩이라니. 이러니 강할 수밖에 없지. 아무래도 '강철의 주인'은 이현성이 꽤 마음에 든 모양이었다.

스타터 팩은 화신의 평균 종합 능력치가 10레벨 미만일 때 사용할 수 있는 코인 패키지. 사용 즉시 능력치를 1레벨씩 올려주는 동시에, 초반에 유용한 숙련 스킬 [무기 연마]를 배울 수 있게 해주는 좋은 아이템 팩이었다.

대부분의 화신이 스타터 팩은커녕 무과금으로 착취당한다는 점을 감안하면, 이현성은 대단히 운이 좋은 편이라 할 수 있었다.

"독자 씨, 안색이 안 좋으십니다만……."

"아, 아뇨. 잠깐 생각을 좀 하느라."

조금 부럽기는 하다만…… 나도 돈이 없어서 못 사는 건 아니다. 안 사는 거지. 종합 능력치 평균 레벨이 10을 훌쩍 넘긴 지금 사봤자 나만 손해니까. 젠장, '도깨비 보따리'를 조금만 일찍 열었어도.

"일단 잡은 땅강아쥐를 모아보죠. 오늘치 식량을 준비해야 하니까요."

"으음…… 이걸 어떻게 조리하죠? 이대론 못 먹을 텐데."

"지금은 못 먹지만 방법이 있을 겁니다."

너무 태연하게 대꾸했나. 일순 일행들 사이에 정적이 감돌았다. 먼저 입을 연 사람은 이현성이었다.

"저기, 실은 여쭤보고 싶은 게 있습니다만."

"네?"

"독자 씨는 혹시 이 상황에 대해 뭔가 알고 계십니까?"

아차 싶었다.

"그게……."

문득 지금껏 읽어온 소설들 속 회귀자들이 떠올랐고, 이어서 유중혁 얼굴이 떠올랐다. 이런 거였구나. 회귀자의 기분이라는 건. 보통 회귀자가 이럴 때 어떻게 말했더라. 몇 가지 레퍼토리가 떠오른다. 그냥 "감입니다"라고 뻔뻔하게 우기는 경우도 있었고, 내가 유중혁에게 한 것처럼 거짓말을 하는 경우도 있었다.

[성좌, '은밀한 모략가'가 당신의 선택을 기대합니다.]
[소수의 성좌가 당신의 대답을 기대합니다.]

하지만 독자의 관점에서 감히 말하건대, 가장 좋은 대답은.

"으, 으어어억!"

말하지 않아도 되는 상황을 계속 만드는 것이다.

[성좌, '은밀한 모략가'가 당신의 선택에 고개를 끄덕입니다.]

"아직 한 마리가 남았어요!"

정희원이 외쳤고, 이현성이 달렸다. 하지만 숨어 있던 땅강아쥐의 행동은 누구보다 빨랐다. 다른 녀석들보다 월등히 덩치가 큰 녀석이었다.

텁—

"사, 살려줘어어……!"

한명오의 다리를 낚아챈 땅강아쥐가 파고 나온 땅굴로 그를 끌었다. 제일 가까이 있던 유상아가 창을 휘둘렀지만, 공포에 질린 한명오가 그녀를 덥석 껴안는 바람에 사태는 더욱 악화되었다.

"이거 잡아요!"

뒤늦게 이현성이 창 손잡이를 뻗었지만, 그의 창은 애꿎은 바닥만 헤집고 말았다. 이미 땅강아쥐와 두 사람은 바닥 속으로 사라진 뒤였다.

[성좌, '긴고아의 죄수'가 예정된 '고구마' 전개에 분개합니다.]

정희원이 분통을 터뜨렸다.

"아, 나 저 아저씨 때문에 이렇게 될 줄 알았다니까 진짜."

"……죄송합니다. 제가 늦어서."

이현성이 침통한 목소리로 말했다. 나는 괜찮다는 표시로 그의 어깨를 두드렸다.

"누구라도 어쩔 수 없었을 겁니다."

"쫓아가야 할까요?"

나는 놈이 사라진 굴을 살폈다. 평범한 굴이 아니었다. 주변 공기에 촉감이 있다. 마치 어둠을 곱게 갈아 넣은 듯한 느낌.

나는 생각하는 척 뒤쪽으로 물러서면서 슬며시 스마트폰

을 켰다.

남은 배터리는 5퍼센트 남짓. 새벽에 소외 그룹 사람들에게 식량 하나를 주고 맞바꾼 충전량이었다.

[특성 효과로 읽기 속도가 상승합니다!]

얼마 지나지 않아 나는 원하는 대목을 찾았다.

「……**땅강아쥐가 서식하는 '어둠 자락'은 마계의 나무인 '어둠 뿌리'에서 방출되는 일종의 아공간**亞空間**이다. 산소 대신 검은 에테르를 호흡하는 이 땅강아쥐는 '어둠 자락' 근처가 아니면 자생하지 못한다. ……**」

대강 아는 사실이지만 그래도 복습하는 의미가 있었다.

그렇군. 이곳이 '어둠 자락' 입구다.

나는 그와 관련된 부분을 마저 읽은 후 스마트폰을 주머니에 넣었다.

"독자 씨?"

이현성이 초조한 표정으로 나를 보고 있었다. 나는 고개를 끄덕였다.

"들어갑니다."

"아, 그러면…….."

"하지만 많은 인원이 들어가기엔 위험 부담이 큽니다. 이현성 씨와 정희원 씨는 여기서 사주경계를 서주세요. 만약의 사태가 벌어지면 신호를 드리겠습니다."

깜짝 놀란 정희원이 물었다.

"설마 길영이랑 둘이서 들어가시게요?"

"놈을 쫓는 데에 길영이의 능력이 도움이 될 겁니다."

그녀가 강하게 반발하려는 찰나, 나는 손을 들어 이현성을 불렀다.

"그리고 이현성 씨. 정희원 씨 상태가 좋지 않으니, 부디 잘 챙겨주시기 바랍니다."

그 말에 이현성도 뭔가 깨달은 듯했다.

"알겠습니다."

"잠깐만요. 난 괜찮다고요!"

"정희원 씨, 자신감은 좋지만 만용은 부리지 마세요."

"……"

숨을 고르지 못하는 정희원. 그녀는 아직 맹독 안개의 중독에서 완전히 치유되지 못했다.

나는 두 사람을 남겨둔 채 이길영을 데리고 굴속으로 들어섰다. 분명 수직에 가까운 경사로 파고 내려간 굴인데도, 굴속에 들어간 순간 자력이라도 발생한 것처럼 벽에 발을 붙이고 나아갈 수 있었다. '어둠 자락'이 방출하는 마력 때문이었다.

"이쪽이에요."

한 치 앞도 분간되지 않을 만큼 짙은 어둠 속이기에 오직 이길영의 손끝에 의지해 앞으로 나아갔다. 검은 에테르는 빛을 흡수하는 성질이 있어서 손전등도 의미가 없었다. 이길영의 [다종 교감] 능력이 없었다면 또 코인을 사용해야 했을지도 모른다.

"저기, 형."

이길영이 나를 불렀다.

"아까 일부러 그런 거죠?"

"……뭐가?"

"그 괴물이 누나랑 아저씨 잡아갈 때 일부러 봐줬잖아요."

나는 순간 멈칫했다. 어둠 속에서 닿은 이길영의 손끝이 낯설었다. 어떻게 알았느냐고 묻기도 전에 이길영의 부연이 이어졌다.

"그때 형 얼굴을 보고 있었거든요."

그 짧은 사이에도 나를 보고 있었다는 건가. 정말 무서운 꼬마다. 이 정도로 눈치가 빠른 녀석에게는 애써 숨겨서 좋을 것이 없다.

"그래, 맞아."

대답하기 무섭게 머릿속으로 메시지 폭탄이 날아들었다. 하긴 성좌 놈들에게는 이것도 요긴한 구경거리겠지.

[절대선 계통의 성좌들이 당신의 잔혹함에 눈살을 찌푸립니다.]
[성좌, '은밀한 모략가'가 눈을 빛내며 당신을 채근합니다.]

"왜 그랬어요?"

"땅강아쥐의 습성 때문에."

나는 솔직하게 답해주기로 했다.

"땅강아쥐는 포획물을 한곳에 비축해두는 습성이 있어. 먹이뿐만 아니라 진귀해 보이는 물건도 꽤 모으는 편이지. 가령 아이템이라든가. 그런데 그 비축 장소까지는 길이 매우 복잡해서 놈들이 직접 뚫은 길을 따라가야 겨우 찾아낼 수 있어."

이길영은 잠시 말이 없었다. 나는 계속해서 말했다.

"한명오를 데려갈 건 예상했어. 유상아 씨까지 딸려 갈 줄은 예상 못 했지만."

"그럼 형의 목적은 누나랑 아저씰 구하는 게 아니라, 아이템인 거죠?"

"그래. 실망했니?"

"아뇨."

이길영의 작은 손이 내 손가락을 꽉 쥐는 것이 느껴졌다.

"형은 거짓말을 잘 못해요."

"……"

"형이 정말 그런 사람이었다면, 지하철에서도 날 구해주지 않았겠죠. 난 형을 믿어요."

이길영은 아이답지 않은 녀석이지만, 그럼에도 아이일 뿐이다. 이길영은 모른다. 어른스러운 것과 어른이 된다는 것은 완전히 다르다는 걸.

[일부 성좌가 감동하며 눈물을 글썽입니다.]

[200코인을 후원받았습니다.]

　그리고 이 세계는 그런 '어른스러움'을 얼마든지 이용할 수 있는 비열한 어른으로 가득하다는 것을.

　굴이 생각보다 깊어서, 우리는 오랫동안 아래쪽으로 내려가야 했다.

　"저, 형."

　"응."

　"형은 혹시 신인가요?"

　"……뭐?"

　"아니면 '주인공'인가요?"

　아이들은 가끔 예리한 질문을 던진다. 비유와 실재가 명확히 구분되지 않는 세계에 살기 때문일까. 이길영은 자기 질문이 정확히 어떤 의미인지 알지 못할 것이다.

　"신도 주인공도 아냐. 오히려 늘 주인공을 부러워했지."

　"그래도 형은 이 세계에 대해 뭔가 알죠?"

　나는 잠시 고민하다가 대답했다.

　"그건 맞아."

　"그럼 하나만 물어볼게요."

　"대답해줄 수 있는 거라면."

　"모든 시나리오를 클리어하면…… 소원을 이룰 수 있나요?"

　"소원?"

　나는 조금 당황했다.

"보통 이런 이야기의 마지막에는 그런 보상이 있잖아요. 이 이야기의 끝에도 그런 게 있는 거죠?"

어둠 속에서 이길영의 호흡이 떨리고 있었다. 문득 죽은 엄마를 보던 이길영의 표정이 떠오른다. 이 세계에 적응한 사람들은 제각기 다른 방식으로 세계를 앓는다. 누군가는 광기로, 누군가는 광신으로, 또 누군가는 비합리적인 낙관으로.

"그래, 있어."

나는 이곳이 짙은 어둠 속이라는 데 감사했다. 이길영은 지금 내 표정을 절대로 볼 수 없을 테니까.

"거의 다 왔어요, 형."

주변의 검은 에테르가 급격하게 줄어들고 있었다. '어둠 뿌리'가 근처에 있다는 증거였다. 나는 긴장하며 가시를 뽑아 들었다.

[극소수의 성좌가 숨을 죽입니다.]

어디선가 바닥을 쑤시는 땅강아쥐들 소리가 들려왔다. 소리가 가까워질수록 공간감은 급격하게 확장되었다. 어둠 사이로 누군가가 피워놓은 듯한 불빛이 보였다.

그리고 그 불빛 너머에 놓여 있는 거무튀튀한 상자 하나. 제대로 왔다는 확신이 든 순간, 귓가에서 메시지가 울려 퍼졌다.

[서브 시나리오가 갱신됐습니다.]

['땅강아쥐의 보물 창고'에 입장했습니다.]

"형! 저건……."

보물 상자를 발견한 이길영이 말문을 떼기 직전 나는 녀석의 작은 입을 막았다.

"쉿, 기다려."

멸살법의 세계는 냉혹하다. 성좌들은 인물들의 역경을 즐기고, 시나리오의 장애물은 인간을 엿 먹이기 딱 좋은 것뿐이다. 저렇듯 "날 잡아 잡수쇼" 하는 것들은 대개 함정이다. 심지어 시스템 메시지조차 믿어선 안 된다.

"보물 창고라고 해서 꼭 보물만 있는 건 아냐."

[성좌, '심연의 흑염룡'이 아쉬워합니다.]

심연의 흑염룡 저 자식은 얼마 전부터 내가 죽기를 바라는 것 같은데.

아무튼 나는 기다렸다. 얼마 지나지 않아 보물창고 근처에 그림자가 하나둘 나타나기 시작했다.

그르르…… 찍!

땅강아쥐였다. 터널을 통해 뭔가 한가득 가져온 그들은 알 수 없는 울음을 토해내며 정보를 교환하고 있었다.

화르륵.

땅강아쥐가 일정 숫자 모이자 주변을 밝히는 불빛의 수도 많아졌다. 검은 에테르를 매개로 타오르는 불꽃, 암화暗火였다. 암화가 탈 정도로 검은 에테르가 많다는 것은 이곳이 '어둠 뿌리'의 중핵이라는 이야기. 누군가의 말소리가 들려왔다.

"이게 다 유상아 씨 때문이잖아!"

누구라고 말하지 않아도 단번에 알 수 있는 목소리였다. 나는 흠칫 놀라는 이길영의 어깨를 꽉 움켜쥐었다. 아직은 때가 아니었다.

"저 때문이라뇨, 그게 무슨 말씀이세요?"

희미한 불빛 사이로, 땅강아쥐에게 제압된 두 사람이 보였다. 바닥에서 뻗어 나온 줄기에 온몸이 꽁꽁 묶여 있었다.

"유, 유상아 씨가 지하철만 안 탔어도 상황이 이렇게 되진 않았을 거라고!"

"제가 지하철 탄 거랑 지금 이 상황이 무슨 상관인데요?"

저런 헛소리를 또 일일이 다 받아주다니. 유상아는 부처가 아닐까. 아니면 배후성이 부처거나.

"그, 그건…… 그러니까, 유상아 씨가, 맨날 자전거만 타니까……."

횡설수설하는 한명오. 유상아의 음색이 차가워졌다.

"잠깐만요. 제 자전거 훔쳐간 게 혹시 부장님이셨어요?"

"사, 사람이 말야! 내가 차 태워준다고 분명히 말했는데! 호의를 베풀면 받아들일 줄도 알아야지!"

"대답하세요. 제 자전거 부장님이 훔쳐가셨냐고요."

갑자기 모든 상황이 이해되었다. 그런 거였나. 벤츠 S클래

스를 타고 다니는 한명오가 지하철에 타고 있던 연유가.

하긴 이상한 일은 아니었다. 회사뿐만 아니라 금호역에서도 유상아에게 눈독 들이는 남자가 꽤 있었으니까.

[성좌, '악마 같은 불의 심판자'가 화신 '한명오'를 싫어합니다.]

암화 아래에서도 선명하게 보일 만큼 한명오의 얼굴은 붉어져 있었다. 저거 뭔가 위험해 보이는데.

"그래! 내가 그랬다! 그래서 뭐 어쩌라고!"

"왜 부장님이 큰소릴 내세요? 남의 물건에 손대다니, 그건 절도잖아요."

"절도? 그냥 처음부터 고분고분 차 탔으면 되잖아!"

[성좌, '긴고아의 죄수'가 시답잖은 말싸움을 싫어합니다.]

본래 이럴 생각은 아니었지만 이젠 방법이 없다. 나는 조용히 가시를 뽑아 들었다.

"이봐 유상아 씨. 내가 언제 집적거리기라도 했어? 내가 사귀자고 한 것도 아니고, 그냥 좋은 뜻에서 집까지 바래다주겠다 한 것뿐인데 자꾸 거절하니까 나도……."

나는 있는 힘껏 가시를 던졌다. 파공성과 함께 가시가 한명오의 입가를 스쳤고, 가시는 푹 소리를 내며 어둠 안쪽에 틀어박혔다.

"우와아아악! 뭐야!"

[성좌, '긴고아의 죄수'가 기뻐합니다.]
[100코인을 후원받았습니다.]

"독자 씨!"
유상아가 나를 불렀지만, 나는 그들을 보고 있지 않았다.
고오오오…….
땅강아쥐들 건너편, 가시가 꽂힌 부근에서 어둠이 갈라지고 있었다. 역시 저놈이 나오는군. '어둠 뿌리'가 있는 곳에 놈이 없을 리가.

['어둠 파수꾼'이 나타났습니다!]
[서브 시나리오가 갱신됐습니다!]
[서브 시나리오 - '파수꾼 퇴치'가 시작됩니다!]

왕에게 굴복한 노예처럼 공포에 질린 땅강아쥐들이 바닥에 엎드렸다. 어스름한 불빛 사이로 칠흑의 형체가 나타났다. 사신死神을 연상시키는 모습에 등허리에는 촉수 같은 것이 일렁이는 괴물.
이길영의 안색이 급격하게 나빠졌다.
"우웁, 형, 저……."
"괜찮으니까 해도 돼."

급기야 바닥에 엎드린 이길영이 헛구역질을 시작했다. 이상한 일도 아니었다. 멀리서 이렇게 보는 것만으로도 상당한 중압감이 느껴질 정도니까. 실제로 주변을 기어 다니던 바퀴벌레들은 배를 내놓고 터져버린 상태였다. 아마 벌레들과 연결되어 있던 이길영도 상당한 정신적 타격을 받았을 것이다.

"길영아. [다종 교감]은 몇 번 정도 더 할 수 있어?"

"…아직 한두 번은 할 수 있을 것 같아요."

"알겠다. 그럼 잠시 여기서 쉬고 있어."

나는 길영이를 기대앉히고 유상아와 한명오 쪽을 향해 다가갔다. 패닉에 빠진 한명오가 발버둥 치고 있었다.

"으헉! 저게 뭐야……!"

나는 맥가이버 칼을 들어 두 사람을 묶은 줄기를 잘라주었다. 몇 번 칼을 움직였을 뿐인데 줄기에 닿은 부분이 급격하게 부식하더니 날이 삭아 없어졌다. 과연 이게 악마종의 힘이라는 거겠지.

"두 사람 다 물러서요."

나는 한명오가 떨어뜨린 땅강아쥐 창을 집어 들며 말했다.

7급 악마종, 어둠 파수꾼.

멸망이 시작된 이후 등장한 수많은 괴수종 가운데서도, 저 악마종은 유독 특별했다. 사실 땅강아쥐가 모아놓는 '보물'은 악마종에게 바치는 '제물'에 가까웠다. 같은 급수라고 해도 악마종은 다른 괴수종과는 차원이 다르다.

['어둠 파수꾼'이 자신이 따르는 마왕의 가호를 받습니다.]

"카뮨. 데르. 이투르."

악마종은 자기들만의 언어가 있고, 제각기 다른 마왕을 숭배하며 '어둠 뿌리'를 통해 그 마왕의 권능을 일부 계승한다.

['어둠 파수꾼'이 '공포'를 발산합니다.]

[전용 스킬, '제4의 벽'이 '공포' 효과를 대부분 중화합니다.]

그래서 하나의 악마종을 살해한다는 것은 곧 마왕 하나와 척을 진다는 의미이기도 했다.

"이투르!"

뭐라고 하는 건지는 모르겠지만, 상황이 안 좋게 되었다. 가능하면 싸우고 싶지 않았는데.

"……엄마?"

소리를 낸 건 유상아였다. 아직도 안 가고 있었나?

"물러서라고 말씀드렸잖아요."

"그게 아니라 방금 저 괴물이 '엄마'라고…….

나는 잠시 그게 무슨 말인가 생각했다. 아니, 잠깐만.

"으음, 그러니까…… 카, 카르드, 에미렌? 아, 이 발음이 아닌가? 아케두?"

순간 잘못 들었다고 생각했다. 그런데 잘못 들은 것이 아니었다.

"칼리두!"

놀랍게도 유상아의 말에 어둠 파수꾼이 고개를 끄덕였다.

[인물 '유상아'가 스킬 '통역 Lv.3'을 발동했습니다.]

……맙소사, 스페인어만 잘하는 게 아니었다니.

"녀석이 뭐라고 하는데요?"

"그게…… 아까부터 계속 '엄마가 되어라'라고……"

엄마가 되어라?

어둠 파수꾼이 유상아를 가리키며 다시 한번 외쳤다.

"칼리두!"

유상아가 울상을 지었다.

"어, 엄마라니, 저 아직 결혼도 안 했는데!"

어둠 파수꾼은 이번에는 한명오를 가리켰다.

"칼리두!"

터져버린 입술을 닦던 한명오의 안색이 창백해졌다.

"내, 내가 왜 엄마야! 아빠지!"

어둠 파수꾼의 등허리에서 촉수가 날아들었다.

푸슈슛!

"우우웁!"

입에 촉수가 박힌 한명오의 안색이 검게 물들기 시작했다.

꿀렁꿀렁하는 소리와 함께 목젖을 통해 뭔가가 넘어갔다.

그렇군. 엄마가 되라는 건 저런 뜻이었나.

악마종은 다른 종의 체내에 새끼를 수태시킨다는 사실이 뒤늦게 떠올랐다.

"유상아 씨, 아직 2세 계획은 없으시죠?"

"당연하죠!"

유상아는 그 말을 바로 알아듣고 빠르게 뒤쪽으로 물러났다. 나는 땅강아쥐 창을 휘둘러 한명오에게 연결된 촉수를 잘랐다. 어둠 파수꾼이 분노한 목소리로 포효했다.

"칼리두—!"

푸슛! 터엉!

악마종의 촉수에 땅강아쥐 창의 모양이 조금씩 망가져갔다. 어룡 위장에 상처를 냈던 스톤 호그 가시조차 악마종의 몸에 박힌 순간부터 삭아 없어질 정도이니 어찌 보면 당연한 귀결이었다.

어느새 한명오를 끌고 저만치 멀어진 유상아가 이쪽을 돌아보고 있었다.

「승산은 있는 거죠?」

아마도 그렇게 묻는 듯한 눈빛.

그러나 사실대로 말하자면 승산은 전혀 없었다.

푸슛! 푸슈슛! 터엉!

고작 몇 방의 연타에 땅강아쥐 창은 거의 못 쓸 정도로 망가졌다. 창을 쥔 손이 아파왔다. 보물 상자를 지키는 이 녀석은 동호대교의 어룡과 마찬가지로 사냥하라고 데려다놓은 괴물이 아니었다.

그래서 원래는 이 녀석이 사라지고 난 뒤 보물 상자를 열 계획이었다.

하지만 계획이란 일이 그르칠 때를 대비해 있는 법이다.

"도깨비. 보고 있지?"

[우, 우읏. 알고 있었어?]

어둠 속에서 환한 전류와 함께 모습을 드러낸 도깨비. 이름은 잘 모르겠지만, 비형의 사촌뻘 정도 되어 보이는 녀석.

"지금쯤 나한테 온 우편물이 있을 텐데, 빨리 건네줬으면 좋겠어."

[히힛. 그건 내, 내 소관이 아니야. 비, 비형의 일이지.]

"지금은 네가 비형의 일을 대신하는 거잖아. 성좌들이 안달하는 거 안 보여?"

[성좌, '긴고아의 죄수'가 도깨비 '비류'를 닦달합니다!]

[성좌, '악마 같은 불의 심판자'가 도깨비 '비류'를 협박합니다.]

도깨비 비류가 히익, 하고 숨을 삼켰다.

[……조, 좋아. 대신 이, 이번 한 번만이야. 재미있을 것 같으니까 해, 해주는 거라고!]

도깨비가 허공에 뭔가를 중얼거리자 곧바로 소환이 시작되었다.

[거래소에서 아이템이 도착했습니다.]

[아이템, '부러진 신념'을 획득했습니다.]

[계약 효과로 중개 수수료가 면제됐습니다.]

부러진 신념. 얼마 전 도깨비 보따리를 통해 거래소에 등록한 '어룡의 핵', 그 물물교환 아이템이 드디어 도착한 것이다.

"킷."

허공에서 내려온 아이템을 본 어둠 파수꾼이 비웃음을 흘렸다. 비웃을 법도 하다. 내가 받은 것은 고작해야 D등급 아이템. 그것도 반으로 뚝 부러진 칼이었으니까.

[해당 아이템은 사용하기에 너무 낡았습니다. 내구도가 떨어져 제 성능을 내기 어려울 것입니다.]

심지어 아이템을 준 도깨비조차 허공에서 킥킥거렸다.

[그, 그런데 그렇게 낡은 걸로 싸울 수나 있겠어? 그리고 그거, 되게 특수한 스킬을 가지고 있지 않으면 쓰, 쓸 수도 없는…….]

그 정도는 알고 있다. 모르면 사지도 않았겠지.

"후우우……."

나는 숨을 힘껏 빨아들인 뒤 정신을 집중했다.

기이이잉.

가파르게 떨리는 칼자루. 비류가 깜짝 놀라 소리를 질렀다.

[우웃? 어떻게?!]

고작 그 정도에 놀라서는 곤란하지. 왜냐하면 이건 네 친구한테 무려 1만 코인이나 주고 산 스킬이니까.

부러진 칼날 겉면에 청백의 에테르가 서서히 감돌았다.

[백청강기].

어룡 사냥이 끝난 후 나는 곧장 비형에게서 이 스킬을 구입했다. 다른 최상급 무공에 비하면 약간 페널티가 있기는 해도, 당분간 구할 수 있는 강기공罡氣功 중에는 이만한 게 없다.

['부러진 신념'이 당신의 마력에 반응합니다!]
['신념의 칼날'이 활성화됩니다.]

곧이어 칼자루가 광채를 뿜어내더니, 부러진 끄트머리에서 새하얀 가상의 칼날이 솟아나기 시작했다.

부러진 신념. 이 칼의 진짜 성능은 강기공의 마력을 주입했을 때 드러난다.

푸슈슈슛!

수십 개로 늘어난 촉수가 시야를 뒤덮었다. 내 체력 레벨로도 무사할 수 없는 공격들. 두렵다. 하지만 이제 승산은 있다. '신념의 칼날'은 악마종에 한해서 최고의 상성을 자랑하는 무기니까.

파츠츠츠츳!

칼날에 닿은 촉수들이 모조리 산화하며 잘려나갔다. 어둠 파수꾼이 끔찍한 비명을 지르며 촉수를 물렀다. 급격하게 마력이 빠져나가는 게 느껴졌지만 나는 조급해하지 않았다.

스가각!

침착하게 칼날을 움직인다. [전투 감각]이 없기에 몇 번이나 눈먼 촉수를 놓쳤고, [검술 연마]가 없기에 칼을 어설프게 휘둘렀다. 당연한 일이었다. 나는 검사가 아니라 독자니까.

그리고 독자는 독자의 방식으로 싸운다.

[특성 효과로 이미 읽은 페이지에 대한 기억력이 향상됩니다.]

머릿속에서 멸살법의 페이지가 넘어갔다. 나는 수없이 읽은 장면을, 머릿속으로 수백 수천 번이나 시뮬레이션하던 그 장면들을 침착하게 되새겼다.

「……어둠 파수꾼의 공격 패턴은 유도가 가능하다. 왼쪽 발목을 공격할 시 무조건 오른쪽 상단 촉수가 먼저 반응하며……」

「……두 번의 연속 공격이 있고 난 뒤에는 반드시 일정한 틈이 있으며……」

「……촉수는 재생되지만 시간이 몇 분 소요되기 때문에……」

열심히 읽고, 또 읽은 것을 정직하게 활용하는 것.

"크아아아아!"

잘려나간 촉수들이 튀어 올랐고, 어둠 파수꾼이 비명을 질렀다.

시야 너머에 이길영이 있었다. 경외심 어린 눈으로 나를 보는 녀석. 안타깝게도 녀석의 소망과 달리 이 세계에서 나는 신도 주인공도 아니었다. 하지만 적어도 한 가지는 자신 있었다.

"카르. 미엔. 데로."

간신히 몸을 추스른 어둠 파수꾼이 경악성을 토했다. 묻지도 않았는데, 뒤쪽에 있던 유상아가 떨리는 목소리로 그것을 통역했다.

"어떻게, 내 공격, 전부……?"

그런 뜻이었군. 나는 별일 아니라는 듯이 가볍게 대답해주었다.

"평소에 책을 많이 읽으면 돼."

나는 이 세계의 누구보다도 이 세계를 잘 알고 있다.

3

어쩌면 길게 싸울 수 있었을지도 모른다.

[전용 스킬, '책갈피'를 발동합니다.]
[2번 책갈피가 활성화됐습니다.]
[책갈피 스킬의 레벨이 낮아 활성화 시간이 단축됩니다.]
[활성화 시간: 1분]

왜, 그런 거 있잖은가. 살을 내주고 뼈를 친다거나, 피 튀기는 일생일대의 혈전을 벌인다거나.

[등장인물에 대한 이해도가 낮아 등장인물이 가진 스킬의 일부만 활성화됩니다.]

['무기 연마 Lv.1'가 활성화됐습니다.]

하지만 그렇게 하지 않았다. 정확히는 그럴 여유가 없었다. 나는 찰나에 전력을 쏟았고, 가진 역량을 총동원했다. 근력을 쥐어짜 질주했고, 이를 악문 채 날아드는 촉수와 부딪쳤다.

스각!

전경이 스쳤고 뺨에 피가 튀었다. 남은 것은 예리한 백광이 남긴 잔상과 무언가를 베었다는 확실한 감각뿐.

[등장인물 '이현성'에 대한 이해도가 상승했습니다.]
[2번 책갈피가 비활성화됐습니다.]

몸에 힘이 쭉 빠지는 게 느껴진다. 그만큼 모든 것을 다 쏟은 한 방이었다. 그리고 잠시 후. 허공에서 떨리는 목소리가 들려왔다.

[……성좌님들. 다들 방금 보셨어요? 내, 내가 뭘 잘못 본 건가……?]

도깨비 비류는 자기 본분조차 잊은 모양새였다. 사실 놀라는 것도 이상한 일은 아니었다.

[소수의 성좌가 눈을 의심합니다.]
[성좌, '심연의 흑염룡'이 눈을 부릅뜹니다.]

그 강력하다는 7급 악마종이, 내 눈앞에 촉수가 늘어진 채 바퀴벌레처럼 누워 있었으니까.

[성좌, '긴고아의 죄수'가 만족한 듯 머리털을 뽑습니다.]
[500코인을 후원받았습니다.]

잘려나간 촉수가 바닥을 나뒹굴었고, 주변 땅강아지들은 싸움의 여파로 죽거나 달아난 지 오래였다. 아직 숨이 끊어지지 않은 어둠 파수꾼만이 꿈틀거리며 입술을 실룩이고 있었다.

"……키. 키이. 키."

본래라면 7급 악마종은 지금의 내가 죽었다 깨어나도 상대할 수 없는 적이다. 그래서 준비했다. 나는 유중혁처럼 강하지도 않고, 이현성처럼 좋은 배후성을 가지고 있지도 않으니까.

[강박증이 있는 한 성좌가 당신의 준비성을 칭찬합니다.]
[200코인을 후원받았습니다.]

내가 다른 이보다 유리한 것은 오직 '정보'뿐. 하지만 때로 정보는 세상 그 어떤 것보다 강력한 힘이다.

기이이잉.

바로 그 정보의 결과물이, 지금 내 손에 쥐어진 이 백광검白光劍이니까.

[시, 시나리오 초반부터 '에테르 블레이드'라니…… 서, 성

좌님들. 방금 보셨나요?]

다행히 내가 설명하지 않아도 도깨비 녀석이 한창 떠들어
대는 중이었다.

에테르 블레이드. 최상급 배후성의 지원을 받는 화신의 주력
기술이자, 무림계 귀환자가 흔히 [검강]이라 지칭하는 기술.

"정확히 말하면 진짜 에테르 블레이드는 아니야. 진짜는 이
것보다 훨씬 강하니까."

[그, 그렇지! 엄밀히 따지면 마, 마력을 흡수해 칼날을 만드
는 '부러진 신념'에 '백청강기'를 실은 거니까……]

그래도 꼴에 도깨비라고 완전히 멍청이는 아닌 모양이었다.

[대단해…… 비형 자식 채널엔 뭐 이딴 놈들만 있는 거야.]

기다렸다는 듯 파밧, 하고 '신념의 칼날'이 꺼졌다.

['부러진 신념'의 내구도가 다했습니다. 이 아이템은 이제 사용할 수
없습니다.]

아쉽기는 하지만 이만하면 제 몫을 해냈다.

"서브 시나리오 끝냈으니 보상 줘."

[으읏, 그랬지. 기, 기다려봐!]

비류가 허겁지겁 허공에 뭔가를 입력하자 곧 메시지가 떠
올랐다.

[서브 시나리오 클리어 조건을 충족했습니다!]

[500코인을 획득했습니다.]

[소수의 성좌가 당신이 만든 시나리오에 감탄합니다.]

생각보다는 보상이 소소했다. 당연한 일이었다. 왜냐하면 나는 아직 '어둠 파수꾼'을 죽이지 않았으니까.

[그, 그런데 저 녀석은 안 죽이는 거야?]

비류가 기대감 어린 눈으로 나를 보며 물었다. 나는 지친 숨을 몰아쉬며 바닥에 쓰러져 있는 어둠 파수꾼을 일별한 후, 친절하게 말해주었다.

"난 불살주의不殺主義거든."

[부, 불살……?]

"뭘 쉽게 죽이지 않는 성격이라."

[성좌, '악마 같은 불의 심판자'가 그럴 줄 알았다며 감탄합니다!]

[100코인을 후원받았습니다.]

물론 거짓말이다.

[성좌, '은밀한 모략가'가 당신을 보며 음흉하게 웃습니다.]

[100코인을 후원받았습니다.]

당황한 도깨비 비류가 말을 더듬었다.

[하, 하지만 이 녀석을 죽이면 보상이 엄청날 텐데? 지금 죽

이면 7급 악마종 최초 살해자니까 부, 분명 7,000코인 이상 줄 거라고! 너 그게 어, 얼마나 큰돈인 줄 알아?]

"안 죽인다고. 그보다 보상 상자 열어야 되니까 좀 비켜봐."

나는 거슬리는 비류를 눈앞에서 치우며 말했다. 어차피 이 곳에 온 진짜 이유는 저놈이 아니었다. 그러니까……

푸욱!

[7급 악마종, '어둠 파수꾼'이 사망했습니다.]

……뭐?

재미있어 죽겠다는 표정의 도깨비와 땅강아쥐 칼을 맞고 소멸해가는 어둠 파수꾼의 모습. 그리고.

"하하, 하하하핫! 나, 나도 이제 강해질 수 있다고! 김독자 이 개자식아! 이건 몰랐지!"

칼을 쥔 채 히죽거리는 한명오의 얼굴이 있었다. 어떻게 된 상황인지 대강 짐작이 갔다. 이어서 폭발적인 메시지가 귓가 를 잠식했다.

[7급 악마종을 최초로 사냥했습니다!]

[불가능한 업적을 완수했습니다.]

[8,000코인을 획득했습니다.]

[공헌자: 김독자, 한명오]

아마 이 메시지의 일부를, 한명오 역시 공유하고 있겠지. 간신히 막타만 쳤으니 코인은 좀 덜 받았겠지만…… 메시지를 보며 행복해 죽으려고 하는 한명오가 보인다.

"불살주의? 멍청한 놈! 이런 세상에서 불살은 무슨 불살이야! 그러니까 너 같은 놈은 갑이 못 되는 거라고! 내 말 알아들었─"

그런데 한명오는 알까. 지금 자신이 무슨 짓을 저질렀는지.

[7급 악마종 '어둠 파수꾼'을 살해하여 마왕 '격노와 정욕의 마신'이 살해자의 존재를 눈치챘습니다.]
[마왕 '격노와 정욕의 마신'은 권속 살해에 최종 타격을 가한 화신체를 죽을 때까지 쫓아다닐 것입니다.]
[마왕 '격노와 정욕의 마신'이 최종 타격자에게 끔찍한 저주를 내릴 것입니다!]
[최종 타격자: 한명오]

"뭐, 뭐야? 이 메시지 뭐야!"
당황한 한명오가 소리를 질렀다.

[성좌, '은밀한 모략가'가 당신의 사악함에 감탄합니다.]

"아…… 내가 말 안 했나? 일부러 안 죽인 거라고."

[성좌, '은밀한 모략가'가 당신의 시나리오를 <스타 스트림>에 추천했습니다.]

한명오는 넋이 나간 사람처럼 허공을 보고 있었다.

마왕 '격노와 정욕의 마신'의 저주는 살해자가 '가장 두려워하는 일' 중 하나를 실현시킨다. 무엇일지는 몰라도 분명 끔찍한 일을 겪게 되겠지.

돌아보니 유상아와 이길영이 멍한 얼굴로 이쪽을 보고 있었다. 나는 아무 일도 없었다는 듯 싱긋 웃어주었다.

"우린 같이 보상이나 열어보죠."

⌘ ⌘ ⌘

잠시 후 우리는 보물 창고를 샅샅이 뒤져 각자 얻은 것을 꺼내 보였다.

"전 이거 찾았어요."

"저는 이거예요……."

유상아와 이길영이 찾아낸 것은 각각 작은 팔찌와 낡은 방패였다.

[마력 회복 팔찌]

[낡은 철제 방패]

둘 다 D급 아이템이지만 없는 것보다는 나았다. '마력 회복 팔찌'는 누구에게나 유용한 아이템이고, '낡은 철제 방패'는 이현성이 들기에 좋을 것이다. 이름에 '철제'가 붙었다고 해서 무시해선 곤란하다. 이계의 철은 지구의 철보다 훨씬 단단하니까. 유상아는 조금 실망한 듯한 목소리로 말했다.

"생각보다 단출하네요."

단출하다. 틀린 말은 아니었다. 지금 이곳은 '보물 창고'란 말이 무색할 정도로 휑한 상태니까.

유중혁. 어제 약수역 쪽으로 떠났다는 놈은, 아마 이곳을 거쳐 갔을 것이다. 악마종과 싸우면 피곤하다는 것을 알 테니 적당히 기회를 봐서 보물만 훔쳐 갔겠지. 결국 우리는 이미 도둑이 털어간 집을 또 터는 강도인 셈이다.

"아직 메인이 남았으니 괜찮습니다."

나는 창고 한가운데 있던 검은 상자를 보며 말했다. 우리는 더 시간을 끌지 않고 상자를 열었다.

상자 속 물건은 화로火爐였다. 너무 작아서 주머니에도 넣을 수 있을 만한 크기의, 차마 화로라고 부르기도 민망한 물건.

[마력 화로].

역시 남아 있군. 이 아이템이야말로 사실 이번 서브 시나리오의 핵심 아이템이었다.

[마력 화로는 1인당 1개만 소지할 수 있습니다.]

유중혁이 하나를 가져갔을 테니 본래 마력 화로는 총 두 개였을 것이다.

"……이게 대체 뭘까요?"

"음, 용도를 조금 알 것도 같군요."

나는 짐짓 의뭉을 떨며, 마력 화로를 켠 후 죽은 땅강아쥐의 다리 한 짝을 올려보았다. 사이즈에 맞지 않는 음식을 올려놓은 듯 우스꽝스러운 모양새였지만, 오 초도 채 지나지 않아 땅강아쥐 다리에 놀라운 변화가 일어났다.

"와, 냄새가……."

고소한 냄새가 풍기는가 싶더니 어느새 땅강아쥐 다리의 색깔이 노릇노릇하게 변해 있었다.

"고기다!"

이길영도 흥분했는지 소리를 질렀다. 유상아가 다급하게 물었다.

"이, 이거 먹어도 되는 걸까요?"

"제가 먼저 먹어볼게요."

나는 적당한 기름기가 도는 뒷다리를 잡고 통째로 살점을 뜯었다. 살점 사이로 은근하게 배어 나오는 육즙…… 씹는 것도 잊은 채 눈을 감았다. 역시 글로 읽는 것과 실제로 맛보는 건 다르구나.

[소수의 성좌가 군침을 흘립니다.]

[몇몇 성좌가 자신도 저 맛을 안다며 고개를 끄덕입니다.]

[소수의 성좌가 100코인을 후원합니다.]

[성좌, '심연의 흑염룡'이 침을 삼킵니다.]

[성좌, '긴고아의 죄수'가 손톱을 물어뜯습니다.]

(…)

쉴 새 없이 들려오는 메시지. 역시 방송은 '먹방'이 최고다. 먹을 것 앞에서는 모두 대동단결이니까.

"먹어보세요. 괜찮을 것 같습니다."

말이 끝나자마자 두 사람은 고기를 향해 달려들었다. 사흘간 끼니가 일정하지 않았으니 어지간히들 배가 고팠을 것이다. 계속 넋이 나가 있던 한명오도 언제 다가왔는지 이쪽을 힐끔힐끔 보고 있었다.

"저기, 독자 씨. 아, 아깐 내가 잠깐 미쳐서……."

"먹어요. 눈치 보지 말고."

"고맙네!"

"먹고 죽은 귀신이 때깔도 곱다잖아요."

"뭐, 뭣……!"

한명오의 안색이 거무죽죽해졌다. 농담처럼 말했지만 한명오는 정말로 죽게 될 것이다. 마왕의 저주는 유중혁이라도 이겨내기 어려우니까. 더군다나 그 대상이 '격노와 정욕의 마신'이라면.

우리는 각자 다리 하나씩을 잡고 으적으적 뜯기 시작했다. 그런 일을 겪고도 배가 고파서 다 같이 고기를 뜯는 꼴이라니.

역시 인간은 어쩔 수 없다. 모두 침묵 속에서 식사에 열중했다. 마력 화로에서 은은하게 퍼지는 불빛 때문일까. 왠지 조금 감상적인 기분이 되었다.

무언가 죽여 먹으며 살아간다. 그것이 인간의 삶이다. 지금까지도 줄곧 그래왔는데 왜 새삼스럽게 느껴지는 것일까.

문득 고개를 들었을 때 유상아와 눈이 마주쳤다. 핫, 하며 정신을 차린 유상아가 갑자기 울상을 지었다.

"전 한심해요."

"……예?"

"이렇게 독자 씨가 힘들게 잡은 걸 우걱우걱 먹기나 하고…… 도움은 하나도 안 되고……."

"아뇨, 유상아 씨. 그건."

"근데 독자 씨는 어떻게 이런 걸 다 알고 계신 거예요? 생전 처음 보는 짐승을 요리하는 법도 아시고……."

"아, 그건……."

"역시 평소에 판타지 소설을 열심히 보신 덕이겠죠? 정말, 저는 세상이 이렇게 될 줄도 모르고 스페인어나 외웠는데."

나는 저 말이 비꼬는 걸까 아닐까 고민했다. 평범한 사람이라면 진짜로 그렇게 생각할 리 없으니까. 하지만 그 '부처' 유상아라면…….

"유상아 씨가 평소에 외국어 공부를 열심히 해서 악마종의 언어를 알아들었는지도 모르잖아요."

"……그럴까요? 그렇게 말해줘서 고마워요, 독자 씨."

말투를 보니 아무래도 진심인 것 같았다. 가끔은 저 노력파가 대체 어디까지 진심인지 두렵다. 자신이 그러쥔 고기를 잠시 노려보던 유상아가 이내 결연한 목소리로 선언했다.

"저 엄청 많이 먹을 거예요. 많이 먹고 저도 강해질 거예요."

나는 그런 유상아에게 힘내라는 의미로 고개를 끄덕여주고는 자리에서 일어났다. 모두 다시 식사에 열중하기 시작했다. 나는 그 틈을 타 일행의 뒤쪽으로 향했다.

사실 마력 화로도 중요하지만 진짜 목적으로 삼은 아이템은 따로 있었다. 나는 마력 화로가 들어 있던 검은 상자를 유심히 들여다보았다.

이거다. 틀림없어.

마력 화로를 가져간 유중혁도 아마 몰랐으리라. 이 창고의 진짜 보물은 바로 이 검은 상자라는 것을.

원작에서 유중혁이 이 물건에 대해 알게 되는 것은 무려 6회차의 회귀를 거친 뒤다. 이걸 최초로 발견한 게 누구더라. '비천호리'였나? 음, 오랜만에 떠올리니까 기억이 가물가물하다. 정확하지는 않은데 이런 대사가 있었던 것 같다.

「"거기, 그러니까. 초반 지역들 돌다 보면 되게 이상한 상자가 있잖아요. 거기 물건을 넣었더니……."」

볼에 우물우물 고기를 몰아넣던 유상아와 눈이 마주친 것은 그때였다.

"그 승즈는 으드으 쓰스그으?"

"아, 이건 그러니까······."

유상아가 상자를 유심히 보더니 고개를 갸웃했다. 잘 보니 상자에 알 수 없는 문자가 쓰여 있었다.

설마 이것도 읽을 수 있는 건가?

"랜덤······ 아이템 박스?"

망할.

이래서 외국어 능력자는.

"어······ 저······ 음. 그러니까 이건 말이죠."

나는 조금 당황하며 말했다. 그런데 유상아가 선수를 쳤다.

"어서 써보세요, 독자 씨!"

"······그래도 되겠습니까?"

끄덕끄덕. 이길영의 고개도 힘차게 아래위로 움직였다.

"우리 신경 쓰실 필요 없어요. 여기서 얻은 아이템은 모두 독자 씨가 가지세요. 그게 당연한 거예요."

그래, 어차피 들켜버린 거, 그냥 빨리 쓰자.

"그럼 제가 쓰겠습니다."

[당신의 결정에 소수의 성좌가 고개를 끄덕입니다.]

나는 주머니에서 '7급 악마종의 핵'을 꺼냈다. 아까 죽은 어둠 파수꾼의 시체에서 도려낸 것이었다. 거기다가 내구도가 다해 망가진 '부러진 신념'도 꺼내 들었다. 원작에 따르면 이

상자의 사용법은 간단하다.

「"누가 알았겠어요. 그게 한정판 코인 아이템이었을 줄."」

나는 악마종의 핵과 부러진 신념을 넣고 상자를 닫았다.

「"하, 내 말 못 믿는 거예요? 진짜라니까요? 하위 아이템을 넣고 상자를 닫으면!"」

사실 이 두 아이템을 넣으면 어떻게 되는지는 나도 모른다. 하지만 분명히 엄청난 게 나올 것이다.

「"무조건 상위 아이템이 나온다고요!"」

잠시 후, 닫힌 상자에서 눈부신 빛이 터져나왔다.

06
Episode

심판의 시간
(1)

Omniscient Reader's Viewpoint

1

한정판 랜덤 아이템 박스.

멸살법 설정에 따르면 과거 '시나리오'에서 한정판으로 판매했던 코인 아이템이다.

[아, 아니 이, 이게 왜 여기 있는 거야?]

뒤늦게 나타난 비류도 경악해 소리를 질렀다.

[그, 그, 금방 출시 금지 조치 됐을 텐데!]

멸살법에 따르면 이 아이템의 설정은 꽤 복잡했다.

8612 행성계의 시나리오가 시작되기도 한참 전에 출시되었다가 스타 스트림 관리국에서 강제로 회수 조치 한 상품이었다. 그도 그럴 것이, '하위 아이템'을 넣으면 무조건 '상위 아이템'을 뱉어낸다는 설정은 시나리오의 밸런스를 위협할 만큼 엄청난 파급력을 지녔기 때문이다.

게다가 아이템 박스 하나에 매겨진 가격은 무려 100만 코인. 성좌들은 말도 안 되는 과금 정책에 분노했고, 아이템을 고안한 멍청한 도깨비는 관리국에서 해고되었다.

[서, 성좌님들. 저게 그러니까아…… 왜 저게 저기 있는지 저도 잘 모르겠…… 이, 이히히힛! 방송 종료!]

[#BI-7623 채널이 일시적으로 종료됩니다.]

혼자 헛소리를 떠들던 비류가 모습을 감추자 성좌들의 목소리도 사라져버렸다. 성좌들 반응을 못 보게 된 건 아쉽지만 뭐 어쩔 수 없다.

드드드드.

나는 스스로 진동하는 상자를 내려다보았다. 본격적인 랜덤 뽑기가 시작되려 한다.

[도검 계통 아이템을 넣어 동일 종류 아이템이 보상으로 출현합니다!]
[랜덤 뽑기가 시작됩니다!]

한정판 랜덤 아이템 박스는 투입한 아이템과 관계된 상위 등급 아이템을 무작위로 뱉어낸다. 그러니 확률적으로는 C등급부터 SSS등급까지 뭐든 나올 수 있다는 얘기였다. 어디까지나 확률적으로는 말이다.

[제물로 바친 아이템이 특정 성좌와 관계되어 있습니다!]

[해당 성좌와 관계된 아이템이 출현할 확률이 대폭 증가합니다.]

…어? 이건 예상치 못한 메시지였다. 하지만 나한테 불리할 것은 없어 보인다. 꾹 쥔 손에 땀이 고였다. 한 달에 한 번, 온라인 게임에서 뽑기 아이템을 지를 때도 이만큼 긴장되지는 않았는데. 제발 A등급 정도만 나와라.

[상위 등급 아이템이 출현했습니다!]

[랜덤 아이템 박스 사용 가능 횟수가 0이 됐습니다.]

이윽고 상자의 떨림이 멈추고 황홀한 빛이 잦아들었다. 나는 눈을 반짝이는 유상아와 이길영을 한 번씩 돌아보았다.

"열어볼까요?"

"네!"

우리는 상자를 열었다.

"우, 우와아!"

이길영이 환성을 너무 크게 질러서 내가 다 놀랐다. 그런데 그만큼 놀랄 만한 물건이 들어 있었다.

고급스러운 묵빛의 가드, 그 위로 뻗은 순백의 검신劍身······ 뭔가 '부러진 신념'과 모양이 비슷한데?

나는 곧바로 아이템 정보를 확인했다.

〈아이템 정보〉

이름: 부러지지 않는 신념

등급: 성유물星遺物

설명: 과거, 그룬시아드의 대마도시대大魔道時代를 이끈 영웅 '카이제닉스'의 검이다. 카이제닉스의 위대한 에테르 지배력이 깃들어 있어 각각 불, 어둠, 신성神聖의 힘이 담긴 '신념의 칼날'을 생성할 수 있다.
부가 옵션으로, 착용 시 체력과 근력을 각각 2레벨씩 상승시켜 준다.

나는 잠깐 말을 잃었다.

아니, 이거 진짜야?

단순 알파벳 등급이 아니라 무려 성유물급 아이템이 나왔다고?

"도, 독자 씨. 엄청난 아이템인 것 같은데요?"

엄청난 아이템이 맞았다.

멸살법의 세계에서 성유물은 유일하게 등급표에서 제외되는 아이템이다. 단순히 성능이 강력하기 때문이 아니라 매우 특별하기 때문이다.

성유물에는 살아 있을 적 성좌의 힘이 깃들어 있다. 해당 성좌가 어떤 세계의 영웅인지에 따라, 또 인지도가 얼마큼인지에 따라 성능도 천차만별이지만, 성좌의 힘이 깃들었다는 것만으로도 엄청난 가치가 있었다.

게다가 체력과 근력을 2레벨씩 올려주다니. 종합 능력치를 1만 올려줘도 아이템 등급이 A급으로 상승한다는 점을 생각하면, 부가 옵션만 살펴도 최소 S급에 준한다. 유중혁도 아직 이 정도 아이템은 못 얻었을 것이다.

나는 예의상 유상아와 이길영 쪽을 돌아보며 물었다.

"……제가 가져도 되겠죠?"

"물론이죠. 당연히 독자 씨 거예요."

미리 못을 박듯 신신당부하는 유상아. 이길영도 열심히 고개를 끄덕였다. 힐끗 한명오 쪽을 보았지만, 그저 멍청한 표정으로 땅강아쥐 다리를 뜯고 있을 뿐이었다. 그것도 알 수 없는 소리를 중얼거리면서. 분명 또 자기가 가지겠다는 둥 헛소리를 할 줄 알았는데. 이상한 일이군.

[성유물을 획득했습니다.]

[성유물의 주인이 당신을 궁금해합니다.]

메시지가 떠오르는 걸 보니 분명 어딘가에 존재하는 성좌인 모양이다. 나중에 멸살법을 열어 한번 찾아봐야겠다.

"그럼, 이제 돌아가보죠. 땅강아쥐는 밖에도 많으니까 마력화로만 가지고 가도 될 겁니다."

"근데 어떻게 돌아가죠?"

"길영이 능력으로 왔으니 나가는 것도 문제없을 겁니다. [다종 교감]이라면……."

그런데 이길영의 표정이 좋지 않았다.

"형, 저……."

"응?"

"근처에 곤충이 하나도 없어요."

생각해보니 아까 어둠 파수꾼과 싸울 때 주변의 곤충이 압력으로 죄다 터져버렸다. 미처 생각하지 못한 문제였다.

"정말 한 마리도 없어? 그래도 몇 마리는 살아 있을 텐데. 조금 이동하면서 능력을 쓰다 보면……."

세상에 곤충이 얼마나 많은데, 몇 마리 좀 죽었다고 교감할 곤충이 전혀 없을 리 없다. 하지만 이길영은 여전히 표정이 어두웠다.

"그게, 사실 부를 수 있는 한 마리가 있긴 한데……."

눈을 감은 이길영이 뭘 중얼거리더니 집중하기 시작했다.

"독자 씨, 길영이가 좀 이상한데요?"

이길영의 눈이 조금씩 뒤집히고 있었다. 그리고 흘러내리는 한 줄기 코피.

"길영아?"

갑자기 쿠웅, 하는 소리와 함께 위쪽에서 진동이 울려 퍼졌다. 굴 곳곳에서 부스스 떨어지는 먼지. 이건 지상 쪽에서 오는 진동인데…….

순간, 전신에 소름이 오싹 돋았다.

"길영아! 이길영! 정신 차려!"

"에…… 형?"

뒤집혔던 눈이 돌아왔다.

"길영아, 스킬 멈춰! 빨리!"

화들짝 놀란 이길영이 스킬을 멈춘 후에야 진동은 잠잠해졌다. 나는 안도의 한숨을 내쉬었다. 생각해보니 위쪽 지상에는 엄청나게 위험한 놈들이 돌아다니고 있었다.

7급 괴수종인 시독 코뿔소를 비롯한 무수한 고등급 괴수들. 그리고 그 괴물 중에는 급수를 알 수 없는 충왕종도 섞여 있었다. 이름을 들으면 알겠지만 당연히 충왕종도 곤충의 일종이다.

"넌 진짜……."

나는 무슨 말을 하려다 말고 이길영의 머리에 손을 얹었다. 지상에 있는 충왕종을 부를 정도라니…… 무슨 파브르냐? 하마터면 여기서 그대로 매장당할 뻔했다.

"당분간 이 스킬은 봉인이야. 내가 말하기 전까지는 절대 쓰지 마. 알았지?"

"네에……."

이길영이 시무룩해져서 대답했다. 이렇게 되면 기다리는 수밖에 없다.

"어둠 자락에 그대로 들어가면 길을 잃어요. 조금 더 기다렸다가 주변에 작은 곤충이 나타나면 움직이는 게 좋겠습니다."

들어올 때야 쉬웠지만 사실 어둠 자락은 무척 위험한 곳이다. 길을 조금이라도 잘못 들면 하루 이틀은 금방 사라져버리니까. 그런데 유상아가 손을 들었다.

"저, 단순히 돌아가는 것뿐이라면 제가 길영이를 대신할 수 있을 것 같아요."

"어떻게요?"

이번엔 어둠 자락이랑 대화라도 하시게요, 라고 말하려다가 어쩐지 비꼬는 것 같아서 그만두었다. 유상아는 조금 자신 없는 투로 말했다.

"저도 비슷한 스킬이 있어요."

생각해보면 아직 유상아의 특성과 배후성을 모른다.

"어떤 스킬인가요?"

"그게, 굳이 설명하면 실타래로 길을 찾는 스킬인데요……."

실타래?

"……실례지만 유상아 씨 특성이 뭔지 여쭤봐도 될까요?"

유상아는 멸살법의 등장인물이 아니라 속마음이 들리지 않는다. 이길영이나 한명오의 마음이 들리지 않는 것처럼.

"저, 그건……."

몹시 곤란한 표정이었다. 유상아에게 [등장인물 일람]만 쓸 수 있어도 이렇게 답답하지는 않을 텐데. 나는 시험 삼아 스킬을 한 번 더 발동해보았다.

[전용 스킬, '등장인물 일람'을 발동합니다!]

['등장인물 일람'에 등록되지 않은 인물입니다.]

역시. 그런데 메시지가 한 줄 더 있었다.

[해당 인물은 현재 정보를 수집 중입니다.]

어? 예전에는 없던 메시지다. 그리고 보니 종전 싸움에서 유상아가 [통역] 스킬을 발동했을 때 얼핏 관련 시스템 메시지가 들렸다. 원래는 들리지 않았는데. 혹시 '등장인물 일람'도 시간이 지나면 업데이트가 되는 걸까? 설마…… 나는 속으로 이것저것 생각을 정리하다가 곤란해하는 유상아를 먼저 풀어주기로 했다.

"제가 괜한 걸 물었군요. 그건 그렇고, 잘하셨습니다. 앞으로도 자기 특성 정보는 남에게 함부로 알려주지 마세요."

"그게 아니에요! 독자 씨를 못 믿어서가 아니라……!"

잘 보니 달리 할 말이 있는 듯한 모습이었다. 순간, 어떤 생각이 스쳤다.

"혹시 유상아 씨의 배후성이 저에 대해 이야기했습니까?"

유상아가 울상을 지은 채 고개를 숙였다.

"죄송해요."

떨리는 입술로 간신히 내뱉은 말. 이 정도면 배후성이 무슨 말을 한 수준이 아니라, 계약과 함께 모종의 서약을 했을 가능성이 높았다. 아마 정보 발설과 관련해 목숨의 제약이 걸려 있는 거겠지. 어떤 성좌인지 몰라도 아주 본격적으로 유상아를 키우기로 작정한 모양인데.

"괜찮습니다. 이해합니다."

"고마워요, 정말로……."

고마워할 필요는 없다. 꼭 내 귀로 들어야만 배후성을 알 수 있는 것도 아니고…… 오히려 긴장감에 심장이 뛴다. 빈 행간을 메우고 싶은 독자의 욕구랄까.

"그럼 스킬 써볼게요."

유상아의 손끝에서 희미하게 빛나는 실 같은 것이 자라나 뻗어가기 시작했다.

"사실 이렇게 될까 봐 아까 납치될 때 '실'을 묶어놓고 왔거든요."

한 갈래의 실은 나를 향해 이어져 있고, 다른 갈래는 바깥을 향해 이어져 있었다. 아마 이현성이나 정희원에게 묶여 있을 것이다.

"출발하죠."

유상아에게 처음부터 이런 스킬이 있었을 리는 없고, 이건 분명 배후성이 제공한 성흔이다. 그런데 미로를 탈출하는 '실'이라. 이거…… 왠지 내가 아는 성좌인 것 같은데.

[#BI-7623 채널이 다시 열렸습니다.]

다시 성좌들이 입장하는 메시지가 들려왔다.

[소수의 성좌가 채널 송수신 시스템에 클레임을 걸었습니다!]

[성좌, '심연의 흑염룡'이 랜덤 박스에서 대체 무엇이 나왔는지 궁금해합니다.]

아, 너는 못 봤지? 그것참 아쉬워서 어쩌나.

[젠장! 이 빌어 처먹을 새끼가 내 채널을…… 하하핫! 나 없는 동안 잘들 있었어요?]

그리고 반가운…… 아니, 익숙한 목소리가 돌아왔다.

비형이었다.

✿ ✿ ✿

ㅡ내가 없는 동안 또 엄청난 일들을 해치웠더라?

'그동안 못 돌아온 건 역시 나 때문이냐?'

ㅡ그건…… 그래, 뭐 관계가 없는 것도 아니지. 갑자기 방송 종료한 거랑 광고 너무 오래 띄운 것 때문에 관리국에서 경고 먹고 왔거든.

지금 비형의 목소리는 나한테만 들리는 상태였다. 도깨비끼리만 사용한다는 소위 '도깨비 통신'이었다. 물론 화신인 내게 허용하는 건 명백한 규정 위반이었다.

ㅡ이제 소소한 건 신경 안 쓰기로 했어. 또 관리국 몇 번 왔다 갔다 하면 되지. 그보다…… 랜덤 박스는 또 어떻게 알고 있었던 거야?

'그냥, 어쩌다 보니.'

—빌어먹을. 아직도 흑역사의 잔재가 남아 있었을 줄이야. 하필 그 박스가 왜 거기에…….

'흑역사?'

—…….

'잠깐. 설마 그 어처구니없는 코인 아이템 기획한 게 너냐?'

멸살법 애독자인 나도 몰랐던 사실이다.

—젠장! 그때 욕심만 안 부렸어도…….

"와, 진짜 맛있네요. 이거."

비형의 투덜거림은 정희원의 탄성에 의해 끊어졌다.

십 분 전, 우리는 유상아의 인도로 무사히 다른 일행과 조우했다. 다행히 정희원과 이현성은 우리가 올 때까지 경계지를 지키고 있었다.

"그걸 먹으면 기운이 좀 회복될 겁니다."

"음, 정말로 몸이 괜찮아지는 것 같은데요."

시험 삼아 어깨를 휘휘 돌리는 정희원의 안색은 겉보기에도 많이 좋아져 있었다. 익힌 지하종의 고기에 함유된 해독 성분이 효과를 발휘한 것이다.

"거기 들어가서 여러 가지 많이 얻으셨나 봐요? 마력 화로 말고도……."

"몇 개 얻었죠."

나는 이현성을 보며 말했다. 이현성은 내게 받은 '낡은 철제 방패'를 몇 번이나 꼈다 뺐다 반복하더니 지금은 겉면을 후후

불어 닦는 중이었다. 누가 보면 새 차라도 뽑은 줄 알겠다.

[등장인물 '이현성'이 당신에게 희미한 충성심을 보입니다.]

그 광경을 부럽다는 듯 바라보던 정희원이 물었다.

"혹시 제가 쓸 만한 건 없나요?"

"없는데요."

"그 칼은요?"

"제 건데요."

"고기는 당연히 사람들한테 나눠줄 거죠?"

"코인 받을 건데요."

"……쪼잔하네요."

"생존력이 강하다고 해두죠."

익힌 땅강아지 한 마리씩을 짊어진 채 주거니 받거니 하는 동안 어느새 터널이 끝났다. 주변이 급격하게 밝아지며 사람들의 모습이 보이기 시작했다. 그런데 분위기가 조금 이상했다. 뭐지 이 급박하고 분주한 느낌은?

[유료 정산까지 20분 남았습니다.]

[생존비를 준비해주십시오.]

뒤늦게 시계를 보고 알아챘다.

그렇군. 벌써 시간이 그렇게 된 건가.

'유료'라는 말이 이렇게 무섭게 들릴 수 있다는 게 놀라울 따름이다.

"코인, 코인 좀 주세요!"

"우리 애한테 코인이 없어요! 제발 코인 좀……."

성실하게 시나리오에 임했다면 100코인쯤은 문제가 아니겠지만, 본래 성실한 인간이란 드문 법이다.

"100만 원, 아니 1,000만 원 드리겠습니다! 누가 100코인만 파세요!"

코인 가격이 급등하고 있었다.

우스운 일이었다. 멸망이 시작되기 전까지만 해도 아무 가치도 없던 화폐에 말도 안 되는 프리미엄이 붙고 있었다. 그리고 멀리서 그 모습을 지켜보며 킬킬 웃는 놈들이 있었다. 이미 코인을 충분히 가진 녀석들. 천인호와 철두파 패거리였다.

몇몇 여자가 패거리 쪽으로 몰려가 따지는 소리가 들렸다.

"부, 분명 아까는 한 번에 100코인이라고 했잖아요!"

"흠, 그랬나? 기억이 안 나는데."

"뭐……?"

"상황이 달라졌잖아. 두 번에 100코인 어때? 그 정도는 할 만하지?"

철두파 패거리의 킬킬대는 목소리. 상황이 어떻게 돌아가는지 알 것 같았다. 어느새 칼을 뽑아 든 정희원이 그쪽을 노려보고 있었다.

"저 개자식들이 기어이……."

[등장인물 '정희원'의 특성이 개화를 준비합니다.]

슬슬 정희원도 때가 되었다. 지금 개화해도 나쁘지는 않겠지만…… 아직이다. 그녀가 내가 생각하는 '특성'을 얻으려면 약간의 인내가 더 필요했다.

시스템 메시지가 떠오른 것은 그때였다.

[잠시 후 생존비 정산이 시작됩니다.]

"살려줘요! 살려주세요!"

외침을 들은 일행들 표정은 제각각이었다. 이현성은 비통한 듯 고개를 숙였고, 정희원은 칼을 쥔 채 입술을 깨물었다. '유료 정산'의 대가가 무엇인지는 모두 안다. 이곳에 그걸 겪어보지 않은 사람은 아무도 없으니까.

"……독자 씨."

그리고 유상아가 나를 바라보았다.

"예."

이 세계에서 코인은 곧 권력이었다.

코인을 가진 자가 좋은 아이템을 갖고, 코인을 가진 자가 높은 능력치를 얻는다.

코인을 가진 자가 모든 것을 갖는다.

[시나리오 추천을 받은 몇몇 성좌가 추가로 채널에 입장했습니다.]

[성좌, '은밀한 모략가'가 당신의 선택을 지켜봅니다.]

[성좌, '긴고아의 죄수'가 당신의 선택을 지켜봅니다.]

[성좌, '악마 같은 불의 심판자'가 당신의 선택을 지켜봅니다.]

그리고 나는 지금 이 역에서 가장 코인이 많은 인간이었다.

2

내가 입을 열려던 찰나, 천인호의 목소리가 들려왔다.

"오, 독자 씨! 마침 잘 오셨습니다."

우리를 발견한 천인호가 이쪽을 향해 웃고 있었다. 뭔가 불길한 예감이 든다 싶더니 천인호가 큰 목소리로 말을 이었다.

"그러고 보니 독자 씨가 코인을 많이 갖고 계셨죠? 얼마였더라? 우리 중 가장 부자이신 거로 기억하는데요?"

[등장인물 '천인호'가 스킬 '선동 Lv.2'을 발동합니다!]

군중들이 허둥지둥 내 쪽을 돌아보았다.

"코, 코인?"

"누가 코인이 많다고?"

모든 시선이 나를 향하기까지는 그리 오랜 시간이 걸리지 않았다. 천인호, 잔꾀 하나는 정말 대단한 놈이다.

"도, 독자 씨라고 하셨습니까?"

"살려주세요, 제발!"

숨을 헐떡이며 다가온 사람들이 내 바짓가랑이를 붙잡았다. 몰려든 인원은 어림잡아도 이십 명이 넘었다. 코인을 나눠준 다면 무려 2,000코인을 손해 보게 된다. 그렇다고 코인을 주지 않는다면 한순간에 금호역의 대악당이 되겠지.

[등장인물 '천인호'에 대한 이해도가 상승했습니다.]

"하하, 독자 씨. 저야 코인이 부족해서 이 불쌍한 분들을 돕지 못하지만…… 독자 씨는 다르지 않습니까? 그냥 두고 보실 셈입니까?"

나는 가만히 한숨을 쉬었다.

이런 수작에 어울려주는 것도 한두 번이다.

[절대선 계통의 성좌들이 등장인물 천인호를 '악인惡人'으로 규정했습니다.]

조무래기 하나 데리고 이만하면 나도 많이 참았지.

"사, 살려주세요!"

"살려주세요, 제발!"

세상에서 제일 불쌍한 표정을 한 채, 울며불며 달려드는 사람들.

[하하핫! 이야기가 재밌게 되어가네요. 참고로, 이제 십 분 남았습니다!]

즐거워 죽겠다는 목소리로 떠들어대는 비형, 어쩔 줄 모르는 표정으로 나를 바라보는 일행들. 나는 짧게 숨을 고른 후 천천히 눈을 감았다가 떴다.

"그렇군요. 코인을 달라고요?"

그리고 웃었다.

"제가 왜요?"

나는 사람들을 둘러보았다.

첫 번째 시나리오는 곧 원죄原罪다. 그러니 지금 여기서 무고한 사람은 아무도 없다.

누군가를 짓밟아 자기 생을 연명했으면서 그 생에 책임조차 지지 못하는 자들.

"왜, 왜라니!"

"코인 많다며! 조금은 줄 수 있는 거 아냐!"

혼란 속에서 천인호가 웃음을 터뜨렸다.

"역시 독자 씨라면 그러실 줄 알았습니다."

"……"

"처음 이곳에 나타나셨을 때부터 그랬죠. 가져온 식량을 코인을 받고 파시질 않나. 그때 식량을 사지만 않았어도 지금 살아날 수 있는 사람이 몇 명인지 아십니까?"

"옳소! 그 말이 맞다!"

"이런 씨……! 내 코인 돌려줘!"

어느새 분위기는 나에 대한 심판처럼 흘러가고 있었다. 아마 이것이 천인호가 원한 그림이겠지.

"잠깐만요, 여러분! 지금 여러분 행동은……!"

"독자 씨는 그런 사람이 아닙니다!"

뒤늦게 유상아와 이현성이 사태를 무마해보려 했지만, 이미 군중은 이성을 잃은 상태였다. 그리고 거기에 천인호가 마지막 쐐기를 박았다.

"독자 씨. 마지막으로 기회를 드리겠습니다. 사람들에게 코인을 돌려주십시오."

"싫다면?"

"그럼 최악의 일이 벌어지겠지요."

물경 이십 명에 달하는 군중들이 한 걸음씩 다가오기 시작했다.

"이, 이…… 어서! 어서 코인 내놔!"

그럼에도 선뜻 먼저 달려드는 이는 없었다. 결국 보다 못한 철두파 하나가 앞으로 나섰다.

"뭐 해? 죽여! 죽이고 코인 빼앗으면 되지 뭘 망설여?"

꽤나 건장한 체격의 사내가 호기롭게 외치며 나왔다. 나는 [등장인물 일람]의 설정을 조정해 사내의 정보를 빠르게 확인했다.

<등장인물 요약 일람>

이름: 한민상

전용 특성: 깡패(일반)

종합 능력치: [체력 Lv.8] [근력 Lv.8] [민첩 Lv.8] [마력 Lv.2]

깡패 주제에 제법 준수한 능력치의 소유자다. 원래부터 이런 수준이었을 리는 없으니…… 역시 이놈들은 '그걸' 한 건가. 그래, 종합 능력치를 믿고 까분다 이거지.

"죽어 이 새끼야!"

녀석의 손에 쥐어진 쇠파이프가 움직였다. 근력 8레벨의 전력이 담긴 쇠파이프. 예전의 김독자라면 무서워서 벌벌 떨 만한 위협이었겠지만…….

스각!

쇠파이프를 든 채로 토막 난 사내의 팔이 바닥을 굴렀다.

"끄아아아악!"

사람의 피를 묻힌 [부러지지 않는 신념]이 백광을 토하며 울었다. 나는 고요히 사람들을 둘러보았다.

"으, 으으……."

단 한 방에 철두파가 제압당하자 모두의 안색이 하얗게 질렸다. 쇼맨십은 충분히 보여주었으니 슬슬 시작할 때다.

"한심하게도…… 당신들은 진짜 나 때문에 상황이 이렇게 됐다고 믿는 겁니까?"

나는 좌에서 우로, 한 사람 한 사람의 얼굴을 들여다보며 말했다. 그 너머로 당황하는 천인호의 얼굴이 보였다.

"사실 나 때문이 아니라는 거 당신들도 잘 알잖아."

병든 금붕어처럼, 군중이 입을 뻐끔거린다. 나는 먹이를 흩뿌리듯 말을 이었다.

"당신들은 그냥 저놈들이 무서워서 그러는 거야. 뭐가 잘못 됐는지 아는데도, 그래서 죽을 위기에 처했는데도, 고작 저놈들이 무서워서 벌벌 떠는 거라고."

"하하, 이보세요, 독자 씨! 지금 무슨 말을……."

"왜냐하면 저놈들이 당신들보다 강하니까! 종합 능력치가 높고, 코인도 많으니까! 근데 당신들, 그거 알아?"

나는 군중을 향해 한 걸음 내디디며 물었다. 그러자 군중 전체가 놀란 금붕어처럼 물러났다. 그러나 이미 이들은 내 어항 속이었다.

"저놈들이 왜 당신들보다 강할까?"

나는 한 걸음을 더 내디뎠다.

"저놈들은 왜, 당신들보다 코인이 많을까? 쟤들이 깡패라서? 설마."

[주변의 등장인물들이 동요하고 있습니다.]

공포 속에서도, 확실하게 전달되는 감정이 있다. 표정에서 표정으로 옮겨가는 의문들.

"그, 그러고 보니 천인호 씨는 어떻게 그리 많은 코인을⋯⋯."

"하하, 다들 아시지 않습니까? 그게, 여러 가질 팔기도 하고, 또—"

"그걸로 저 정도 능력치를 갖출 수 있다고 생각해? 진짜?"

천인호가 입을 다물었다. 나는 다시 우에서 좌로, 군중의 얼굴을 하나씩 눈여겨보며 말했다.

"며칠 전 내가 금호역에 왔을 때, 이곳 인원은 팔십칠 명이었어."

"⋯⋯."

"그런데 지금은 몇 명이지? 내가 보기엔, 아무리 많아도 오십 명이 안 되거든. 왜 그런지 알아?"

"그, 그건 아침에 교대로 정찰을 나갔다가 괴수한테—"

"괴수? 아직도 그 말을 믿어?"

"그럼 대체⋯⋯."

"멍청이들아. 머리가 있으면 잘 생각해. 정말 괴수 때문에 죽었겠어? 그럼 왜 철두파 놈들은 하나도 안 죽었는데?"

순간, 주변이 조용해졌다.

"그리고 왜 저놈들은, 더 강해져서 돌아온 건데?"

[성좌, '은밀한 모략가'가 당신의 추리에 고개를 끄덕입니다.]

"서, 설마—"

사람들이 하나둘씩 천인호를 돌아보았다. 주춤거리며 물러서는 철두파. 이제 내가 쐐기를 박을 차례였다.

"아까 저놈이 말했지. 나를 죽이고 코인 빼앗으면 된다고."

[성좌, '긴고아의 죄수'가 흥분하며 머리털을 뽑습니다.]

"그런데 '사람을 죽이면 코인이 나온다는 사실'을 대체 어떻게 알고 있을까?"

"다, 당신들…… 인호 씨! 설마?"

"닥쳐! 모함이다!"

천인호가 뒤로 물러남과 동시에, 철두파 패거리가 병장기를 꺼내 들었다. 겁에 질린 사람들이 뒷걸음질을 쳤다.

[하하핫! 이제 칠 분 남았어요!]

나는 그런 사람들의 앞으로 나서며 말했다.

"당신들한테 마지막 자존심이 남았다면 자기 손으로 싸워."

'신념의 칼날'이 사납게 울었다. 시선이 마주친 사람들의 눈에 울분이 고이고 있었다.

"적어도 빼앗긴 것은 당신들 손으로 되찾아."

기다렸다는 듯 철두파가 나를 향해 동시에 달려들었다. 나역시 놈들을 향해 달려갔다.

"이제 이 세계는 그런 곳이니까."

하얀 섬광이 움직였고 사람들이 비명을 질렀다. 그리고 누군가가 외쳤다.

"그래, 젠장!"

"개자식들아아아!"

사람들이 움직이기 시작했다. 모두 누군가를 죽인 사람들이었다.

"어, 엄마!"

"다영아 이리 와! 이거 들어! 지하철에서 했던 것처럼 하는 거야!"

아이와 엄마도 있었고.

"이 잡놈들아아!"

나이 든 중년도 있었다.

"이 새끼들이!"

하지만 상대가 안 되는 싸움이었다. 철두파와 남은 사람들의 숫자는 비등했고, 인간 사냥으로 코인을 취한 철두파 놈들의 전투력은 압도적이었으니까. 어디까지나, 내가 없었다면 그랬을 것이다.

스가각!

내게 달려든 철두파 몇 명의 팔과 다리가 날아갔다. 사람의 몸을 베는 섬뜩한 감각이 손아귀를 타고 올라왔다. 전투불능이 된 철두파 조직원들이 나를 올려다보았다.

"사, 살려……."

그 순간.

누군가가 나를 앞질러, 쓰러진 철두파의 입에 그대로 칼을
쑤셔 넣었다.

"내가 죽인다고 했죠."

[특성 '웅크린 자'의 모든 진화 조건이 충족됐습니다.]
[등장인물 '정희원'의 특성이 개화합니다.]

눈부시게 아름다운 광채가 그녀의 몸에서 피어올랐다.
나는 고개를 끄덕였다. 이제 때가 되었다.

[등장인물 '정희원'의 특성이 '멸악의 심판자(영웅)'로 개화합니다.]

멸악滅惡의 심판자. 3대 심판자 특성 중에서도 최강의 심판
자가, 방금 웅크림을 끝내고 깨어났다.

[당신은 '웅크린 자'의 특성 개화에 크게 기여했습니다!]
[등장인물 '정희원'은 앞으로 당신의 칼이 되길 주저하지 않을 것입
니다.]

"이제 당신은 잠깐 물러나요."
새파란 안광이 일렁이는 눈동자로 정희원이 말했다.
"이놈들은 내 몫이니까."

[등장인물 '정희원'이 전용 스킬, '심판의 시간'을 발동합니다.]

[절대선 계통의 성좌들이 해당 스킬 사용에 동의합니다.]

['심판의 시간'이 활성화됐습니다.]

전신에 핏빛 오라를 머금은 정희원의 칼이 섬뜩한 궤적을 그렸다. 가볍고도 정확하게 철두파 사이를 누비는 검도劍道. 피보라가 튀었다.

"크아아악!"

무자비한 학살의 현장. 물론 싸우는 것은 정희원만이 아니었다. 유상아도, 이현성도, 심지어는 이길영조차 각자의 자리를 지키고 있었다. 하지만 누구도 정희원만큼 적극적이지는 않았다.

살인을 위해 태어난 사람처럼, 정희원은 죽이고 또 죽였다. 내가 팔을 베면 정희원은 심장을 꿰뚫었고, 내가 다리를 베면 정희원은 목을 잘랐다.

정희원은 내가 남긴 뒤처리를 모두 대신했다. 한 치의 망설임도 없이, 마치 오래도록 이 순간만을 바라온 사람처럼.

"......."

주변이 핏물로 가득해졌다.

어느새 철두파 중 남은 사람은 천인호 하나뿐. 그나마도 시민들의 공격으로 몸 곳곳이 꿰뚫린 상태였다. 정희원이 나를 보았고, 나는 고개를 끄덕였다. 천인호가 나를 보며 비릿하게 웃었다.

"후, 후후… 네, 네놈……."

놈은 말을 채 마무리하지 못했다. 뒤쪽에서 나타난 정희원이 천인호의 얼굴을 정수리부터 반으로 갈라버렸기 때문이다.

[채널 내 모든 성좌가 강렬한 희열을 느낍니다.]

그것을 마지막으로, 모든 이가 행동을 멈췄다.

싸움은 끝났다.

그러나 아무도 그 사실을 체감할 수 없었다.

조금 전까지 구운 고기를 나눠 먹으며 삶의 의미를 느끼던 시간이, 시시껄렁한 농담을 주고받으며 잠깐이나마 평화를 누리던 그 모든 시간이 거짓말이었다는 것처럼.

이 빌어먹을 시나리오 속에서.

유상아는 울고 있었고.

이길영은 눈을 감고 있었고.

이현성은 피가 나도록 입술을 깨물고 있었고.

체력을 다 소진해버린 정희원은 피 웅덩이에 주저앉아 있었다.

그래, 이것이 이 세계의 진실이다.

[생존비가 정산됩니다.]

곳곳에서 뭔가가 터지는 소리가 들렸다.

코인을 얻은 자는 살아남았고, 코인을 얻지 못한 자는 죽었다. 그리고 누구도 서로 구원해주지 못했다.

나는 사람들을 향해 말했다.

"일어나요, 다들."

이곳에서 고개를 들어도 하늘은 보이지 않는다. 나는 어떤 거대한 운명에 항명하듯, 그 보이지 않는 하늘을 한참이나 노려보았다. 시끄럽던 성좌들조차 이번만큼은 아무런 반응이 없었다.

"시나리오는 이제 막 시작되었을 뿐이니까."

모두 깊이 고양되어 있는 가운데, 나는 홀로 다음 시나리오에 관해 생각했다. 하나의 페이지를 넘기고 또 하나의 챕터를 넘기듯이 그저 고요한 마음이었다.

금호역에서 얻어야 할 것은 모두 얻었다.

이제 다음 무대는 충무로역이다.

[PART 1 - 02에서 계속]

작가의 말

✦

　우리가 '작가의 말'을 작성하기 전에 가장 먼저 한 일은, '합쇼체(입니다)'로 쓸 것인지 '해라체(이다)'로 쓸 것인지를 두고 싸우는 일이었습니다. 더 공손한 말투가 좋다는 싱과, '입니다'는 좀 부끄럽다는 숑의 의견이 대립한 것입니다. 결과적으론 싱이 이겼습니다. 부끄러움보다는 공손함이 더 중요한 것 같다는 판단이었습니다. 문제는 이 초고를 싸움에서 진 숑이 한껏 수줍은 상태로 쓰고 있다는 것입니다. 정말 부당한 일입니다.

　정말 부당하다. 그래도 괜찮다.

　《전지적 독자 시점》은 그런 마음으로 쓰여진 이야기입니다.

　한 사람이 오래 생각한 문장을 다른 한 사람이 지웁니다. 한 사람이 부러 비워둔 자리에 다른 한 사람이 무언가를 적습니다.

　한 이야기를 두 사람이 쓴다는 것은 대체 무엇일까, 라는 생각이 들 때면 다른 평행우주에서 쓰이고 있을지도 모를 또 다른 《전지적 독자 시점》을 떠올렸습니다. 그들이 썼을 각각의 《전지적 독자 시점》과 모두 다르게 말하고 움직이는 독자, 중혁, 수영, 상아…… 그리고 이 이야기에 나온 모든 등장인물.

우리에게서 지워진 이야기는 다른 우주에서 적히고 있을 것이고, 우리에게서 적힌 이야기는 다른 우주에서 지워졌을 것입니다. 그저 그렇게 생각할밖에요.

어떤 이야기는 이렇게 쓰여진다, 고.

실시간으로 바삐 적어간 원고를 붙잡고 다시 천천히 들여다보면서, 이제야 이 글을 함께 쓴 작가를 이해하게 되기도 합니다. 그가 덜어낸 벽돌 하나가, 내가 세운 기둥을 무너뜨리는 일이 아니었다는 것을요.

그리고 그때, 《전지적 독자 시점》은 내가 알고 있던 이야기와는 전혀 다른 이야기가 됩니다.

퍼즐 조각의 볼록한 부분과 오목한 부분이 서로 맞물리며 그림이 완성되듯, 어떤 식으로든 서로를 침범해야만 볼 수 있는 것들이 있습니다. 그리고 놀랍게도 이런 말조차 할 수 있게 됩니다.

당신이라면 내가 조금 부당한 일을 당해도 괜찮을 것 같아.

다시 쓰는 것과 다시 읽는 것은 그다지 다른 일이 아닌 듯합니다. 독자분들께서 《전지적 독자 시점》을 읽어주실 때 동시에 새로운 이야기가 태어나듯, 독자와 작가를 구분하는 것도 어쩌면 큰 의미가 없을지 모르겠습니다. 많은 사람이 함께할 수 있는 일 중에 가장 멋진 일이 있다면, 하나의 이야기에 관여하는 것이 아닐지요.

싱숑의 《전지적 독자 시점》과, 독자분들의 《전지적 독자 시점》은 어쩌면 같은 이야기가 아닐 것입니다. 각자 이 이야기의 몇 조각쯤을 품고 어렴풋이 상대가 가진 조각의 생김새를 짐작해볼 뿐이겠지요. 아무래도 좋습니다.
어느 쓸쓸한 날에, 저희와 여러분이 함께한 이 이야기가 서로의 힘이 된다면 좋겠습니다.
수많은 이야기 중에 하필 이 이야기에 관여해주신 많은 분들께 감사드립니다.

2021년 12월, 싱숑

전지적 독자 시점

Omniscient
Reader's
Viewpoint

전지적 독자 시점 PART 1-01

1판 1쇄 발행 2022년 1월 20일 **1판 12쇄 발행** 2024년 11월 12일
지은이 싱숑
펴낸이 박강휘
편집 박정선, 박규민 **디자인** 홍세연, 윤석진

발행처 김영사
주소 경기도 파주시 문발로 197(문발동) 우편번호10881
등록 1979년 5월 17일(제406-2003-036호)
주문 및 문의 전화 031)955-3200 **팩스** 031)955-3111
편집부 전화 02)3668-3291 **팩스** 02)745-4827 **전자우편** literature@gimmyoung.com
비채 블로그 blog.naver.com/viche_books **인스타그램** @drviche, @viche_editors
트위터 @vichebook
ISBN 978-89-349-6731-6 04810 책값은 뒤표지에 있습니다.

비채는 김영사의 문학 브랜드입니다.